FRANÇO

Né à Paris en 1971, François-Xavier Dillard est directeur commercial dans un grand groupe énergétique français. Il est l'auteur d'*Un vrai jeu d'enfant* (Fleuve Éditions, 2012) et de *Fais-le pour maman*, sélectionné pour le Prix Polar de Cognac (Fleuve Éditions, 2014). En 2016, *Austerlitz 10.5*, coécrit avec Anne-Laure Béatrix, est publié chez Belfond. En 2017, *Fais-le pour maman* obtient le Prix Pocket des Nouvelles Voix du Polar. La même année sort *Ne dis rien à papa* puis, en 2018, *Réveille-toi !*. François-Xavier Dillard a participé aux recueils de nouvelles *Écouter le noir* (2019) et *Respirer le noir* (2022) publiés chez Belfond. *Prendre un enfant par la main* (2020) et *L'enfant dormira bientôt* (2021) ont paru chez Plon.

L'ENFANT DORMIRA BIENTÔT

ÉGALEMENT CHEZ POCKET

Fais-le pour maman
Ne dis rien à papa
Réveille-toi !
Un vrai jeu d'enfant
Prendre un enfant par la main
L'enfant dormira bientôt

FRANÇOIS-XAVIER DILLARD

L'ENFANT
DORMIRA BIENTÔT

PLON

Le Code de la propriété intellectuelle n'autorisant, aux termes de l'article L. 122-5, 2° et 3° a, d'une part, que les « copies ou reproductions strictement réservées à l'usage privé du copiste et non destinées à une utilisation collective » et, d'autre part, que les analyses et les courtes citations dans un but d'exemple et d'illustration, « toute représentation ou reproduction intégrale ou partielle faite sans le consentement de l'auteur ou de ses ayants droit ou ayants cause est illicite » (art. L. 122-4).
Cette représentation ou reproduction, par quelque procédé que ce soit, constituerait donc une contrefaçon, sanctionnée par les articles L. 335-2 et suivants du Code de la propriété intellectuelle.

© Éditions Plon, un département de Place des Éditeurs, 2021
ISBN : 978-2-266-33123-4
Dépôt légal : juin 2023

« L'histoire du genre humain recommence avec chaque enfant qui vient au monde. »

Victor Cherbuliez, *La Bête*, 1887.

1

L'homme remonte l'escalier de la cave. Il a la démarche saccadée et chancelante d'un automate brisé. Chaque marche est un Everest à gravir, ses pieds sont chaussés de plomb, sa tête est en ébullition. Il tient dans ses mains deux petits sacs-poubelle recouverts de cristaux de givre qui s'éparpillent en miettes évanescentes sur les marches de béton. Des larmes coulent sur ses lèvres, et sa lente progression est stoppée par des sanglots abrupts qui ressemblent à des haut-le-cœur. Il doit avoir 35 ans, peut-être un peu plus. Il est pourtant habillé comme un type qui en aurait 50, costume de velours et gilet de flanelle, coiffure trop classique, lunettes d'écaille un peu ringardes. C'est un homme traditionnel... Jusqu'au bout des ongles.

Mais, il y a quelques instants, son costume, ses certitudes, son armure, sa famille, cette immense villa, tout ce qu'il a construit s'est brisé. En une fraction de seconde. Au moment où il a ouvert la porte du grand congélateur. Il ne descend presque jamais dans cet endroit, c'est Valérie qui s'occupe de ces choses-là. Préparer les repas, faire les courses, ranger la maison, gérer leur fils quand il est malade, répéter les devoirs... Ce n'est pas qu'il ne veuille pas le faire ou qu'il n'en ait pas le temps. Depuis qu'il a repris les affaires de son père, il a l'impression que ça tourne tout seul. Le directeur général du groupe est là, depuis le début, depuis très, trop longtemps. Et il gère tout. Parfois notre homme se dit que s'il ne venait pas au bureau, ça ne changerait rien. Rien pour les 15 000 salariés, rien pour les résultats, les marges, les profits, pour son salaire et ses dividendes... Mais il y est chaque jour, pour son père, pour sa mémoire. Parce qu'il faut bien un dirigeant « historique » dans le groupe. Même s'il ne dirige rien. Et puis, il pense aussi que ce n'est pas à lui de faire ce genre de truc, de s'occuper de la maison. Il avait pourtant proposé à sa femme de prendre du personnel pour gérer toute cette intendance. La maison était immense et ils en avaient très largement les moyens. Mais elle avait refusé avec un geste d'énervement, arguant que manager la femme de ménage était déjà « suffisamment compliqué comme ça ». Et puis, après tout, sa mère faisait ces choses, et la mère de sa mère avant. Et son père n'avait jamais exécuté ce genre de tâche. Et le père de son père non plus. Alors il a juste l'impression de perpétuer une tradition ou, pour le moins, de s'inscrire dans une lignée. Mais ce chemin l'avait éloigné de son épouse, de son enfant sûrement aussi, de la réalité sans aucun doute. De ce qu'était devenue sa famille... De ce cauchemar.

En arrivant enfin en haut de l'escalier, il a l'impression d'avoir vieilli de vingt ans, comme si chaque marche, au lieu de le tirer vers le haut, l'avait entraîné un peu plus vers l'abîme. Il referme la porte de la cave, respire avec difficulté puis se dirige vers le salon. Il pose délicatement les sacs sur la grande table de verre et se prend la tête entre les mains. Il ne sait pas combien de temps il reste comme cela, prostré. Comment avait-il pu être aussi aveugle. Il n'ose même plus poser son regard sur la table. Mais il ne peut pourtant s'empêcher de voir la petite flaque de liquide qui s'agrandit lentement, au fur et à mesure que le contenu des sacs se réchauffe. Il attend, et soudain il entend la voiture qui remonte l'allée de gravier. C'est une grosse bagnole, allemande. Comme celles qu'avait son père avant lui. Il la regarde se garer par la fenêtre du salon. Valérie est allée chercher leur petit garçon à l'école. Il a 5 ans maintenant, il est encore si petit. Quand elle lui avait annoncé qu'il entrait en maternelle, deux ans plus tôt, il n'y avait pas cru. Il avait l'impression d'être à peine sorti de la maternité avec ce petit être si fragile dans les bras. Devant son étonnement de voir son fils déjà entrer en classe elle avait rétorqué : « Ah oui... Et il est propre aussi, c'est obligatoire... Si tu avais changé ses couches, au moins une fois dans ta vie, tu le saurais peut-être. » Son épouse avait prononcé ces phrases sans animosité particulière, mais avec une grande lassitude. Il s'en rappelait parfaitement et, aujourd'hui, la simple évocation de ce souvenir lui glaçait le sang.

Il entend la porte s'ouvrir. Que va-t-il bien pouvoir lui dire ? Des milliers de questions, de pourquoi, de comment se bousculent dans son esprit, mais par quoi pourrait-il bien commencer ? Ce qu'il y a dans ces sacs est la pire des abominations, le plus abject des crimes. Valérie entre dans le salon. Son fils trottine derrière elle, il chantonne un refrain entêtant. Valérie est une femme sans charme, un peu replète, à la coiffure, aux traits et au style austères. Elle n'a jamais aimé les robes, le maquillage, la mode. Sans doute à cause de son environnement familial. Elle en parlait peu mais il avait pourtant compris certaines failles et certaines blessures. Pas toutes, apparemment... Elle n'a jamais trouvé que son apparence devait être autre chose que celle que Dieu lui avait donnée.

Quand elle voit son mari debout dans le salon, elle ne lui sourit pas. Elle ne lui sourit plus, de toute façon. Sans un mot, il se saisit du bras de sa femme et l'entraîne vers la table de verre. Elle tente de résister mais la main de son mari se referme avec dureté sur son poignet.

— Tu me fais mal, arrête ça tout de suite !

Lui ne peut même pas répondre, il a l'impression que, s'il ouvre la bouche, il n'en sortira qu'un long hurlement de colère et de désespoir. Puis elle les voit. Elle voit les deux petits sacs de plastique noir posés sur la table. Ses lèvres se resserrent et ses yeux sombres s'agrandissent. Il attend d'elle tant de choses. Des larmes, des supplications, de la surprise... Tout sauf ce cri, cette haine qu'elle lui jette au visage, comme si elle le giflait.

— Pourquoi ! Pourquoi es-tu allé chercher ça ?! Qu'est-ce que tu as fait ! Tu n'avais pas le droit, ils sont à moi !

En entendant sa mère crier, le petit garçon arrête de chanter, ses lèvres se mettent à trembler et des larmes commencent à couler sur ses joues. Il regarde alternativement son père et sa mère, attendant sans doute qu'une parole ou qu'un geste viennent le réconforter. C'est son père qui, le premier, constate son désarroi. Il lâche son épouse pour se précipiter vers son fils. Il le prend dans ses bras et lui murmure des paroles rassurantes. Il sait ce qu'il doit faire, maintenant il en a parfaitement conscience. Soudain, son fils regarde par-dessus son épaule, ses yeux ronds s'écarquillent et il prononce un faible « Maman, mais pourquoi tu... ? ». Il n'a pas le temps de finir sa phrase. Au moment où son père se retourne, il aperçoit Valérie, les traits déformés par une colère immense, une folie destructrice. Sa femme qui, dans un éclair, lève son bras et lui brise une carafe de grès sur le crâne. Une douleur fulgurante traverse tout son corps et il laisse tomber son fils sur le sol. Il essaie de se défendre, de la repousser, mais ses membres ne lui répondent plus. Un voile noir envahit peu à peu son champ de vision. Il titube vers la table du salon, essaie de se maintenir debout, s'accroche au plateau de verre, mais il est attiré vers le sol, comme si son corps pesait des tonnes. Avant de chuter, dans un ultime effort, il tente encore de se retenir à la table, mais ce dernier geste a pour seul résultat d'accrocher un des deux sacs noirs avec lequel il heurte violemment le sol. Allongé, incapable de bouger, il contemple impuissant Valérie qui s'empare de leur fils avant de se précipiter vers la porte d'entrée. La dernière vision qu'il aura avant de plonger dans le néant restera gravée à vie dans sa mémoire. Du sac noir qu'il a entraîné dans sa chute s'est échappée une chose atroce, innommable. Le corps blanchâtre et sans vie d'un nouveau-né qui le fixe de ses yeux de glace. Sa minuscule bouche entrouverte semble encore chercher un premier souffle qu'il n'aura pourtant jamais trouvé.

2

Le parcours du combattant... Jamais ces mots n'ont eu autant de sens et de portée que lorsque Alex les applique à ce qu'ils avaient dû endurer avec son épouse pour en arriver là. À ce bonheur ultime. Tous les trois enfin, cette trinité tant espérée, réunis dans cette jolie chambre de maternité. Cela fait des heures qu'il regarde Juliette, que Juliette le regarde, qu'ils contemplent ensemble ce petit être qui vient de leur être offert par la grâce de la médecine et des progrès de l'obstétrique. Ils pensaient avoir tout épuisé, tout fait pour accomplir ce rêve enfui de parentalité. Ils avaient fini par opter pour l'adoption après trop de tentatives si décevantes. Un parcours pas vraiment plus simple mais dont l'issue restait malgré tout plus prévisible. C'était huit mois et demi plus tôt. Pile le jour où ils avaient obtenu leur agrément, que le professeur Mallick les avait appelés. Il connaissait très bien le père de Juliette, et il savait les difficultés et les échecs qu'ils avaient subis. Alex l'avait mis en haut-parleur, à sa demande.

— Bonsoir Juliette, écoute... Je ne veux pas te donner de faux espoirs mais nous avons mis au point une méthode assez révolutionnaire qui pourrait tout à fait correspondre aux difficultés que vous rencontrez tous les deux pour avoir cet enfant. Tout est prêt ici, dans ma clinique. Je pense que vous devriez essayer. Venez me voir demain, à 9 heures, je vous expliquerai tout.

Ils s'étaient regardés sans vraiment y croire, Juliette se demandant si elle voulait revivre le douloureux parcours de la procréation médicalement assistée. Avec son cortège d'espoirs déçus et de souffrance, morale et physique. Ces huit années de doutes, de colère et de larmes. Après six inséminations et cinq FIV, cette ronde épuisante et sans cesse répétée des injections, des échographies, des prises de sang, tout cela sans résultat. Ils avaient presque réussi à faire le deuil d'un enfant « naturel ». Abandonné enfin cet espoir pour en nourrir un nouveau, l'adoption. Ils en avaient discuté une partie de la nuit puis, au petit matin, ils avaient pris leur décision. Ils avaient rencontré le professeur de médecine à plusieurs reprises, il leur avait patiemment expliqué sa méthode, les avait écoutés aussi, puis rassurés. Mais le matin où elle était arrivée à la clinique, elle s'était déjà sentie épuisée. Pourtant, tout avait été magique, les soins, le personnel, et même la nourriture… C'était peut-être ça qui lui avait manqué pendant ces si tristes expériences antérieures. L'ami d'enfance de son père leur avait offert tout ça, ils n'en auraient jamais eu les moyens.

— Allons, c'est toi qui me fais un cadeau en acceptant d'être mon « cobaye ». C'est un protocole tout à fait particulier. Mais rassure-toi, le seul risque, c'est d'échouer. Ce qui n'est pas une option pour moi.

Finalement, le miracle avait eu lieu. Ils s'en souvenaient avec une précision chirurgicale. Ils se rappelaient chaque mot du médecin, les larmes de joie qui avaient coulé sur leurs visages, des sourires sublimes, des embrassades, des coups de fil, de l'excitation, de la joie, de l'immense bonheur qui continuait à les submerger, chaque instant de chaque jour qui avait suivi l'annonce de la grossesse.

Ils regardent ensemble, dans un même mouvement, ce petit être sublime, cet enfant endormi, ces petits doigts parfaits, ces cils déjà dessinés. Des instants qu'ils n'auraient jamais cru vivre. Alex s'approche de Juliette, il effleure la joue du nouveau-né. Comme il le ferait pour une œuvre d'art, comme on le fait parfois dans un musée sur une statue antique, sur une toile. Geste interdit qui vous fait redouter alors le regard trop précis d'un vigile trop zélé. Il se penche vers Juliette, l'embrasse tendrement sur la joue, puis, glissant un peu, effleure la commissure de ses lèvres.

— Bonne nuit, mon amour… Nous y sommes arrivés, je ne sais pas comment te dire à quel point je suis heureux. Je n'ai aucune envie de partir. Il ne peut vraiment pas me mettre un lit dans cette chambre, le copain de ton père ?

Juliette sourit, elle serre la main d'Alex, avec toute l'énergie qu'il lui reste encore, puis murmure :

— Bonne nuit, chéri, rentre, maintenant. Il faut que tu finisses de préparer sa chambre… Je sais que tu es nul en bricolage, mais je te jure que le moindre centimètre carré merdique de peinture que tu barbouilleras sur les murs d'Aurore sera pour moi au moins aussi beau que les plafonds de la chapelle Sixtine. Je t'aime. Laisse-moi dormir maintenant, par pitié.

Lorsque Alex parcourt les couloirs vides de la maternité, il est envahi par une vague de félicité qui le submerge littéralement. Il est obligé, quelques instants, de s'adosser contre le mur. Il a envie de crier, de hurler. Il respire lentement, essaie de reprendre le contrôle. Après quelques minutes, il sort du bâtiment puis se dirige vers le parking. En retrouvant sa voiture il ne peut s'empêcher de frémir en voyant l'autocollant que Juliette a tenu à poser sur la vitre arrière, en arrivant à la maternité. « Soyez prudent, Bébé à bord », avec cette majuscule impérieuse et superbe. Être prudent… Ces deux mots viennent soudain le percuter comme un message un peu effrayant. Comme s'il venait de réaliser, à cet instant, qu'à partir de ce jour, il avait la terrible responsabilité de protéger la vie d'un être immensément fragile. Et quand il fait démarrer la voiture, au-delà des apparences, de cette nouvelle vie qu'on lui offre, point une sourde angoisse qui s'insinue au plus profond de sa chair. Comme un poison qui diffuserait lentement ses effets délétères. Lorsqu'il regarde son visage dans le rétroviseur central, il est soudain surpris d'y voir clairement l'ombre d'une immense et sombre inquiétude.

3

Un grand immeuble du 8ᵉ arrondissement de Paris, un peu prétentieux, un peu pesant. Comme un géant débonnaire couvert de breloques, avec ses balcons ouvragés et ses façades de pierre taillées et sculptées. Michel Béjart ne les remarque même plus. Depuis dix ans il vient ici tous les jours ou presque, à la même heure. Tôt le matin, car il ne repart jamais très tard de la Fondation. Sauf quand son statut de président l'oblige à rester pour un cocktail ou la visite d'un politique. Les lourdes portes de verre s'ouvrent en silence lorsqu'il s'en approche, il salue le vigile d'un petit geste amical et se dirige vers l'ascenseur. Un vigile, pense-t-il alors que la cabine l'emporte vers le sixième et dernier étage… Avant il n'y en avait pas besoin. Qui viendrait s'introduire dans une fondation pour la protection de l'enfance et pour l'adoption ? Les autres étages sont occupés par les ateliers d'un couturier et par une agence de publicité. Rien qui, pensait-il, aurait pu activer le cerveau malade d'un terroriste. Enfin, depuis qu'ils exécutaient aussi des dessinateurs et des humoristes, tout cela était, hélas, peut-être nécessaire. Avant de rejoindre son bureau, il frappe à la porte de Catherine Messier, sa secrétaire générale, l'âme de la fondation Ange. Il attend quelques instants, le temps d'entendre la voix douce et posée de cette si précieuse collaboratrice l'inviter à entrer. Aussitôt qu'il pénètre dans le grand bureau lumineux, il s'approche d'elle et lui serre chaleureusement la main. Depuis le déconfinement, ils pouvaient enfin retrouver un semblant de civilité.

— Bonjour Catherine, comment allez-vous ? Voulez-vous que j'aille nous chercher un café ?

C'était leur petit rituel. Il avait toujours voulu casser les codes et il mettait un point d'honneur à préparer le café de sa plus proche collaboratrice. Mais, ce matin-là, elle déclina l'invitation.

— Merci Michel, c'est très gentil, mais, même s'il est encore tôt, j'en suis déjà à mon troisième, si je continue je frise l'infarctus.

Il la regarde en fronçant les sourcils.

— Qu'est-ce qui se passe, nous avons des ennuis… ?

— Oui, non, enfin, pas encore. Mais le chef de cabinet de la ministre m'a envoyé un mail hier soir. Un de ces mails tordus qu'il faut apprendre à lire entre les lignes. Et ça, je sais le faire. Alors, quand j'ai eu fini de décortiquer le blabla diplomatique, j'ai tout à fait compris la finalité de cette gentille missive.

— Et… ?

— Ils vont nous sucrer leurs subventions, enfin, 80 %.

Cela faisait des années que les aides du gouvernement baissaient régulièrement. Il y avait tant à donner, et à tant de gens. La souffrance et la misère subissaient aussi des modes. Depuis quelque temps déjà, l'enfance n'était plus le sujet principal des gouvernants. Il était insensé d'imaginer qu'il puisse y avoir une hiérarchie du malheur. Pourtant, elle se traduisait souvent dans les montants attribués à chaque cause. Un enfant martyrisé est-il moins « bankable » qu'une femme battue ? C'était une question absurde à laquelle Michel se refusait à apporter une réponse. De toute façon impossible.

— Bon, eh bien je vais reprendre mon bâton de pèlerin et aller « taper » de nouveau nos bien-aimés « grands donateurs ». À commencer par le groupe Geslé. Le nouveau DG est un ami. De toute façon, je me refuse à aller pleurer chez la ministre. Elle ne m'aime pas, allez savoir pourquoi.

— Peut-être parce que vous lui avez dit, il y a deux ans, que le fait que son ministère nous verse, enfin, nous versait, d'importants subsides ne l'autorisait pas à vous imposer quoi que ce soit et à, je cite, « fourrer son nez dans la fondation Ange ».

— C'est vrai, c'était un peu abrupt, j'en conviens. Mais ses suggestions démontraient une totale méconnaissance de ce que nous faisons ici, pour nos enfants. Notamment concernant les adoptions… Nous trouverons une autre solution.

Il avait investi lui-même une bonne partie de sa fortune dans cette fondation et il n'entendait pas qu'on lui impose quoi que ce soit dans son fonctionnement. Il se disait parfois qu'il devrait s'assouplir, mais bon, les ministres, ça change… Il serait plus conciliant avec le ou la prochaine dépositaire de ce portefeuille. Il s'empare alors de la revue posée sur le bureau de Catherine, ouverte sur un long article où des photos de nourrissons offraient un spectacle étrange et un peu dérangeant.

Un gros titre barrait les deux feuillets : « Le boom des bébés reborn ».

— Qu'est-ce que c'est que ce truc... le reborn ?

Catherine ôte ses lunettes et se met à sourire.

— C'est un peu dingue, ça nous vient directement, devinez d'où, des États-Unis ! Remarquez, venant d'un peuple qui a failli réélire Trump, il faut s'attendre à tout. Les bébés reborn, ce sont des poupées hyperréalistes qui ressemblent en tout point à de vrais bébés. Il paraît que certains ont même des cheveux humains... C'est assez dérangeant, non ? Figurez-vous que de plus en plus de gens en « adoptent ». Si j'ose dire. Certains les confient même à leurs parents lorsqu'ils s'absentent. Et cela touche tout le monde, des femmes, des jeunes filles et des hommes aussi. Une Américaine a même fait un procès à une crèche qui refusait de prendre son... « bébé ».

Elle a fait un signe avec ses deux mains comme pour mettre des guillemets à ce dernier mot. Michel Béjart regarde les photos et parcourt l'article. Il y a dans ce phénomène quelque chose qui le touche. Que ce soient des femmes stériles, des malheureuses ayant eu à souffrir de la perte d'un enfant, des couples d'hommes, des jeunes filles en recherche d'une maternité précoce et fantasmée, ou bien encore des collectionneurs attirés par ce qui est bien plus qu'un jouet, chacun des protagonistes et des témoins de cette enquête offrait une forme de détresse ou de passion qui le troublait. En lisant ces lignes, il est partagé entre fascination et étonnement, il sent peu à peu son esprit s'échapper dans des endroits interdits.

— Michel... Michel ? Vous êtes avec moi ?

Il referme brusquement le magazine et le repose sur le bureau.

— Oui, oui je suis là, pardon... C'est très surprenant, en effet. Peut-être qu'un jour il existera aussi une fondation pour ces bébés reborn. Pour recueillir ceux que leurs « parents » délaisseraient, ou pire encore...

4

La femme accélère le pas. Ses chaussures plates produisent un bruit rapide et discret sur l'asphalte. Elle souffre encore un peu, même après toutes ces années. Les brûlures sur ses jambes ont laissé leur douloureuse empreinte. Ça ne partira jamais. Son visage est impassible, rien ne vient trahir la moindre émotion sur ses traits réguliers mais sans charme. Ni joie, ni colère, ni tristesse. Peut-être parfois une légère appréhension, trahie par des regards furtifs par-dessus son épaule, comme si elle craignait d'être suivie. Elle a encore peur de temps en temps, quand elle croise des gens, ceux qui la regardent trop longtemps. Comme s'ils savaient. Ce genre de regards qui lui en rappellent d'autres. Des regards qui s'accompagnaient de cris, de crachats et parfois même de coups. C'était il y a déjà plusieurs années, si longtemps. Mais il lui suffit de fermer les yeux pour les entendre de nouveau, pour sentir sur son corps, sur ses jambes, leurs poings, leurs pieds, les mouvements vifs et secs. Pour faire souffrir, faire mal. Les regards de haine, comme s'ils avaient trouvé en elle un objet de détestation idéal. Une chose honnie et méprisable qui pouvait relativiser leurs propres méfaits, les rendre, eux, presque normaux aux yeux du monde.

Elle est allée faire ses courses à la supérette du coin de la rue, elle y va toujours vers 15 heures, c'est là qu'il y a le moins de monde. Ce n'est pas la seule raison, bien sûr. Elle connaît la jeune femme à la caisse et elle sait qu'elle va devoir lui parler, répondre à ses questions comme si cela était normal. Avant, il y avait ce grand type indien. Elle l'aimait bien, il ne disait rien, pas même bonjour. Mais Vanessa, son prénom est brodé sur son « uniforme », est bavarde, enjouée, souriante. La femme se dit que peut-être elle devrait changer de supermarché, mais Dieu sait sur qui elle pourrait tomber, et ici au moins il n'y a pas trop de monde. Une fois, elle a essayé le Monoprix sur le boulevard. Elle a cru devenir folle. Elle a eu l'impression que tout le monde la reconnaissait, qu'on la montrait du doigt. Elle s'attendait presque à ce qu'on lui crache dessus et était partie en courant. Elle s'approche de la caisse. N'a pas pris grand-chose. Elle se dit qu'elle devrait faire de plus grandes courses, comme ça, elle aurait moins à sortir, à parler. Mais quand elle vient ici, elle passe devant l'école maternelle, c'est l'heure de la récréation. Tous les enfants sont dehors et elle peut les voir. Elle passe le long de l'école, le long des grilles qui séparent la cour de la rue. Ils sont tous là avec leurs bonnets et leurs gants en hiver, leurs bermudas et leurs petites robes en été. Ils sont si beaux, si touchants. Elle ne s'arrête pas, évidemment. Mais elle absorbe leurs cris, elle se nourrit de leurs pleurs, elle tente d'absorber aussi leurs odeurs, de s'en imprégner pendant les quelques dizaines de secondes que dure la traversée. Aujourd'hui il fait très froid, les enfants ne sont pas sortis. Elle a longé la grille le cœur serré, elle avait envie de pleurer, et puis, la déception et la tristesse se sont changées en colère, et la colère en haine. Elle a eu envie de hurler dans la rue, de leur dire de lui redonner ses enfants… Mais en arrivant devant le magasin d'alimentation, elle a respiré lentement, elle a soufflé, écoutant le bruit de l'air qui sort de ses poumons. Elle a posé la main sur son cœur, et, quand les battements, enfin, se sont apaisés, elle est entrée.

Maintenant, elle avance dans les rayons. Il n'y en a pas beaucoup. Peu de temps avant de se retrouver devant la caissière. Elle regarde une dernière fois son panier. Du jambon, du pain de mie, des tomates et de l'eau minérale. Et un pot de confiture aussi, elle n'en a plus depuis avant-hier, et ce matin son petit déjeuner était gâché. Ça l'avait mise en colère. Elle n'achète plus d'alcool, depuis longtemps. Avec ses médicaments, cela avait souvent été désastreux et elle ne voulait pas perdre le contrôle, plus jamais. Elle s'approche de Vanessa avec circonspection, elle ne lui sourit pas pour ne pas l'encourager, mais elle sait que cela est inutile. Ça ne changera rien.

— Bonjour madame, ça va ? Ça va bien ?

La femme hoche la tête, rapidement, en guise de réponse. Elle espère sans trop y croire que, peut-être, cela suffira à clore la conversation, à tuer toute velléité d'échange. Peine perdue.

— C'est dingue ce froid, non ?… Je veux dire, on n'est qu'en septembre, ça va donner quoi à Noël ? Des pingouins devant le magasin ?

Elle esquisse un demi-sourire figé, espérant ainsi marquer une forme d'approbation qui, peut-être, marquerait la fin de toute tentative de relancer un absurde monologue.

— Tout ça, c'est la faute aux satellites et au gaz de schiste, ils l'ont dit… sur Internet.

La jeune caissière passe les articles avec une lenteur étudiée, attendant sans doute une réponse, une réaction, un encouragement à poursuivre. Mais le visage de sa cliente n'exprime même plus cette forme d'attente polie qu'elle arrivait encore à maintenir depuis quelques minutes. Elle regarde le visage de la jeune femme, son attente plutôt bienveillante mêlée d'une impatience qu'elle trouve de plus en plus indécente, intrusive. Elle n'a jamais aimé discuter, parler pour ne rien dire. Elle a été éduquée comme ça. Maintenant, elle sent la colère monter en elle. Plus que de la colère, une sorte de rage, incontrôlable. Contre cette jeune femme imbécile qui met un temps fou à passer ses courses devant le lecteur de code-barres. Avec son sourire, cette attente stupide d'un dialogue impossible. Elle tente de contrôler les inflexions de sa voix, de ne pas montrer sa rage, de rester impassible lorsqu'elle s'adresse à elle. Mais quand elle lui parle, sa voix est une sorte de croassement rauque, presque un cri, un aboiement qui paralyse la jeune fille. La terrifie.

— Mais qu'est-ce que vous faites, vous voulez que je les passe moi-même, ces cinq putains d'articles !

Cette phrase a résonné dans toute la supérette, rebondissant sur le carrelage, sur les parois de verre des frigos, sur le visage de ce vieux monsieur qui se saisissait d'un paquet de coquillettes. Il a été percuté de plein fouet, comme s'il recevait des pierres. Sa main reste suspendue dans le vide, au-dessus de son petit cabas vichy. Le visage de Vanessa, lui, reflète d'abord une profonde incompréhension puis, peu à peu, une colère froide. Elle se dépêche de finir et montre du doigt le petit cadran qui indique la somme due. Sa cliente, soudain submergée de honte, s'empresse de payer et quitte le magasin, presque en fuyant. Quand elle passe devant l'école maternelle, les enfants ne sont toujours pas là. Le souffle coupé, elle s'adosse contre les grilles de la cour de récréation et, soudain, elle s'effondre, le corps secoué de sanglots. Demain, elle cherchera peut-être un autre magasin…

5

Quand la commissaire divisionnaire Jeanne Muller fait son entrée dans les locaux de la Brigade des mineurs de Paris, elle a sa tête des mauvais jours. Le gardien de la paix en faction la salue avec prudence. Depuis six mois qu'elle dirige cette brigade, les équipes sont encore hésitantes sur la conduite à tenir avec cette personnalité pour le moins explosive. Mais elle a aussi su faire preuve d'une grande capacité d'écoute. Elle a reçu longuement tous les membres de son équipe, un par un. Quatre-vingt-trois hommes et femmes dont la mission quotidienne n'est tournée que vers un seul objectif. La protection de l'enfance contre toutes les formes de violence. Violences exercées la plupart du temps au sein même de leur famille. Viols, agressions sexuelles, mauvais traitements, proxénétisme, pédophilie... La petite ronde de l'horreur, du vice et du chagrin dans laquelle étaient entraînés des gamins innocents qui vieillissaient beaucoup trop vite. Lorsque leur vie ne s'interrompait pas beaucoup trop tôt.

Deux ans plus tôt, Jeanne s'était pourtant juré de ne pas revenir dans ces locaux. La dernière enquête qu'elle avait menée sur la disparition d'une adolescente l'avait conduite aux confins de la folie des hommes[1]. Elle avait donc d'abord décliné ce poste qu'elle avait fini par accepter. Entre-temps, elle avait passé douze mois au vert, à la tête d'un commissariat tranquille, dans une petite ville de province... L'horreur absolue. Elle ne s'était jamais autant emmerdée de toute sa carrière. Drames ruraux sans envergure, conflits de famille sans panache, accidents de la circulation sans intérêt... Elle avait même fini par reprendre un chien, qu'elle avait appelé... Ducon 2. Hommage facile à son premier clébard, un fier et stupide lévrier afghan dont la bêtise crasse n'avait d'égale que la fière allure. Elle avait vérifié sur Internet, cette race était le plus souvent considérée comme la plus bête du règne canin. Elle en avait quand même repris un. Au moins, avec lui, elle n'avait pas à se prendre la tête. Il était fidèle, beau et con. Tout le contraire de son ex-mari... Ex dont elle avait assez peu de nouvelles si ce n'est qu'il s'était remarié avec la secrétaire pour qui il l'avait quittée. Celle avec laquelle il avait pu, enfin, faire un enfant. Car, de son côté à elle, son corps s'y était refusé, mais sans doute sa tête y était-elle pour beaucoup. La dernière fois qu'elle l'avait eu au téléphone, il avait cru bon de lui annoncer avec fierté qu'ils en attendaient un deuxième. Il avait ajouté en se rengorgeant qu'il rejoignait Google France en tant que directeur général. Il avait toujours eu ce besoin immature de se mettre en avant. Et il allait sans doute pouvoir trouver une

---

1. Voir François-Xavier Dillard, *Prendre un enfant par la main*, Belfond, 2020 ; Pocket, 2021.

collaboratrice encore plus jeune que celle qu'il avait sous la main. Elle se disait que la prochaine fois il serait bon de ne pas lui répondre. Un matin, avant de partir pour son petit commissariat et alors que la tentation de se servir un verre de vodka – il était à peine 9 heures – s'était faite impérieuse, elle avait décidé d'appeler Joël Vivier, le patron de la police judiciaire. Celui-là même à qui elle avait d'abord refusé le poste qu'elle occupait maintenant. Elle savait que la conversation serait à couteaux tirés, mais Vivier était devenu, disons, presque un ami. Si tant est qu'elle puisse encore en avoir dans la maison. Elle avait composé son numéro.

— Oui Joël, c'est Jeanne... Eh bien non, en fait, ça ne va pas du tout. Je suis en train de devenir complètement alcoolo et je crois que si je reste dans cet endroit une semaine de plus je vais buter mon voisin... Un gros type odieux qui s'obstine à tondre sa pelouse deux fois par week-end et à laver sa voiture pratiquement tous les jours. Et je vais aussi buter Ducon 2... Juste avant de me tirer une balle dans la tête. Donc, non, ça ne va pas très bien. En résumé, sortez-moi de là !

Vivier avait évidemment pris un malin plaisir à lui rappeler ce qu'elle lui avait dit un an auparavant : « J'en ai marre de toute cette merde, si vous voulez vraiment me filer un coup de main, trouvez-moi un petit commissariat bien tranquille dans un endroit bien calme. Ça suffira à mon bonheur. » Le petit commissariat bien tranquille s'était donc transformé en une sorte de mouroir d'intranquillité et de déséquilibre psychique. Un piège qui s'était peu à peu refermé sur elle avec une terrible inexorabilité. Elle n'avait même pas eu l'ombre du début d'un commencement d'aventure sentimentale ou, *a minima*, sexuelle avec un autochtone. Pourtant, elle était encore belle, avec ses yeux d'un bleu profond, ses cheveux noir corbeau quasiment naturel, et sa longue et fine silhouette. Même le jeune mécano du garage local, un type assez sexy à qui elle avait confié, inquiète, l'entretien de sa Maserati GranTurismo, avait accordé bien plus d'attention à la carrosserie de sa voiture qu'à la sienne. Cette voiture qu'elle avait achetée d'occasion avec une partie de sa prestation compensatoire était son bras d'honneur à tous les bien-pensants écolos bobos qu'elle haïssait de plus en plus. Sa bagnole consommait de façon indécente. Elle était bruyante, imposante, décalée… Un peu comme elle, finalement. Elle était donc de retour à Paris, plongée dans ce qu'elle redoutait le plus, la souffrance des enfants. Sans doute une cause qui, chez elle, venait percuter l'immense caisse de résonance de sa propre solitude et de son enfance. Elle n'avait pas eu d'enfant, n'en aurait plus… Et quand elle voyait ce que certains parents faisaient d'eux, elle se disait que ce n'était pas plus mal.

L'audition de Mme Boissières et de sa fille Ophélie devait commencer dans moins de cinq minutes. Jeanne relisait le dernier rapport de Mickael, un de ses enquêteurs. Elle avait vu la petite fille de 7 ans dans le hall, tout droit sortie d'une école privée catholique avec sa jupe plissée et sa jolie tresse. Une vie protégée, une enfance heureuse et sage, un bel ordonnancement balayé, explosé en plein vol par cette unique phrase, un dimanche matin, au cours du petit déjeuner familial. « *Tonton… Il m'a montré son zizi et, en échange, il m'a demandé de pouvoir toucher ma zézette.* » Cette révélation, elle l'avait faite d'une voix blanche, entre deux tartines. Mais combien d'enfants ne parlaient pas, ne pouvaient pas le faire quand l'agresseur était assis en face d'eux, chaque matin. Combien étaient battus, quand ils n'étaient pas violés, combien se détruisaient à petit feu, dans le silence d'une chambre sombre ou dans celui, humide et froid, d'une cave sordide... Au travers de toutes ces affaires, de toutes ces déclarations, ces visages d'enfants perdus, de mères et de pères complètement déboussolés, Jeanne avait l'impression de recueillir les scories d'une civilisation à laquelle elle se sentait de moins en moins appartenir. Mais il fallait bien que quelqu'un fasse le job. Après l'audition elle irait voir Samia. Pour elle, elle pouvait encore faire quelque chose, elle le savait. Elle ne connaissait cette gamine de 17 ans que depuis quelques mois. Depuis le jour ou un de ses agents l'avait ramassée en train de tapiner, avenue de Friedland. Ce phénomène de prostitution « volontaire » était une véritable gangrène qui touche de plus en plus de jeunes filles. Et de jeunes garçons. La misère et la détresse, elles, sont de moins en moins sexistes. Quand elle était entrée dans la salle d'interrogatoire, elle avait vu tout de suite le visage de Marie, sa jeune collaboratrice fraîchement débarquée de l'école de police, empreint d'une immense incrédulité devant les propos de Samia. L'adolescente était jolie, très jolie, trop, sans doute. Ses grands yeux marron maquillés avec soin, sa peau parfaite et dorée, sa bouche aux lèvres fines parfaitement dessinées par un trait discret de crayon rose. Elle s'exprimait calmement, ne semblait pas impressionnée par la situation.

— Écoutez madame, c'est mon corps. Je fais ce que je veux avec, non ?

Marie avait tourné un visage désolé vers Jeanne puis avait secoué la tête en soupirant.

— Et si tu le respectais un peu ce corps, justement... Parce que c'est le tien et que tu n'en as qu'un.

C'est Jeanne qui avait dit ça, elle n'aimait pas intervenir dans le job de ses équipes mais cette fille-là l'avait touchée. Elle s'était assise à côté de Marie.

— Vous êtes qui, vous ?

Jeanne avait souri.

— Je suis la commissaire Muller, chef de la Brigade de protection des mineurs. Mon job, c'est de te protéger, tu vois. Et en faisant ce que tu fais, tu te mets en danger. Tu mets en risque ta santé physique et psychique, et, surtout, tu ne te respectes pas.

Samia avait rigolé, doucement. Il y avait eu alors dans ses yeux une grande tristesse mais aussi une immense fierté.

— Et pourquoi je me respecterais, madame, personne ne le fait, ne l'a jamais fait. Et vous savez aussi pourquoi je me vends ? Parce que je m'en fous, de ces mecs. Je m'en fous de ce qu'ils font avec mon cul. La seule chose qui compte, c'est ce que, moi, je vais pouvoir faire avec leur fric. Et vous savez ce que je fais ? Je m'achète des trucs que même vous vous ne pourriez pas vous payer. Je vais dans des boutiques où les vendeuses me respectent parce que j'ai du cash plein mon sac à main et qu'elles savent que je peux lâcher 1 000 balles pour une putain de paires de chaussures à la con... Ça les fait bien chier de se plier en deux pour une petite rebeu comme moi, mais elles sont bien obligées de fermer leur gueule. Et ça, ça, c'est un vrai kiff... Voilà, madame.

Elle avait fini sa tirade avec de grosses larmes qui roulaient sur ses joues comme des perles. Mais elle avait pourtant regardé la commissaire Muller droit dans les yeux. Jeanne avait alors remué ciel et terre pour placer Samia dans une famille où son intelligence et sa sensibilité pourraient trouver un terrain fertile pour son développement. Ça n'avait pas été simple, mais elle avait fini par trouver un couple d'enseignants retraités qui avaient immédiatement craqué pour la jeune fille. Cela fait six mois maintenant, six mois que, chaque fois que Jeanne Muller se rend chez les Quillet pour voir Samia, son cœur se serre à l'idée qu'on lui annonce qu'elle s'est évanouie dans la nature. Parce que les contes de fées, elle le sait mieux que personne, ça n'existe pas. Pas dans son monde à elle, en tout cas. Pas dans ce monde-là.

6

Juliette n'arrive pas à s'endormir. Elle regarde son téléphone portable pour la centième fois. Dans deux ou trois heures, peut-être moins si elle le demande, il faudra de nouveau donner le sein à sa fille. Sa fille... Aurore. Cela avait été tellement simple de choisir ce prénom. Tout le monde lui avait dit : « Tu verras, c'est l'enfer ! Trop à la mode, trop ringard, trop étrange, comme ta grand-mère tarée, comme ton oncle alcoolique, trop tout... » Et pourtant, Alex et elle étaient tout de suite tombés d'accord. Tout leur plaisait dans ce prénom, les sonorités, la signification, ils en étaient convaincus dès le début. Mais ils voulaient quand même laisser croire que tout cela était réfléchi. C'est vrai qu'ils avaient eu le temps de bien penser à cette putain de parentalité. Au début, les remarques de sa mère ne l'agaçaient pas vraiment. Celles de sa belle-mère un peu plus, évidemment. Mais rien de tragique. Et puis, peu à peu, d'échec en échec, elle avait interdit à tout le monde d'aborder le sujet. Avec gravité, avec violence, même. Elle devait bien l'avouer. Parce que « simple », rien ne l'avait été, en fait, depuis le début. Lorsqu'elle avait rencontré Alex, il était déjà marié, depuis trois ans. Il était chargé de TD à la fac et elle, étudiante en droit. Jamais elle n'aurait cru pouvoir sombrer dans un tel cliché… En plus, il y avait eu ces rumeurs sur une aventure qu'il aurait eue avec une de ses étudiantes, deux ans auparavant. Mais bon, les rumeurs… Quand on étudie le droit, on étudie les faits, la règle, pas les on-dit ni les ragots. Et elle devait bien admettre que c'est elle qui avait fait le premier pas. Enfin, pas vraiment. Elle s'attardait juste un peu à chaque fin de cours, posant des questions, demandant des précisions sur des points complexes, sollicitant des avis… Bon, c'est vrai, avec le recul, elle le savait, elle en avait fait des tonnes.

Et il y avait eu ce cours de fin de journée, on était en janvier, elle avait fini par épuiser les autres « groupies » par ses questions incessantes. Il ne restait qu'Alex et elle dans cette salle de cours de l'université d'Assas. Elle n'avait plus de questions. Mais elle avait encore besoin de réponses. À des questions qu'elle ne pouvait pas poser. Et pourtant, c'est lui qui avait franchi le pas.

— Écoutez, Juliette, je ne veux vraiment pas vous choquer, je ne devrais même pas aborder ce sujet avec vous, mais… vous avez quelqu'un dans votre vie, je veux dire sentimentalement ?

Elle avait trouvé ça débile et touchant comme question. Puis s'était tout de suite reprise.

— Moi non, mais vous, je crois bien que si…

Elle avait juste effleuré l'annulaire gauche de son prof, orné d'une fine et élégante alliance en or blanc. Il avait attrapé avec douceur la main de la jeune femme et l'avait regardée droit dans les yeux.

— C'est une histoire déjà morte, Juliette, dans une semaine j'aurai enlevé cette alliance. Sans haine, sans rancœur, avec juste un regret. Celui de ne pas vous avoir rencontrée plus tôt.

Elle s'était tout de suite demandé si ce n'était pas un discours bien rodé, de ceux qui lui permettaient de mettre dans son lit des étudiantes trop sottes ou trop aventureuses. Mais ils avaient pris un verre, puis un autre, puis partagé un dîner. Et il avait enlevé son alliance. Jusqu'à leur mariage, simple, beau, sincère... Depuis, ils avaient très peu parlé de son ancienne femme. C'était un sujet qui mettait Alex mal à l'aise. Elle pouvait le comprendre. Mais elle savait qu'il faudrait bien qu'ils en parlent un jour. Elle se l'était promis.

Elle regarde le lit transparent à hauteur du sien puis fixe son regard sur la merveilleuse petite créature qui s'y est endormie. Les traits d'Aurore sont si harmonieux. Il se dégage de ce visage d'ange une douceur et une candeur sans limite. Juliette songe aux péripéties qui attendent son enfant, aux obstacles et aux chagrins que la vie va dresser devant elle. À ce moment-là, le poids de sa responsabilité de parent lui semble insurmontable. Elle en a même les épaules qui s'affaissent et un long soupir s'échappe de sa gorge. Jamais, à aucun moment de sa vie, elle ne s'était sentie aussi responsable. Puis, petit à petit, son souffle s'apaise, elle repose sa tête sur l'oreiller sans quitter des yeux son bébé. Au bout de cinq minutes, vaincue par la fatigue, elle s'endort. La tête pleine de rêves et le cœur empli d'un amour sans limite.

L'horloge murale affiche 2 h 45 lorsque la porte s'ouvre sans un bruit. La mince silhouette blanche qui s'introduit dans la chambre ressemble à un fantôme. Sa blouse et son masque chirurgical en font une ombre blanche parmi les autres, dans la grande clinique endormie. Elle s'approche avec d'infinies précautions du landau surélevé. Elle observe quelques instants le visage de la mère puis celui de l'enfant. Sur son propre visage un mince sourire s'affiche avec lenteur. Un sourire qui bientôt se transforme en un rictus à la fois empli d'amertume, de crainte et de tristesse. Lorsqu'elle se saisit du bébé, celui-ci ne réagit pas. Elle l'emporte avec célérité vers la porte, mais, au moment où elle l'ouvre, son regard croise celui du nouveau-né. Aurore a ouvert de grands yeux bleus surpris sur ce visage masqué, elle est aussi intriguée par cette odeur qu'elle ne connaît pas. Elle ressent peut-être également la peur et l'excitation qui s'échappent par tous les pores de la peau de la créature nocturne. Soudain, les traits de l'enfant se crispent. Du fond de ce petit corps, une angoisse gigantesque, comme une lame de fond, la submerge en une fraction de seconde. Cette angoisse, un bébé ne peut la traduire que d'une seule manière. Les lèvres d'Aurore se mettent à trembler puis sa petite bouche s'entrouvre, de plus en plus largement. Mais avant que son premier cri ne s'échappe, une main impérieuse se plaque sur son visage. Ses petits bras s'agitent faiblement alors que l'ombre l'entraîne dans les couloirs anonymes de la clinique. On pourrait croire un médecin emportant précipitamment un nouveau-né pour pratiquer des gestes de première urgence. On pourrait le croire jusqu'au moment où ils sortent tous les deux du bâtiment et où ils s'engouffrent dans une voiture qui s'éloigne aussitôt tous feux éteints. Lorsque le véhicule rejoint la nationale, Aurore hurle de toutes les faibles forces de ses jeunes poumons. Mais personne ne peut plus l'entendre, sauf le chauffeur qui conduit la voiture et dont le visage ne trahit plus aucune émotion. À part peut-être une forme d'urgence qui se traduit par des gestes saccadés et par sa respiration de plus en plus hachée. Personne ne peut l'entendre, sauf peut-être l'autre bébé, allongé dans le siège semblable à celui dans lequel la petite Aurore vient d'être installée. Mais celui-là ne se réveille pas. Il dort d'un sommeil profond, lointain, chimique... Quand la voiture entre dans Paris, le nouveau-né épuisé s'est endormi. Il ne se réveille même pas lorsqu'il est extrait de la voiture et qu'on l'emporte dans la nuit.

Ce sont les premiers rayons du soleil qui réveillent Juliette. Elle avait insisté pour que la sage-femme ne ferme pas les volets. Comme si elle voulait profiter de chaque instant de lumière, de chaque seconde du jour naissant pour contempler sa fille. Elle tourne la tête vers le lit-landau et son souffle s'arrête brutalement. Elle tente de maîtriser les battements de son cœur, de se raisonner. L'absence de son enfant est sûrement due à une intervention du personnel, peut-être s'est-il passé quelque chose... Rien de grave sans doute, sinon ils l'auraient réveillée. Elle tente de se lever mais la césarienne la fait revenir à la dure réalité. Elle pousse un gémissement puis appelle l'infirmière en appuyant sur le petit bouton d'alarme. Au bout d'une minute qui lui semble un siècle, une jeune femme rousse et souriante entre dans la chambre.

— Bonjour madame Scott, quelque chose ne va pas ?

Juliette tend la main vers le petit lit vide puis, d'une voix faible et tendue par un stress grandissant :

— Savez-vous pourquoi on a emmené Aurore ? Vous ne pensez pas que vous auriez dû me prévenir ?

Sur le visage de l'infirmière, elle lit d'abord de l'incompréhension. Puis elle y voit de la surprise, et soudain une angoisse non dissimulée.

— Non... Je ne sais pas, nous n'avons pas... Attendez un instant je reviens tout de suite.

Elle se précipite en dehors de la chambre puis se rue vers la salle des infirmières tout en sachant que si quelque chose était arrivé à Aurore, elle en aurait été immédiatement informée ce matin en prenant son service. Et surtout qu'on n'aurait pas laissé la jeune mère se réveiller dans une chambre vide. Avant même de poser une seule question, elle sait déjà que personne n'est au courant de ce qui s'est réellement passé cette nuit, et cela lui noue les tripes.

Seule dans son lit, rongée par l'angoisse, Juliette, le visage baigné de larmes, gémit doucement en attendant qu'on vienne lui confirmer ce qu'elle sait déjà. Son enfant a disparu.

7

Michel Béjart regarde sa montre, il est 18 h 29. Il insère sa clef puis actionne la serrure de la lourde porte. Quand il entre dans son hôtel particulier, il est pile 18 h 30. Comme toujours. Il pénètre dans le large vestibule, dépose son pardessus sur le portemanteau. Il récupère dans sa poche intérieure la revue qu'il a prise à Catherine, au bureau. Il s'avance dans le grand double salon, allume la lumière. La pièce est vide, hormis une longue table de bois claire et deux chaises. Il y a, dans la seconde moitié de la pièce de réception, un grand piano à queue, un canapé de designer scandinave et un immense écran de télévision au-dessus de la cheminée en marbre. Il quitte la pièce puis s'avance avec précaution dans le long couloir qui dessert ses quartiers. Quand il avait acheté ce petit immeuble, l'ascenseur existait déjà. L'ancien propriétaire s'était aménagé un atelier de peinture et de sculpture au dernier étage où de grandes verrières offraient une lumière incomparable. Son fils avait insisté, malgré son handicap, pour occuper cet étage qui était devenu son territoire, son domaine. Michel Béjart ouvre doucement sa chambre

Il regarde la toile du XVIIIe siècle accrochée au-dessus de son lit. Une Vierge à l'Enfant de l'école napolitaine qu'il avait acquise aux enchères pour une somme finalement modeste. Il aime cette toile dans laquelle, fait rare, la tête de Joseph est posée sur les genoux de Marie et embrasse la main du nouveau-né. Chaque fois qu'il portait son regard sur ce tableau, son cœur se serrait et une vague d'émotion l'envahissait. C'est au moment où il dépose la revue dans le tiroir de sa table de chevet que son téléphone vibre. Cette sensation fait naître en lui un immense frisson qui parcourt tout son corps. Il regarde l'écran de son smartphone avec appréhension.

— *Tu es rentré... Bien sûr que tu es rentré, il est 18 h 35. Tu es forcément là... Tu me préviens quand tu ne rentres pas... Et tu rentres presque toujours.*

À chacun des messages qui se succèdent à un tempo régulier, le rythme cardiaque de Michel s'accélère. Il tente de se calmer, respire profondément. Il veut être maître de lui-même quand il va aller le retrouver au troisième étage. Au bout de quelques instants il reprend le contrôle. Il sort de sa chambre et marche vers le fond du couloir. Lorsqu'il arrive devant la porte du vieil ascenseur, toute de fer et de verre, il se dit une fois de plus que cela ressemble plus à un monte-charge qu'à un véritable ascenseur. L'ancien propriétaire s'en servait pour monter et descendre ses œuvres monumentales. Mais cela était parfait pour son fils. Il sent alors de nouvelles vibrations.

— *Tu viens me voir... Je sais que tu viens me voir... C'est comme si je pouvais entendre tes pas dans le couloir... Même si tu fais attention... Même si tu as peur... À quoi tu penses ?... À notre dîner peut-être... Je crois que je ne mangerai pas ce soir... Mais viens.*

Pendant qu'il monte au rythme lent de la vielle machinerie, Michel lit les courts messages égrenés à un rythme régulier, comme des balles de fusil. De nouveau son cœur qui s'emballe. De nouveau le remords, le chagrin, la peine. Mais il a encore de l'espoir. Il repense à la peinture dans sa chambre, à la figure du père. Parfois, Michel se sent bien avec son fils, mais si rarement. Et il a parfois l'impression que leurs rares instants de quiétude sont partagés. Mais à quand remonte le dernier ? Il est maintenant devant la porte sombre. Sa main tremble un peu quand il la pose sur la poignée. Une fois arrivé sur le palier, il pousse légèrement la double porte peinte en noir. Elle est fermée.

— Attends, je ne suis pas prêt... je veux te faire une surprise... je n'en ai pas pour longtemps... Et puis finalement j'ai faim... Commande du japonais... ça sera bien, du japonais.

Michel reste interdit devant la porte. Puis sa lourde silhouette se met en mouvement. Il redescend, cette fois à pied, les deux étages puis se dirige vers la cuisine. Il semble soudain accablé par une immense lassitude. Il se frotte le visage puis entre dans la pièce d'inox et de carrelage. Il ouvre un tiroir, se saisit d'une publicité pour un restaurant japonais situé à quelques rues de leur immeuble. Il commande uniquement chez eux. Il compose rapidement le numéro sur son téléphone. La conversation est brève. Ils prennent toujours la même chose. Deux menus mixtes, brochettes et sushis avec des suppléments de wasabi. Beaucoup de wasabi.

Il sait qu'il devra en jeter les trois quarts. Comme tout le reste. Mais c'est un moment qu'il ne veut rater pour rien au monde. Les rares instants où ils sont ensemble, où il peut le voir. En attendant le livreur, il prend deux assiettes dans le placard. Il veut mettre le couvert dans la salle à manger, il ne veut pas dîner dans la cuisine. Il souhaite quelque chose de chaleureux, il désire qu'ils aient l'air de ce qu'ils sont. Un père et un fils qui dînent ensemble, un soir de semaine, comme des millions d'autres. Si seulement c'était possible, si seulement c'était vrai. Lorsqu'il a terminé, il s'installe au piano et commence à jouer une partita de Bach. La musique de ce compositeur est peut-être la seule chose qui lui apporte encore un peu de sérénité, la seule source de paix qu'il lui reste. Alors il laisse courir ses doigts sur le clavier, obéissant à la construction parfaite du compositeur. Une mécanique de haute précision au service d'un génie qui confine au divin. Il est soudain interrompu par la sonnette. Il va ouvrir et récupère sa commande. Il laisse un pourboire indécent. C'est aussi un moyen pour être servi vite. Il sait que les livreurs se battent pour venir ici. Il va dresser la table, faisant disparaître les cartons et les emballages pour déposer les mets dans des plats de porcelaine blanche. Il a presque fini quand son téléphone se met à vibrer de nouveau.

— *Je suis là... derrière toi...*

Il ne l'a pas entendu arriver, comme toujours. Il contemple l'écran et les petites lettres noires. Il sait qu'il va devoir se retourner, qu'il va devoir sourire. Faire comme si tout était normal. La dernière fois qu'il a entendu la voix d'Hadrien, c'était il y a si longtemps. C'était encore une voix d'enfant. Il y a un siècle, il y a mille ans. Il n'y a pourtant aucune raison pour qu'il ne parle pas, aucune. Il se retourne lentement, dessinant avec peine un sourire sans joie. Un sourire qui se fige dans un rictus lorsqu'il découvre son fils. Il a mis, tant bien que mal, son smoking, celui que Michel lui a offert quand il avait décidé d'aller régulièrement à l'Opéra dans la loge que la Fondation louait à l'année pour remercier ses généreux donateurs en les invitant à de fastueuses avant-premières. Cela avait duré un an, un peu plus peut-être, et puis Hadrien avait subitement décidé de ne plus jamais y remettre les pieds. Enfin, les pieds... Son père regarde le fauteuil électrique ultramoderne dans lequel son fils doit se hisser à la force des bras s'il veut se déplacer. Son enfant aux yeux si bleus, aux cheveux si sombres, aux fines lèvres rouge sang. Aussi rouges que les taches qui constellent ce soir sa chemise blanche. Des taches qui proviennent des petites incisions qu'il s'est infligées dans la solitude de sa chambre. C'était ça, sa « préparation »... Son père voudrait le serrer dans ses bras, discuter avec lui de leurs souffrances communes, mais il reste immobile, regardant Hadrien qui, tranquillement, s'est saisi de son téléphone et tape avec célérité sur son écran.

— *Ne t'inquiète, pas... ça ne fait pas mal... Ce n'est pas ça qui fait mal... Je voudrais regarder un film ce soir... avec toi... Tu veux bien ?*

En lisant ce dernier message Michel doit retenir ses larmes. Il se dirige vers son fils, s'agenouille devant lui et, posant sa tête sur ses genoux, il murmure :

— Bien sûr Hadrien, tout ce que tu voudras...

8

« Se respecter »… Elle me l'a si souvent répété, la commissaire Muller. Tellement. Au fond, je sais bien qu'elle a raison. Je ne me suis pas vraiment regardée pendant toutes ces années. Ce n'était pas moi, pas moi qui offrais mon corps, mon sexe, mon cul, ma bouche pour deux cents ou trois cents balles. Moi, je flottais au-dessus de cette fille désarticulée, absente, au-dessus de ces mecs qui grognaient comme des porcs, qui pleuraient aussi parfois, comme des enfants. Ceux qui, une fois leur pulsion sexuelle assouvie, me regardaient pour de bon. Comme un père de famille regarderait une gamine qui pourrait être sa fille. Je n'avais aucune pitié, aucune compassion pour eux. Je prenais l'argent et je partais, vite. Sans me retourner, jamais. Mon père, je ne sais pas qui c'est. Et ma mère, elle ne sait plus qui je suis. En gros, personne ne s'est intéressé à ce que j'étais, jamais. Alors, je ne vois vraiment pas pourquoi j'aurais dû me préoccuper de moi. Mon corps, c'était rien. Tout le monde s'en est servi, depuis longtemps… Mon voisin quand j'avais 8 ans, mes cousins quand j'en avais 10, les mecs de la cité ensuite. Alors après, il fallait les faire payer. Je les ai tous fait payer, cher. J'aurais pu crever, j'aurais dû crever. J'ai tellement eu d'occasion de le faire. La dope, le spleen, l'alcool, la vitesse, le sexe... J'en avais vu, des filles, partir, sans que personne ne soit vraiment triste ni même inquiet. Juste des regards brefs, échangés comme des gifles, comme des coups de couteau. De ceux qui disent « c'est comme ça, faut faire gaffe, elles le savaient bien ces petites connes ». Et moi, j'étais mignonne, très jolie même. Je le suis peut-être encore. Ça me permettait au moins de pratiquer des tarifs haut de gamme et de choisir, un peu, mes clients.

Mais j'ai su trouver plus fort que la dope, c'est pour ça que je suis vivante. Mon corps ne m'appartenait plus, il me restait ma tête, mon imaginaire. Entre deux passes, la seule chose que j'ai vraiment faite, à part prendre des douches brûlantes et me frotter le corps jusqu'au sang, c'est ouvrir des livres, m'y plonger comme dans une piscine de volupté. Oui, je sais, on dirait une histoire à la con, la fille qui s'évade de sa vie de merde en lisant des bouquins. Mais en fait je l'ai toujours fait. Je ne sais pas pourquoi mais depuis toute petite j'ai toujours aimé les livres. Même quand je ne savais pas encore lire, l'objet me fascinait. Avant que je ne devienne une adulte de 8 ans, avant que ma mère arrête de me parler de peur que je lui vomisse ma haine au visage, elle me racontait que toute petite je passais des heures à jouer avec les deux seuls bouquins qu'on avait à la maison. Je me souviens très bien de ces livres. Il y en a un qui s'appelait *Oui-Oui et la gomme magique*, une histoire de dingue où le petit lutin avec son chapeau à grelot débile devait retrouver une gomme qui n'effaçait pas que les fautes mais aussi les meubles, les habits... Au début, je le touchais, je regardais les images, j'ai même déchiré des pages. Après, je les ai lues. Surtout l'autre livre. L'autre s'appelait *Le Drôle de Noël de Scrooge*. Une histoire incroyable de rédemption, un conte de Noël magique et cruel, comme tous les contes. La rédemption, ce mot, je sais maintenant ce qu'il veut dire, je sais tellement de choses grâce aux livres. J'avais 6 ans et je lisais déjà mieux que ma mère et que mon grand frère. À 8 ans, c'est moi qui m'occupais des courriers administratifs dans lesquels ma mère se noyait. À l'école, la maîtresse m'aimait bien, elle m'aidait, beaucoup. Elle disait à maman que j'étais douée, qu'il fallait me stimuler... Mais ma mère, elle ne comprenait pas ou alors elle s'en foutait, ou bien elle avait d'autres problèmes. Autre chose à faire que de « stimuler » une gamine qui l'encombrait. Et puis j'ai eu besoin d'argent. Enfin, j'ai voulu de l'argent. Je voulais moi aussi avoir droit à toutes ces choses que je voyais à la télé. Et comme mon corps m'avait déjà été volé, j'avais finalement décidé de le vendre. Cher.

Je ne sais pas pourquoi Jeanne Muller a fait tout ça pour moi. Elle en croise des tonnes, des gamins en galère, des filles perdues. Mais je sais que, la première fois que je l'ai vue, dans le bureau où on m'interrogeait, j'ai tout de suite senti un truc avec elle. Et je suis sûre qu'elle aussi. On n'en a pas encore parlé mais je le ferai, c'est évident. Je trouve ça si facile de parler avec cette femme. C'est la première fois que je rencontre quelqu'un comme elle. Je la trouve libre et belle. Je la trouve forte. Pourtant, malgré les apparences, elle aussi je sais qu'elle peut être fragile, je sens ces choses.

Des adultes fragiles, j'en ai tant croisé. Et puis grâce à elle j'ai rencontré Monique et Jean-Pierre. Ils sont presque vieux, ils sont beaux, ils s'aiment, et peut-être bien que moi aussi ils m'aiment. Cela fait six mois que j'habite chez eux. Vingt-six semaines que je me lève chaque matin sous leur regard bienveillant. Ils ne me demandent rien, n'attendent rien en retour, juste ma présence. Je sais qu'ils ont perdu un enfant, il y a longtemps. C'est Jeanne qui me l'a dit. Et il y a cette photo sur la cheminée du salon de leur petit pavillon. Une fille de 15 ou 16 ans, une jolie jeune fille qui sourit au photographe. Je pense qu'elle le connaît, je pense que c'est son père. Un portrait qui a ce drôle d'effet sur eux lorsque leur regard se tourne vers lui. Une douleur intense et en même temps un sourire fugace et profond, lumineux et sincère. Et puis, ils passent à autre chose, vite, très vite. Comme si la regarder trop longtemps leur était intolérable. En même temps ils ne peuvent pas se décider à la ranger, cette photo. Ils ne le pourront jamais je crois. Parfois, j'ai envie de leur en parler mais je n'ose pas, c'est trop tôt, on a encore du temps. Mais j'en ai envie. Et c'est rare les envies chez moi. Je veux dire, ce genre d'envie-là. Pas celle d'un autre putain de sac à main, de parfum ou de jean à 500 balles. Alors je veux en profiter, je veux qu'on se laisse le temps. Mais depuis hier soir je ne suis plus tranquille, plus du tout. Depuis que j'ai reçu son message. C'était le seul à avoir ce numéro, enfin, lui et Jenny... Tout le reste, l'ancien portable, mes vieilles habitudes, tout ça, je l'ai jeté au fond de la Seine, tout au fond de ma tête. Mais hier j'ai ouvert le SMS.

— Bonsoir Samia. Comment allez-vous ? Vous êtes partie sans me dire au revoir... je suis déçu. Terriblement déçu, même. Et triste. Je pensais qu'on pouvait se faire confiance tous les deux. Je me suis trompé, alors... Dites-moi que je ne me suis pas trompé s'il vous plaît. Je suis certain que ce n'est pas ce que vous vouliez, n'est-ce pas ? Mais je voudrais que vous me le disiez. Je voudrais vous entendre encore, entendre votre voix.

J'avais éteint mon smartphone et l'avais enfermé à clef dans le tiroir de mon petit bureau. Comme si je pouvais, par ce simple geste, éloigner à jamais l'auteur de ce message. Lui, c'était un client pas comme les autres. Enfin, même pas un client, il ne m'avait jamais rien fait. On prenait une chambre d'hôtel, on s'asseyait tous les deux sur le lit et on parlait, pendant deux heures. Pile deux heures. Au début j'avais trouvé ça étrange. Il parlait beaucoup, beaucoup de lui. Et puis, peu à peu, il m'avait également posé des questions sur moi. Sur ma famille, mes amis, ma vie. J'avais tout inventé. Ça servait aussi à ça de lire des livres. Je m'étais en un instant créé une famille aisée, des parents aimants, un frère brillant, et puis j'avais dit ma volonté farouche d'indépendance, de « vivre ma vie », par n'importe quels moyens. Il avait eu l'air d'y croire. Il m'avait avoué des choses intimes sur lui. Au début, ça me mettait mal à l'aise, mais j'avais fini par m'habituer et j'étais rentrée dans son jeu, comme une imbécile. Et moi aussi je m'étais mise à lui poser des questions sur lui, je lui avais dit que j'aurais aimé mieux le connaître, le comprendre. Après tout, il payait le prix fort et je n'avais pas de raison de le décevoir. Lui faire plaisir à lui me coûtait moins qu'avec les autres. Je ne savais pas quel âge il pouvait avoir, je ne lui avais jamais demandé. J'aurais dit peut-être 25 ans, guère plus. On se voyait une fois par semaine et ça avait duré un an. Jusqu'à la fin, jusqu'à ma rencontre avec Jeanne. Je ne savais vraiment pas pourquoi je lui avais donné mon numéro, mon vrai numéro. Peut-être parce qu'il était si différent des autres, peut-être parce que j'avais perçu chez lui une immense blessure et que ce genre de chose ne pouvait pas me laisser indifférente. Peut-être aussi parce que je m'étais un peu attachée à ce type étrange. Mais ce soir, alors que je sens de nouveau mon téléphone vibrer dans ma poche pour la dixième fois, je ne peux m'empêcher de me dire que j'ai commis une terrible erreur. Même s'il ne sait pas où je suis, même si je pourrais ne pas répondre, je sais que je vais finir par le faire. Je sais qu'il va me supplier de le voir et que, moi, je serai capable de lui dire oui. Oui à cette vie que je veux oublier mais qui me poursuivra, je le sais, toute mon existence. Les gommes magiques, en vrai, ça n'existe pas.

9

Michel Béjart regarde autour de lui sans vraiment y croire, comme s'il se demandait si tout cela n'était pas une vaste plaisanterie. Dans cette boutique immaculée, tout est parfait. Une atmosphère qui lui rappelle *L'Invitation au voyage* de Baudelaire, cette promesse d'un lieu où « tout n'est qu'ordre et beauté, luxe, calme et volupté ». Une volupté incarnée avec un talent indéniable par le vendeur qui tourne avec discrétion mais obstination autour de son client depuis qu'il est entré dans cette boutique. *Rêve d'enfant* est une adresse à la devanture sobre, nichée au cœur du triangle d'or de Paris, voisine des plus grands couturiers et des bijoutiers de renom, elle joue la carte de la discrétion. Peut-être parce que ceux qui y viennent ne souhaitent pas que leur démarche fasse l'objet d'une quelconque publicité. Même si, après tout, cela n'a rien de répréhensible ou de condamnable. Pas vraiment. Le vendeur s'approche encore un peu plus de son client puis, d'une voix mélodieuse, il rappelle les principes fondamentaux de son commerce.

— Bien entendu, monsieur, nous ne parlons pas ici d'un simple jouet. Cela, vous pourriez le trouver n'importe où ailleurs, et même (il marque un temps d'arrêt, ou plutôt de dégoût) dans une grande surface. Je vous parle, moi, d'un objet unique, d'un travail d'orfèvre, de centaines d'heures de patience et de talent prodiguées par les meilleurs ouvriers. Voilà pourquoi ce que nous vous proposons, vous ne le trouverez nulle part ailleurs.

Oui, il voulait bien le croire. L'article du magazine qu'il avait subtilisé dans le bureau de Catherine mentionnait ce fabricant en alertant le lecteur sur les prix prohibitifs, voire déraisonnables, qu'il pratiquait mais aussi sur la qualité exceptionnelle de ses produits. La gamme qu'il avait sous les yeux était, selon son interlocuteur, la quintessence de leur art, leurs trois plus beaux modèles.

— Évidemment, nous pouvons aussi créer pour vous un objet unique, répondre au moindre de vos désirs. Mais les délais, hélas… La demande est folle, savez-vous, et dans le monde entier. Il faut compter pas moins d'un an. Mais regardez ceux-là, ne sont-ils pas splendides ?

Devant lui, sur une immense table de bois vernis, trois petits couffins sont posés côte à côte et baignés d'une chaude lumière. Chacun est recouvert d'un voile blanc finement brodé.

— Allez-y, cher monsieur, regardez-les, prenez-les dans vos bras, vous allez voir, c'est unique.

Il s'approche de la table, se penche sur le premier couffin et écarte délicatement le voile. Il est d'abord saisi par la finesse des traits et l'harmonie subtile du visage. Il se recule un peu, instinctivement, comme si son intrusion pouvait briser la sérénité qui entoure ce moment.

— Prenez-le dans vos bras, j'insiste. Personne ne nous dérangera.

L'homme se saisit alors avec une immense délicatesse du petit corps habillé de soie et de coton. Il le porte instinctivement comme il le ferait avec un vrai nourrisson. Lorsqu'il la redresse, la poupée ouvre les yeux, et il a presque l'impression qu'elle lui sourit. Il sent au fond de lui un torrent d'émotions le submerger. Comme une vague venue d'un passé oublié, le ressac trop violent d'une sombre marée. Un instant, il croit défaillir et repose précipitamment la poupée dans son couffin. Il doit poser ses mains sur la table et respirer profondément pour reprendre ses esprits. Le responsable de la boutique, un peu inquiet, se rapproche de lui.

— Vous allez bien, monsieur ? Voulez-vous un verre d'eau peut-être, quelque chose de plus fort… ?

— Non, non, ça va aller, je suis juste un peu fatigué. C'est très étonnant effectivement. Mais comment faites-vous pour… Pour la chaleur corporelle et pour le souffle ?

— Ah, ah, je ne vais pas vous divulguer nos petits secrets de fabrication. Mais vous devez savoir que nous garantissons nos bébés à vie. Nous enverrons chez vous, en temps voulu, un membre de notre équipe pour assurer le bon « fonctionnement » de ses organes essentiels. Chez nous, rien n'est laissé au hasard.

À 20 000 euros pièce, il imaginait bien pouvoir bénéficier d'un service après-vente de qualité. Reprenant un peu ses esprits, il s'approche de nouveau de la table et écarte avec prudence le voile du deuxième couffin. La chaude lumière du vaste plafonnier vient alors caresser les traits délicats d'une adorable petite fille aux cheveux roux et frisés. Il s'attendrait presque à la voir sourire dans son sommeil sans rêve. Il avance sa main et pose un doigt tremblant sur la joue minuscule du nourrisson. Le contact avec la peau tiède de silicone est saisissant. Cela fait si longtemps qu'il n'a pas eu l'occasion de faire un tel geste. La dernière fois qu'il avait pris un enfant dans ses bras, qu'il avait pu embrasser son fils, remontait à des années, des siècles… Il remet avec précaution le voile qui dissimulait son visage. Puis, enfin, il se tient devant le troisième couffin. Il s'apprête à écarter le voile quand la voix du vendeur s'élève derrière lui.

— Juste un instant, cher monsieur. Ce modèle-là est tout à fait… spécial. Il a fait l'objet d'un travail très particulier de nos meilleurs artisans et du soin méticuleux de nos techniciens. Il est d'ailleurs un plus cher que la gamme précédente. Mais vous allez voir par vous-même, c'est une pure merveille…

Michel hésite un peu puis avance une main prudente vers le petit berceau et écarte le drap de dentelle. Lorsque la lumière se pose sur l'enfant, il est d'abord subjugué par la qualité et la finesse des traits. Ses lèvres sont si finement ourlées et ses cils, sur ses yeux fermés, sont comme un grillage délicat, mordoré et fragile. Il regarde les poings fermés de la poupée et ses petits doigts parfaits aux ongles cristallins. Il remarque, fasciné, que la petite poitrine se soulève en un rythme vif et régulier. Mais lorsqu'il approche ses mains pour se saisir de la poupée, il arrête soudain son geste. Elle vient d'ouvrir les yeux et fixe sur lui un regard vide et froid qui le terrifie. Il est comme paralysé et ne peut qu'observer, le cœur battant à tout rompre et le souffle court, les lèvres délicates et minuscules qui commencent lentement à s'entrouvrir. Il ne veut pas, ne peut pas entendre ce qui pourrait sortir de la bouche de cet enfant. Un cri, un rire, un pleur... Pour lui, à jamais, les bébés sont silencieux et leurs lèvres mortes. Lorsqu'il éloigne brusquement sa main, la petite bouche se referme aussitôt. Il se retourne vers le vendeur qui l'observe d'un air satisfait.

— Vous avez vu, c'est prodigieux, non ? Et encore, vous ne l'avez pas laissé terminer sa petite démonstration. Il est capable de produire les plus adorables des babillements. C'est un véritable chef-d'œuvre.

L'homme semble avoir repris ses esprits lorsqu'il s'adresse à son interlocuteur.

— Oui, c'est étonnant... Mais je ne souhaite pas qu'il puisse parler, enfin, ce mécanisme-là, je n'en veux pas. Je préfère qu'il soit... silencieux. Au moins dans un premier temps. Vous pouvez m'arranger ça ?

— Oui, ce n'est pas grand-chose à faire mais, croyez-moi, vous reviendrez vite sur votre décision. Et cela ajoutera un léger surcoût, bien entendu...

— Peu importe le prix que cela coûtera, je veux celui-là. Dans combien de temps sera-t-il prêt ?

Le vendeur s'affaire sur son ordinateur, puis il s'empare de son téléphone et passe un coup de fil. Après quelques secondes, il raccroche et se tourne vers son client.

— C'est tout à fait formidable, cher monsieur, un technicien est disponible pour venir s'occuper de notre petite merveille. Et nous pourrons vous livrer dès demain si cela vous convient ! Nous vous préciserons au plus tôt l'heure à laquelle notre nurse se présentera à votre domicile.

Après avoir signé quelques documents et versé une confortable avance, Michel Béjart quitte la boutique. L'air frais du soir lui gifle le visage et des nuages sombres s'agglutinent en un sinistre troupeau au-dessus des toits de Paris. Il regarde sa montre. Il devrait déjà être rentré, depuis au moins vingt minutes. Il n'a pas encore reçu de SMS mais il sait que cela ne devrait pas tarder. Et qu'ensuite ils vont s'enchaîner, les uns après les autres, de plus en plus nombreux, de plus en plus violents. Au moment où il atteint enfin le pied de son immeuble, il ne peut s'empêcher d'être saisi par une frayeur intense. Comment va-t-il pouvoir annoncer à son fils l'achat délirant qu'il vient de faire. Au-delà des sarcasmes acides dont il sait qu'il devra s'acquitter, il y aura aussi cette douleur intime et partagée que cette poupée ne manquera pas de réveiller. Mais, au point où ils en sont, cet électrochoc pourrait tout aussi bien être salvateur.

10

Quand Adélaïde de Mugy ouvre soudain les yeux, elle a l'impression de sentir une présence dans sa chambre. Elle était en train de faire un rêve, un bien joli rêve comme elle n'en avait plus fait depuis longtemps. Comme ceux qu'elle faisait enfant, avant que la réalité du « monde des grands » ne la rattrape. Toute son enfance puis son adolescence avaient été protégées, choyées. Elle était bien née, au sein d'une vieille famille aristocratique dans les beaux quartiers de Paris. Une famille encore suffisamment argentée pour faire illusion et continuer à être une référence dans les soirées et les rallyes qu'elle avait si assidûment fréquentés. Elle avait rencontré Charles à Sciences Po. Il était grand, charmant, drôle, séduisant. Alors elle était tombée amoureuse, et lui aussi. Elle était donc très rapidement passée de Mlle de Parly à Mme de Mugy. Des sonorités proches pour des mondes si semblables. Elle avait su alors que sa vie emprunterait un chemin sans détours, une destinée rectiligne. Comme celle de sa mère avant elle, de sa grand-mère et sûrement aussi de son arrière-grand-mère. Un bel appartement dans un beau quartier, une belle situation et de très jolis enfants... C'est sur ce dernier point que ce destin, d'apparence si parfait, avait commencé à partir en vrille. Au début, elle ne s'était pas inquiétée. Tout le monde lui disait : « C'est normal, ça va arriver. Il ne faut pas que tu te stresses, que tu y penses tout le temps... C'est le meilleur moyen pour tomber enceinte. » Mais plus le temps passait et plus cela devenait une obsession. Pour elle, pour son mari, pour son entourage... Elle lisait la question dans tous leurs regards sans qu'ils aient le moindre besoin de la formuler. Puis le temps des examens et celui de la médecine procréatrice étaient arrivés. Mais rien n'avait fonctionné. Ils avaient presque fait le deuil, avaient même entamé cette procédure d'adoption. Et c'était au moment où ils allaient vraiment franchir le pas que le miracle s'était produit. Elle n'y croyait pas. Son oncle, le professeur de Bacheville, lui avait dit que cela arrivait parfois, que ce n'était pas que physiologique, que le « grand mystère » de la vie recelait encore bien des surprises et des énigmes. Elle avait trouvé ça un peu pompeux, mais elle était tellement heureuse qu'elle l'avait écouté comme on le ferait du Messie. Il avait insisté pour qu'elle accouche dans sa clinique. Un établissement un peu vieillot mais dans lequel le personnel avait été exemplaire de prévention et de délicatesse. Elle se sentait si bien près de son fils. Jusqu'à cet instant.

La chambre est plongée dans une obscurité profonde, les ombres se mélangent aux ombres et elle n'arrive pas à distinguer quoi que ce soit. Elle voudrait allumer la lumière mais elle n'arrive pas à trouver l'interrupteur. Elle essaie de ne pas faire de gestes trop brusques, elle sait, elle sent que quelqu'un est dans cette chambre, et une vague de peur et d'angoisse gagne son esprit et son corps. Réunissant son courage, elle parvient enfin à dire d'une voix blanche presque dans un murmure.

— Il y a quelqu'un ici. Qui est là ? Répondez, répondez s'il vous plaît ou j'appelle.

Seul le silence de la nuit répond à sa supplique. Pourtant, elle a entendu un bruit, comme un bruissement d'étoffe, comme le claquement de pas légers, là, juste derrière elle. Et c'est au moment où elle s'apprête à hurler la silhouette blanche se jette sur elle. Elle sent une main ferme qui se pose sur sa bouche pour l'empêcher de crier, et puis, soudain, cette odeur, si forte. Comme si on lui soufflait de l'alcool pur dans le nez, la bouche. Elle tente de retenir sa respiration, de se dégager, mais son agresseur la retient fermement sur son lit. Et plus elle s'agite plus son besoin d'oxygène se fait impérieux. Au bout d'une trentaine de secondes, elle finit par inhaler le produit qui imbibe la compresse maintenue sur son nez. Ça la brûle, ça la pique, comme si un feu ardent envahissait son corps. Des larmes coulent sur son visage, sa tête commence à tourner et elle arrive tout juste à retenir une brusque nausée. La main se fait encore plus ferme et son propre corps commence peu à peu à lâcher prise. Avant de sombrer, les lèvres brûlées par l'éther, une seule pensée consciente, obsédante la retient encore au monde réel : « Par pitié, faites que personne ne fasse de mal à mon bébé. »

11

Ça fait si longtemps que je ne l'ai pas vue. Enfin, pas tant que ça. Mais depuis que je suis sortie de ma vie d'avant, de toute cette merde, le temps s'est allongé, étiré. Chaque minute, chaque heure, chaque jour qui me sépare de mon ancien monde creuse un fossé réjouissant et profond entre moi et l'enfer. Mais là, c'est juste… Jennifer. Tiens, ça se termine pareil enfer et Jennifer. Pourtant, elle, elle ressemble à un ange. Jenny pour ses amis, si peu mais si proches, comme moi. Et pour ses ennemis, intimes aussi. Une grande fille, belle et intelligente qui a glissé, sans raison apparente, dans un no man's land plein de fric, de sexe et de drogue. Et d'absence de soi. Pourtant, elle n'a jamais perdu ce regard distancié sur le monde et cet humour à froid qui m'a toujours fait crever de rire. Elle n'était pas du quartier, elle venait des pavillons. Un peu plus loin que nos barres d'immeubles pourries. Une famille normale. Si tant est que ça puisse exister. Son père bossait dans une banque, au guichet, et sa mère s'occupait de trucs à la mairie, une sorte d'assistante sociale. Ils ont tous commencé à partir en vrille à la mort du grand frère.

Pour ses 17 ans, son père lui avait acheté une petite bécane, une 50 cm^3 qui ressemblait à une vraie moto… Le papa le voyait sûrement champion du monde des pilotes de 500 cm^3, à défaut d'être footballeur au PSG ou au Barça. Loin de son quotidien à lui, à tout juste 300 balles de plus que le SMIC. À passer son temps à dire « Non, madame, ce n'est pas possible » à de vrais pauvres. Jenny m'avait raconté le drame, dans toute son horreur. Le capitaine de gendarmerie le matin, à 6 heures du mat, les cris de sa mère, le désespoir de son père.

— Monsieur Terrier… C'est votre fils, il a eu un accident… On a tout essayé. Mais… il n'a pas survécu, je suis désolé.

Après, tout était devenu flou chez elle, ou fou peut-être. Le chagrin, la rancune, les regrets, l'alcool… Son père s'était mis à boire comme un trou. Pour oublier, pour s'oublier plus sûrement. Sa mère, elle, passait le plus clair de son temps à prendre des cachets et à gueuler sur toute la famille qui lui restait. Sur Jennifer, donc. Son mari, lui, n'entendait plus depuis longtemps ses hurlements. Jenny avait décidé de s'évader de ce cauchemar. Pour en trouver un autre, bien pire. Le même que le mien. Et dire qu'on avait décidé d'y aller ensemble, de partir toutes les deux dans cet univers pourri. Convaincues par un branleur qui connaissait du monde, des réseaux clean, sans mac, avec juste une « petite redevance ». Pour être indépendantes, pour piloter un peu nos destins, pour vivre enfin…

C'est elle qui m'avait rappelée, je lui avais aussi donné mon numéro perso, une intuition, une folie. Ou une amitié, enfin, pour de vrai…

— Salut Sam, c'est moi, c'est Jenny. J'ai trop envie de te voir. Mais t'es partie où, putain ! Tu crois que cette vie de merde, sans toi, c'est pas encore plus la merde ? Rappelle-moi, j'ai vraiment envie de te voir. De te parler...

Alors, je l'avais rappelée. On s'était donné rendez-vous dans un salon de thé un peu chic dans cette ville de la banlieue ouest dans laquelle je m'étais exilée. À vingt-cinq minutes de RER de Charles de Gaulle-Étoile. Je savais qu'elle viendrait.

Je suis assise depuis vingt minutes, à siroter un thé devenu tiède, quand je la vois entrer dans la brasserie. Elle est toujours aussi immanquable. Les clients se retournent sur cette grande fille en tailleur bleu qui agite sa queue-de-cheval en ondulant jusqu'à ma table.

— Sam, mais où tu étais, bordel ? C'est tellement bon de te voir.

Elle se penche vers moi et m'embrasse avec un enthousiasme délirant. Puis elle regarde ma tasse de thé et se met à faire la moue.

— On peut boire autre chose que ça ici ou on est condamnées à mourir d'ennui, noyées dans une grande tasse de tisane ?

Elle agite le bras en l'air jusqu'à ce que la dame un peu âgée qui se tient derrière la caisse et qui, depuis qu'elle est entrée, observe Jenny avec des yeux de gardienne de prison se décide à venir jusqu'à notre table.

— Bonjour mademoiselle, vous désirez ?

Elle regarde la femme, puis s'arme de son sourire le plus envoûtant.

— Eh bien, je crois que mon amie et moi-même nous allons prendre une bouteille de vin blanc. Un vin sec, un truc minéral, vous voyez, un vin de Loire, peut-être...

Le père de Jennifer, avant de sombrer dans un alcoolisme profond, avait initié sa fille aux balbutiements de l'œnologie. Elle en avait gardé quelques bons réflexes. Mais son interlocutrice ne peut s'empêcher d'afficher une moue offusquée. Elle lâche une petite toux réprobatrice avant d'annoncer :

— Je ne sers pas d'alcool à cette heure-là, enfin, je ne peux pas. Si vous ne déjeunez pas. Je suis désolée.

Elle a lâché ce « Je suis désolée » avec une satisfaction non feinte. J'ai un peu peur de la réaction de mon amie. Je la connais, je sais ce dont elle est capable. Je l'ai vue défoncer des clients pour moins que ça. Elle avait commencé la boxe thaïe avec son frère. Et depuis qu'il était mort elle s'entraînait trois fois par semaine. Mais son intelligence prenait souvent le dessus sur son instinct. C'est ce qui l'avait maintenue en vie. Jusqu'à présent.

— Très bien, alors mettez-nous une bouteille de quincy avec… une quiche au poireau et deux fondants au chocolat ! Merci madame.

Et alors que la femme s'éloigne en maugréant, elle ajoute en rigolant :

— Et apportez tout en même temps. Pas la peine de faire semblant, non ?

Puis elle me regarde et me sourit. Le sourire de Jennifer est comme une invitation au voyage, comme un passeport pour sortir de la pourriture du monde. Comme un laissez-passer pour le bonheur. Quelque chose qui, pourtant, lui est tellement étranger. Lorsque la bouteille arrive sur la table, elle me sert un verre puis m'ordonne de le boire cul sec, avant de se servir.

— Qu'est-ce que tu fous, Sam, j'ai attendu avant de t'appeler. Bon OK, je suis pas ta mère. Même si toi et moi on sait que ta mère elle en a plus rien à foutre, mais là, franchement, tu m'as grave lâchée.

— Écoute... J'en peux plus de tout ça, je suis bien, là. Je suis tranquille, tu comprends. C'est cette flic, Muller. Tu sais, elle n'est pas pareille que les autres, je te jure. Je te promets, elle s'est bougée pour moi. Personne ne l'a jamais fait avant elle, personne, tu vois. Je ne veux pas la décevoir. Je sais, c'est con. Je sais ce que tu vas me dire, mais faut que tu comprennes. Je veux essayer de me sortir de tout ça.

Il y a beaucoup de tendresse dans le regard de Jenny à ce moment-là. De la tendresse et peut-être aussi de l'envie.

— Bien sûr que je comprends... Tu me prends pour une conne. Tu crois quoi, tu crois que moi j'ai pas envie de m'en sortir ? Mais bon, je suis trop habituée, tu vois. Et puis maintenant j'ai des clients réguliers, je les connais, ils me connaissent. On se respecte, quoi. Enfin... On sait pourquoi on est là. Et puis il y a le fric aussi, toujours...

Je ne vais pas commencer à lui répéter ce que m'a dit Jeanne. Que le respect, ça commence par soi, par respecter son intégrité, tout ça. Il y a six mois, j'étais exactement comme elle, alors, les leçons de morale... Soudain, elle se penche vers moi et me dit, sur le ton de la confidence :

— Moi c'est vrai, tu me manques grave, chérie, mais il y en a un, c'est pire que le manque. Il est tellement triste, c'est trop dur de le voir, tu sais... Il vient tous les jours, il a même réussi à me parler, pour me demander si tu allais revenir. T'imagines l'effort qu'il a dû faire ? Tu vois évidemment de qui il s'agit.

Oui, je vois très bien de qui elle me parle, bien sûr que je le sais. Et au moment où elle me le dit, je sais aussi que je n'aurai même pas besoin de rappeler Daniel pour lui dire où je me trouve. Je sais déjà que ma meilleure amie va le lui dire, parce qu'elle est comme ça, Jenny, elle n'aime pas les gens malheureux. Et, en y pensant, un frisson glacé traverse tout mon corps.

12

Lorsque l'homme reprend connaissance, c'est d'abord une douleur aiguë, fulgurante, qui lui traverse le crâne. Il a du mal à restructurer les fragments éclatés de sa mémoire. Il gît dans son sang, le sang qui s'est écoulé de son arcade sourcilière éclatée. C'est lorsqu'il arrive enfin à se mettre à genoux que l'épouvantable vision le ramène à l'intolérable réalité et lui fait immédiatement recouvrer la mémoire. Le petit corps du nourrisson est à moitié sorti du sac-poubelle noir. Sa bouche minuscule est ouverte sur un cri silencieux, et ses yeux vitreux semblent regarder l'homme qui ne peut retenir un gémissement. De douleur, de désespoir et d'effroi. Il se souvient maintenant, et une peur panique s'empare de lui. Il revoit très distinctement sa femme qui s'enfuit en entraînant leur fils terrorisé, sa femme qui franchit la porte avant qu'il ne sombre dans le néant. Il se redresse avec difficulté, vacille un instant avant de se retenir contre le mur du salon. Il se saisit de son téléphone et compose fébrilement le numéro de la police. Ces pensées se bousculent, par quoi commencer, que dire... Une seule priorité, une seule urgence, retrouver son *fils. L'attente lui semble une éternité avant que, enfin, une voix de femme lui réponde.*

— Oui bonjour, c'est ma femme... Elle a enlevé notre fils, je suis atrocement inquiet. Elle a fait quelque chose de terrible... d'horrible... Oui, oui... je me calme... J'ai trouvé dans notre congélateur... C'est affreux, j'ai trouvé... des corps d'enfants... Des nourrissons, deux. (Il se met à pleurer.) Oui, bien sûr, au 34, allée des Perruches, oui, au Vésinet... Ma femme a pris ma voiture, c'est une Mercedes S500... Il y a dix minutes peut-être... Immatriculée 500 WAL 78. Oui, je ne bouge pas, je vous attends.

Il raccroche puis essaie d'appeler son épouse, il tombe sur la messagerie. La voix monocorde et sans émotion fait naître un frisson qui lui parcourt tout le corps. Il se dirige avec précaution vers la grande porte-fenêtre qui donne sur le parc. En bas de l'allée, la grille est encore ouverte. Il sort dans le jardin et se met à descendre, de plus en plus vite. Son regard est accroché par une colonne de fumée qui monte dans le ciel, immense et noire, à deux cents ou trois cents mètres de sa maison. Malgré la douleur, galvanisé par l'angoisse, dopé par l'adrénaline, il se met à courir, mû par un instinct terrifiant, l'instinct de la mort. Il court à perdre haleine et la blessure à son front se rouvre. Un filet de sang de plus en plus important coule sur son visage, et des gouttes viennent s'écraser sur sa chemise blanche. Tout cela lui est égal, il veut juste aller voir, comprendre ce qui se passe, être certain que tout cela ne le concerne pas. Lorsqu'il arrive au carrefour, des gens se sont déjà attroupés devant l'accident. Il entend des bribes de conversation. « Elle roulait beaucoup trop vite, le camion ne l'a pas vue », *« Il y a un enfant à l'intérieur »*, *« Quelqu'un a appelé les secours ? »...*

Il reconnaît tout de suite sa voiture. Tout l'avant du véhicule a disparu, comme avalé par l'immense capot du 35 tonnes. Les flammes qui s'échappent du moteur sont encore petites mais il sait que cela peut aller très vite. Il écarte un homme qui semble vouloir gérer la situation et qui l'attrape par le bras.

— Vous ne pouvez pas y aller, monsieur, c'est dangereux, les pompiers vont arriver d'une minute à l'autre.

Il dégage son bras avec brutalité puis répond sans se retourner :

— C'est mon fils et ma femme qui sont à l'intérieur, foutez-moi la paix.

Il entoure ses mains avec sa veste et s'approche de la portière passager. Les flammes sont faibles mais la chaleur est déjà à peine supportable. Derrière la vitre, il aperçoit son fils qui tourne soudain vers lui un visage de souffrance et de peur. Il entend ses cris déchirants, et chacun de ses mots se grave au fer rouge dans son esprit.

— Papa, j'ai mal, j'ai mal aux jambes. Papa, j'ai peur, aide-moi, papa !

Son père attrape la poignée brûlante de la portière, mais lorsqu'il l'actionne, la porte ne fait que s'entrouvrir. Le choc a sûrement faussé le mécanisme. Le petit garçon colle son visage dans l'interstice pour respirer un peu d'air et échapper aux vapeurs toxiques qui se dégagent du moteur. Son père passe sa main sur son front dans un geste inutile et désespéré, comme s'il pouvait tout de même le rassurer. Sa mère est inconsciente, sur le siège passager, son visage est enfoncé dans l'airbag et il remarque que son bras fait un angle étrange avec son épaule. Mais il ne perd pas plus de temps.

— Tiens bon, ne t'inquiète pas, je vais te sortir de là, mon chéri.

Il n'a aucune idée de la manière dont il va pouvoir le faire. Il s'éloigne un peu du véhicule, ses yeux le brûlent et son souffle est de plus en plus court. Il regarde désespérément autour de lui et soudain son regard se pose sur un long morceau de métal qui s'est échappé du camion au moment du choc. Une longue tige de fer. Il se précipite sur l'objet et retourne vers la portière. Cette fois les flammes sont plus hautes, plus denses. Son fils est totalement paniqué et il se met à hurler dans la voiture.

— Papa ça brûle, j'ai mal, ouvre, ouvre !

Galvanisé par les cris, il insère le morceau de métal dans la portière et commence à faire levier. Malgré tous ses efforts, la porte ne s'ouvre que de quelques centimètres. Il recommence mais sent ses forces qui s'épuisent. La chaleur est devenue insupportable. Il en pleurerait de rage. Puis, d'un seul coup, il sent une présence à ses côtés. C'est le type de tout à l'heure, celui qui ne voulait pas qu'il s'approche. L'humanité n'est peut-être pas totalement foutue, pense-t-il un instant.

— À trois on appuie tous les deux, OK ?

Il acquiesce de la tête et adresse une prière silencieuse à toutes les divinités de la Terre. La première poussée est plus efficace et il gagne encore quelques centimètres.

— Allez, on essaie encore !

Cette fois, il peut accrocher son fils par les bras. L'homme qui est venu l'aider maintient son effort, des gouttes de sueur perlent sur son visage et une grimace déforme ses traits.

— Dépêchez-vous, je ne vais pas tenir très longtemps.

Il tire de toutes ses forces et son fils pousse un hurlement.

— Mes jambes, papa, qu'est-ce que tu fais ? J'ai mal, tu me fais mal.

Il n'a plus le temps de réfléchir, plus le temps de répondre. Il tire encore, arrachant un nouveau hurlement à son enfant. Puis, soudain, ils basculent tous les deux en arrière. Il a réussi. Il tire son fils pour l'éloigner du véhicule. L'autre homme qui l'a maintenant rejoint l'aide à le porter. Il a remarqué la grimace qu'il a faite lorsqu'il a aperçu les jambes de l'enfant. Lui aussi a vu les fractures ouvertes et la blancheur des os qui ressort avec une force éclatante au milieu des plaies rouge vif. Il ne veut pas y penser, pas tout de suite. Avant de tomber dans les pommes, son enfant trouve encore la force de le supplier.

— Il faut que tu cherches maman aussi, il faut que tu le fasses, papa !

Quand il se retourne, les flammes s'élèvent largement au-dessus du capot de la voiture. Malgré la chaleur et la peur, l'homme fait le tour du véhicule pour découvrir que sa femme a repris connaissance. Elle a réussi à ouvrir sa portière, mais seule la moitié de son corps est en dehors de l'habitacle. Une immense souffrance se lit sur son visage. Un instant elle tourne la tête et aperçoit son mari.

— *Viens m'aider, je suis coincée avec la ceinture. Je brûle, mes jambes brûlent, vite !*

L'homme est comme paralysé, il regarde sans bouger sa femme qui se tord de douleur. Mais, devant ses yeux, ce sont les corps minuscules, pâles et glacés de deux bébés qui envahissent son crâne et obscurcissent son cerveau. Sa femme hurle de nouveau.

— *Mais qu'est-ce que tu fais, putain, je brûle !*

Il ne saura sans doute jamais ce qu'il aurait vraiment fait car il est soudain écarté par deux pompiers qui projettent une mousse épaisse et blanche sur la voiture et sur son épouse afin d'éteindre les flammes. Au-delà de la douleur, au-delà de la souffrance, ce qu'il perçoit alors, dans le regard de sa femme, c'est une haine indicible, sauvage et profonde.

13

Je ne sais même pas pourquoi j'y suis retournée. Peut-être pour être certaine que je n'étais vraiment plus là. À parcourir cette contre-allée, à attendre les grosses berlines de mes clients. À m'asseoir sur ce banc pour lire, encore et toujours. Je suis passée devant l'hôtel, le type de l'accueil, un vieux un peu vicelard mais pas méchant, m'a fait un petit signe, et j'ai eu honte. C'est la première fois que ça m'arrive, depuis longtemps. Est-ce que c'est ça qu'on gagne en se « respectant », Jeanne ? Le droit de se souvenir et de s'en mordre les doigts... J'ai dit à Monique et à Jean-Pierre que je devais aller à Paris pour voir une amie. C'est un demi-mensonge, une moitié de vérité qui me rappelle qu'il suffit de remettre les pieds dans toute cette merde pour que je redevienne l'ancienne Samia. Que je mente de nouveau. C'est Jennifer qui m'a suppliée de venir. « Viens, je te jure, il me fait trop pitié ton pote, viens au moins juste lui dire que tu ne reviendras plus. Quand c'est moi qui lui dis, il me regarde avec sa tronche bizarre, comme si je lui parlais en noiche... Et puis on se verra, comme ça. » Alors j'avais dit oui, j'avais pris le RER et puis le métro. Ça ne me manquait pas, ça. Pas du tout.

Quand je suis arrivée dans la brasserie, le serveur m'a aussi reconnue. Il m'a fait un petit signe de la main et puis il m'a souri. Je crois qu'il était sincèrement heureux de me revoir, on s'entendait bien. Il s'est approché de moi.

— Salut Samia, ça faisait longtemps. Elle est là, elle t'attend à la table habituelle.

Quand je l'ai regardée, j'ai tout de suite compris que quelque chose n'allait pas. Même quand elle m'a vue, elle n'a pas souri. Et ça, c'est un signe qui ne trompe pas. Je me suis approchée et c'est là que j'ai compris. Quand je l'ai vu, un peu derrière elle, adossé contre le mur, tranquille. Ce n'était pas Daniel mon client si spécial, non… C'était Marco. Cette petite ordure avec son sourire vicieux et sa gueule d'ange déchu. J'aurais dû me barrer mais la détresse dans les yeux de Jennifer m'en a empêchée. Sa détresse et aussi cette marque sur sa pommette gauche, cet hématome qu'elle n'était pas arrivée à complètement camoufler malgré son art et son expérience du maquillage. On avait toujours dit aux flics qu'on n'avait pas de mac. En quelque sorte, c'était vrai. On avait juste un deal avec Marco et les types avec lesquels il bossait. On payait un forfait pour ne pas être emmerdées, une sorte de protection… Bon, OK, ça ressemblait un peu à un mac, mais pas tout à fait. Il ne nous imposait rien, pas de clients, pas de rencontres. On payait cher et ça nous allait comme ça. Il avait bien essayé de nous refourguer sa came, de nous faire plonger un peu plus, mais, avec Jenny, on n'avait jamais craqué. Je ne dis pas qu'on fumait pas des joints de temps en temps, qu'on n'avait pas pris un peu de coke, mais ça s'était arrêté là. Peut-être parce que j'avais mes livres, c'était ma came, ma manière à moi de m'évader. Peut-être aussi parce qu'on avait vu tellement de meufs partir en vrille, toucher le fond à cause de la merde que leur refilaient des types comme Marco. On savait que ce mec était un salopard mais on avait toujours réussi à trouver un terrain d'entente. Mais là, tout de suite, j'ai l'impression que ce n'est pas aussi simple que ce que je pensais. Je m'assois et commande un café. Il vient s'asseoir en face de moi avec toujours ce même sourire à la con. Je le laisse commencer.

— Salut Samia, ça va depuis le temps ? Tu m'as manqué… C'est vrai, je t'aime bien, tu sais. Et tes clients aussi, tu leur manques. Sinon, je crois bien qu'on avait un deal tous les deux, comme un contrat, tu vois. Et les contrats, on les casse pas comme ça, c'est pas bien. Ça se fait pas, tu comprends.

Je le regarde droit dans les yeux même si j'ai une boule dans le ventre, une boule de pétanque qui se balade comme une malade en se cognant dans tous mes organes, jusqu'à mon cœur.

— Ah bon ? Je ne me souviens pas d'avoir signé quelque chose avec toi. Mais bon, si tu retrouves un exemplaire, hésite pas. Je veux bien regarder la clause sur la rupture abusive.

Son sourire s'est effacé et il l'a remplacé en un quart de seconde par une mimique cruelle et haineuse. Il me saisit le poignet, et je sens sa force brute et sa capacité à la mobiliser pour faire mal.

— Écoute-moi bien, petite connasse. C'est pas parce que tu lis des livres qu'il faut que tu me chies dans les bottes. On avait un deal et c'est tout. Alors maintenant, tu vas faire exactement ce que je te dis. Pour réparer les torts que tu me causes tu vas commencer par me filer 30 000 balles. Et encore, je suis sympa. Tu vois, je t'aime bien. Et puis tu vas te démerder pour te trouver une remplaçante, ma grande. Le même genre que toi, du genre qui pourrait plaire à tes habitués. Je sais pas encore où tu crèches, ta copine a pas voulu me le dire. Mais bon, pour l'instant je lui ai demandé gentiment, pas vrai Jennifer ? Mais ça, c'est pas grave, y a moyen que je le sache vite. T'as une semaine, pas un jour de plus. On se revoit ici à la même heure. T'as bien compris ? Si t'es pas là, c'est elle qui morfle.

J'ai très envie de lui dire d'aller se faire foutre, mais la peur que je lis sur le visage de mon amie me retient de le faire. Il se lève puis s'éloigne sans un mot de plus. Jennifer a baissé la tête. Lorsqu'elle la redresse de nouveau, je vois des larmes dans ses yeux.

— Putain, excuse-moi Samia, cet enculé m'a forcée... Je suis désolée.

— T'inquiète pas, c'est pas de ta faute. On va trouver une solution.

Deux mensonges en deux phrases, je fais fort. Je n'ai aucune économie, pas l'ombre d'un euro devant moi. La seule solution que je vois à notre problème roule en Maserati et fume clope sur clope. On finit nos cafés sans dire un mot de plus. Au bout de quelques minutes, elle se lève. Je crois qu'elle a honte et, surtout, qu'elle a peur.

— Je dois y aller, je... Vraiment je sais pas quoi te dire, toute cette merde, là ! C'est ma faute, putain...

Je la rassure et lui dis que je vais trouver quelque chose, que je la rappelle vite. Je la regarde s'éloigner et je réfléchis à toute vitesse. Il n'y a vraiment que la commissaire Jeanne Muller qui puisse faire quelque chose, je regarde ma montre, il est 15 h 30. Je l'appellerai ce soir. Jennifer a laissé un billet de dix sur la table. Je récupère mon sac, salue vite fait le serveur et sors de la brasserie. Il fait un peu froid dehors et des nuages sombres se sont regroupés dans le ciel de Paris. Avec un peu de chance il va se mettre à flotter. Comment j'ai pu croire un seul instant que j'allais pouvoir effacer cette vie d'avant, comment j'ai pu être assez conne pour imaginer qu'un type comme Marco allait me laisser me tirer comme ça. Ce n'est pas qu'une question de fric, il y va aussi de sa crédibilité. Si on apprend qu'il laisse partir une fille sans rien faire, il est cramé. J'ai senti, quand il m'a attrapé le bras, tout le mal dont il est capable. Et je l'ai vu aussi, sur le visage de Jenny. Je marche de plus en plus vite, je ne me souvenais pas qu'il était aussi loin, ce putain de métro. C'est au moment où j'aperçois la station que je sens une main se poser sur mon épaule, une main qui me retient. Et juste avant que je ne me retourne, j'ai l'impression que mon cœur va exploser.

14

— *Qu'est-ce que c'est que ça !*

Une fois de plus, il ne l'a pas entendu arriver. Lorsque la « nurse » avait sonné, Michel s'était précipité pour lui ouvrir. Elle était à l'heure, évidemment. Hadrien était censé regarder un film dans sa chambre. Il n'en sortait presque plus. Avant, il passait un peu de temps devant les grandes portes-fenêtres du salon. Il allait même jusqu'à demander à son père d'en ouvrir une lorsque le temps le permettait. Alors il approchait son fauteuil jusqu'aux limites du monde extérieur puis il respirait prudemment l'air du dehors et observait le ciel. Michel lui avait demandé une fois à quoi il pensait quand il regardait par cette fenêtre. Sans se tourner vers lui, il avait tapoté sur son smartphone.

— *Tu n'as certainement pas envie de le savoir.*

— Si je te le demande, Hadrien, c'est parce que, justement, ça m'intéresse. Tu sais bien que tout ce qui te concerne m'intéresse. Et tu sais aussi que je ferais n'importe quoi pour toi.

Son fils avait alors fait pivoter son fauteuil. Il avait revêtu ce jour-là le splendide kimono d'apparat que son père lui avait rapporté du Japon. Une tenue ample et sombre sur laquelle la lumière jouait avec malice, faisant naître ici et là des reflets mouvants et subtils de noir et de charbon. La rendant soudain presque semblable à une œuvre de Soulages. Puis il avait repris son téléphone et avait tapé son message tout en ne quittant pas son père des yeux.

— *Je pense à maman... Tu y penses parfois, toi ? J'essaie de me souvenir d'elle, d'imaginer ce qu'elle est devenue, de comprendre pourquoi tout ça nous est arrivé. Tu devrais y penser aussi. Puisque « tout ce qui me concerne t'intéresse ». Regarde donc au fond de ton cœur, tu y trouveras peut-être les vraies raisons pour lesquelles je suis cloué sur ce fauteuil. Mais ça, bien sûr, c'est au-delà de tes forces... Parfois, j'ai pitié de toi, tu sais. Et parfois c'est bien plus que ça. Au fait, je ne dînerai pas ce soir.*

Il était reparti vers l'ascenseur, vers sa chambre, passant devant son père, sans un regard. Michel avait alors éprouvé une peine immense. Il avait cru qu'avec le temps les blessures, l'amertume et la colère de son enfant s'atténueraient. Pourtant, il lui semblait que chaque jour sa rancune le rongeait encore un peu plus. Peut-être n'avait-il pas su trouver les mots justes. Il lui avait pourtant dit tout ce qu'il était en mesure de lui dévoiler. Il fallait qu'il trouve quelqu'un pour en parler. Mais Hadrien avait épuisé tous les psys que son père avait pu lui présenter. Jusqu'à maintenant. Après cet épisode de la fenêtre, ils n'avaient plus échangé un mot pendant plusieurs jours.

À cet instant, alors qu'il sent sa présence dans son dos et qu'il tient dans ses bras l'objet que vient de lui remettre la nurse envoyée par *Rêve d'enfant*, une angoisse immense le submerge. Juste avant de repartir, la jeune femme avait prononcé ces quelques mots :

— Voilà, cher monsieur, dans l'enveloppe vous trouverez l'ensemble des pièces administratives relatives à « l'adoption ». Pendant toute la première période d'adaptation, vous pouvez me joindre à tout moment sur mon numéro personnel. Je suis à votre service pour toutes vos demandes, surtout n'hésitez pas.

Il l'avait observée dans son tailleur gris, avec son carré très classique, ses traits fins et son maquillage discret qui lui donnait un air à la fois sérieux et un peu froid. Une froideur que son mince sourire peinait à effacer. Pourtant, elle faisait des efforts. Il n'arrivait pas vraiment à distinguer si elle trouvait cette situation totalement absurde et si ce sourire austère n'était pas juste le reflet de sa consternation. Ou si c'était simplement la marque de son respect et de sa discrétion dans ce moment qu'elle souhaitait solennel. La porte à peine refermée, le message d'Hadrien avait fait vibrer son téléphone. Il s'était retourné avec lenteur et avait observé son fils. Aujourd'hui, il a mis sa tenue de basketteur américain, celle qu'il a commandée sur Amazon. Sa casquette des Celtic de Boston cache une partie de son visage anguleux. Son père ne peut s'empêcher de regarder les semelles immaculées de ses immenses et inutiles baskets.

— Je t'ai demandé ce que c'était. Qu'est-ce que tu tiens dans tes bras ?

Michel ne sait pas quoi lui répondre. Lui-même ne comprend pas vraiment pourquoi il en est arrivé là. Avec cette poupée, cet objet de céramique et de silicone, cette imitation si délicate qui renvoie au monde et à lui-même l'image parfaite de l'innocence et de la fragilité.

— C'est une poupée... C'était dans un article que j'ai lu au bureau. Il en parlait, il parlait de ce phénomène, le « reborn ». J'ai voulu juste comprendre, mieux comprendre ces gens. Tu sais, à la Fondation, nous travaillons beaucoup sur le rapport des parents avec leur enfant. C'est un aspect important de notre travail. Tu comprends.

Mais Hadrien ne l'écoute pas, il dirige son fauteuil vers son père, de plus en plus près, jusqu'à ce qu'une de ses roues vienne lui écraser le pied. Celui-ci pousse un cri de surprise et de douleur.

— Qu'est-ce que tu fais, recule-toi, tu me fais mal !

Sans faire bouger son fauteuil d'un millimètre, son fils tend son bras et plonge un regard incandescent dans celui de son père. Cette fois, il n'a pas besoin d'envoyer de message pour se faire comprendre. Au bout de quelques secondes d'un affrontement silencieux, le père écarte délicatement le petit voile qui recouvrait le visage de la poupée puis la tourne vers son fils. Il y a d'abord de la stupéfaction sur le visage en lame de couteau du jeune adulte. Puis peu à peu ses traits se détendent et il avance son autre main vers son père, offrant de ses bras un réceptacle à ce curieux objet. Après quelques secondes d'hésitation, Michel dépose délicatement le poupon dans les bras de son fils. Il ressent une immense appréhension mais constate qu'Hadrien s'est mis à bercer l'enfant avec une infinie précaution. Il est encore plus stupéfait de voir bientôt des larmes couler sur le visage du jeune homme. Cela faisait des années qu'il ne l'avait plus vu pleurer. Soudain, de la gorge d'Hadrien monte une sorte de plainte étouffée, une plainte qu'il semble, au prix d'un immense effort, vouloir moduler pour en faire une comptine, désolante et grotesque. Cette fois, c'est Michel qui doit se retenir de pleurer.

— Hadrien, tout va bien ? Ta voix... C'est formidable, tu peux... Tu peux faire des sons, c'est un immense espoir, c'est incroyable.

D'un seul coup, le visage de son fils se fige, on dirait qu'il vient de se réveiller d'un rêve. Il regarde le poupon entre ses bras comme s'il le découvrait. Puis soudain il le lâche sur ses genoux. Son père a juste le temps de rattraper l'objet avant qu'il ne tombe sur le sol. Il se redresse mais Hadrien a déjà fait demi-tour et se dirige vers son étage.

— Hadrien, attends, ne pars pas s'il te plaît, je voudrais te dire...

Lui dire quoi, au fait ? Il ressent tant d'émotions et de tensions qu'il serait bien incapable d'énoncer quoi que ce soit de cohérent. Il va vite déposer la poupée reborn dans le landau qu'il a installé dans sa chambre. Au moment où il remonte le drap sur le bébé, il croise son reflet dans le miroir. La scène lui apparaît, surréaliste. Il secoue la tête comme s'il voulait retrouver la raison. Les vibrations de son téléphone portable le sortent de sa transe en une fraction de seconde. Il s'en empare fébrilement et ouvre le message de son fils.

— *Tu es fou. Je ne veux plus voir cette chose, plus jamais. Ils sont morts, tu comprends, ils sont morts.*

Michel repose le téléphone sur la table de chevet. Puis s'assoit doucement sur le lit. Alors que la nuit tombe et que les ombres envahissent sa chambre puis recouvrent peu à peu le landau, ses épaules sont secouées par des sanglots silencieux.

15

Je reconnais tout de suite le visage du type qui m'a attrapé le bras. D'abord je suis soulagée de constater que ce n'est pas ce connard de Marco. Puis, immédiatement après je ressens une grosse inquiétude quand je plonge mes yeux dans ceux de Daniel. Il y a une sorte de fièvre qui semble embraser son regard. J'imagine les efforts qu'il a dû faire pour me suivre puis surtout pour me saisir le bras. Pendant toutes nos rencontres il ne m'a jamais touchée, pas une fois. Pourtant, là, il me tient fermement, comme un naufragé s'accrochant à une bouée pour ne pas couler à pic.

— Ah, c'est vous Daniel, vous m'avez fait peur.

On s'était toujours vouvoyés, ça ne mettait pas vraiment de distance mais ça donnait à nos conversations un côté très sérieux, ça me donnait aussi des allures de psy. J'aimais bien ça. Je vois son visage se mettre à rougir, puis soudain il me lâche le bras.

— Je... je suis désolé Samia, je ne voulais pas vous effrayer. C'est juste que j'avais peur de vous perdre de nouveau. Quand je vous ai vue sortir du bar... Eh bien je me suis dit que c'était maintenant. Maintenant ou jamais, alors voilà.

Alors voilà quoi, Daniel ? Voilà que tu te tiens en face de moi, que tu te tords les mains, plein d'espoir et d'attentes, et que j'ai juste envie de rentrer chez moi. Enfin chez ces gens qui m'ont recueillie chez eux et qui me donnent l'impression d'être aussi dans ma propre maison. Je ne sais pas comment lui dire que coucher avec des hommes ou les écouter me raconter leurs problèmes, je ne l'ai jamais fait autrement que forcée ou contre de l'argent. Et tu ne fais pas exception. Si je t'ai donné l'impression d'être à l'écoute, de te comprendre, si tu as cru un moment que nous étions amis, c'est simplement parce que j'ai fait le job. Bon OK, je ne dis pas que tu m'as pas parfois touchée avec tes histoires, que je n'ai pas fini par bien aimer nos petites rencontres. J'ai même été suffisamment faible ou conne pour te filer mon numéro. Mais bon, tout ça, je ne vais pas te le dire comme ça. Je cherche les mots justes, ceux qui ne te briseront pas trop. Et je galère.

— Écoutez Daniel, je veux changer de vie vous voyez, je ne veux plus faire ce que je faisais ici. Je suis revenue aujourd'hui mais c'était la dernière fois.

En prononçant ces mots, je repense à l'ultimatum de Marco. Huit jours, même endroit, même heure. Avec une somme délirante dans les poches et une nana qui accepterait de me « remplacer » dans les bras. N'importe quoi. Mais je sais aussi que, si je ne suis pas au rendez-vous, c'est Jennifer qui va morfler. Je regarde mon ancien client qui semble perdu. Il s'approche et me touche de nouveau le bras. Deux fois en si peu de temps ; il doit être vraiment au bout du rouleau.

— Mais enfin Samia, j'ai besoin de vous. Comment allons-nous nous parler si vous ne revenez pas. Je pourrai au moins vous appeler, s'il vous plaît. Vous ne pouvez pas me laisser comme ça. J'avais l'impression que nous étions… amis.

— Je vous aime bien Daniel, c'est vrai, mais en fait personne ne paie ses amis pour discuter avec eux. Personne. Et je ne veux plus retourner dans cet hôtel, plus jamais, vous comprenez, c'est fini, terminé. Si vous me considérez comme une amie, vous devriez être content que je m'en sorte.

Je me sens un peu dégueulasse d'utiliser ce genre de procédé avec lui. Que peut-il bien répondre à ça ? Je sens d'ailleurs son combat intérieur, il n'a qu'une seule envie, c'est que l'on continue à se voir mais il ne peut pas vraiment me dire de poursuivre ma carrière de pute pour ça. Alors au bout de quelques secondes il lâche, dans un souffle :

— Promettez-moi au moins qu'on se parlera encore, au téléphone. Promettez-le. S'il vous plaît.

Je soupire et tente un triste sourire.

— Je ne sais pas, vous avez mon numéro de toute façon… Mais je ne peux rien vous promettre. On verra bien.

Je commence à dire presque la vérité, je dois être sur le chemin de la réhabilitation. Mais comme souvent la vérité a des effets dévastateurs. Je vois Daniel blêmir, puis il pousse une sorte de gémissement. Je regarde autour de moi, il y a beaucoup de monde à cette heure-là. Une dame un peu forte passe à côté de nous. Elle m'adresse un regard interrogateur. Je lui fais signe que tout va bien et elle poursuit sa route.

— Je dois y aller maintenant, Daniel, je suis désolée.

Je lui tends ma main qu'il regarde comme si c'était une sorte de créature étrange et menaçante. Il s'éloigne d'un mètre ou deux et s'enfuit en courant, bousculant au passage un type qui se met à gueuler comme un dingue au milieu du trottoir. Super, hein, merci commissaire. Plus je me respecte et plus je fous le bordel autour de moi. Je sors mon portable et je décide d'appeler la commissaire Jeanne Muller. Elle répond presque tout de suite.

— Oui, bonjour commissaire, c'est moi, Samia... Oui, je sais que je peux vous appeler Jeanne mais bon, faut que je m'habitue... Oui... Euh, non, en fait. Je suis dans la merde. Il faut que je vous parle. Oui, je suis à Paris... Oui, je leur ai dit. Enfin, pas tout... Porte Maillot, au Congrès ? Oui, je peux y être. OK, je vous attends là-bas.

Je m'engouffre dans le métro. Je suis la première à arriver à la brasserie du bas de l'avenue de la Grande-Armée. J'y suis déjà venue avec des clients, ils servent en continu, on peut se pointer à n'importe quelle heure pour manger des huîtres ou un steak-frites ou n'importe quoi d'autre. C'est presque chic, en fait, mais pas complètement. J'entre et je demande une table pour deux. Je m'assois et commande un verre de blanc. Au bout de cinq minutes, j'entends le bruit du moteur de l'incroyable bagnole de la commissaire Muller. Elle doit être la seule flic de France à rouler là-dedans. C'est une Maserati GranTurismo, « moteur Ferrari », répète-t-elle souvent avec un air gourmand, avant d'ajouter : « À mon âge et avec tout le temps que j'ai passé dans des bagnoles de merde à planquer comme une imbécile, j'ai bien le droit de me faire plaisir. » Puis, en rigolant : « En plus c'est mon connard d'ex-mari qui l'a payée. » Elle gare l'imposante voiture en double file juste devant l'entrée de la brasserie et abaisse le pare-soleil sur lequel le mot POLICE est écrit en grosses lettres blanches. Lorsqu'elle ouvre la portière, je vois un nuage de fumée s'échapper du véhicule. Elle redresse sa longue et fine silhouette puis balance sa clope dans le caniveau avant de rejoindre le restaurant. Quand elle entre les serveurs la saluent. Un des plus vieux lance : « Faut pas vous garer là ma petite dame, les flics, dans le coin, ce sont des sales teignes. » Elle se retourne vers lui, se marre et balance : « Je sais, c'est moi, la chef des teignes. » Lorsqu'elle me voit, elle s'illumine et un grand sourire s'affiche sur son visage. Je crois que plus je connais cette nana, plus je l'aime. C'est un sentiment nouveau pour moi, un peu étrange. Je n'ai jamais eu ce genre de rapport avec un adulte et j'ai tout le temps peur que ça s'arrête. Ou que ce soit « pour de faux », comme disent les gosses. Et avec ce que je vais avoir à lui dire, cette crainte monte soudain comme un tsunami. Elle s'assoit en face de moi. Je prends une grande respiration et je me lance. Comme on saute dans le vide.

16

Il y a si peu de monde dans cette grande église. Beaucoup de ses amis se sont éloignés de lui lorsqu'ils ont eu connaissance du drame. C'est le genre d'histoire à laquelle personne ne souhaite être mêlé, le genre de choses affreuses, ahurissantes qu'on lit parfois, un peu honteux, dans les pages des faits divers. On referme précipitamment le journal en se disant : « Ce n'est pas possible, comment peut-on faire une chose pareille ? » Et il sait bien que la pensée d'après, juste après, c'est : comment le père a-t-il pu ne pas s'en apercevoir ? Coupable de manque de discernement, d'absence de lucidité, d'aveuglement, de bêtise et, pourquoi pas, de complicité. Mais coupable de toute façon. Et pour que sa femme en arrive là, il est forcément monstrueux. La monstruosité de l'indifférence qui rend l'autre bien plus victime que bourreau. Alors, ils se sont éloignés. Il pose sa main sur l'épaule de son fils. Celui-ci est encore blessé par l'accident, mais il pense que sa présence est importante. Et puis, les médecins l'ont autorisé à sortir. Même la psychologue l'a dit.

— Il faut qu'il puisse vivre ce deuil, je pense qu'il vous en sera reconnaissant, plus tard.

Son enfant a mis sa main sur la sienne. Il la serre avec émotion mais ses yeux restent secs. Il est comme hypnotisé par l'image des deux petits cercueils blancs posés devant l'autel. Le prêtre est en pleine homélie, mais les mots qu'il prononce se perdent dans un magma sonore et il n'arrive pas à en comprendre le sens. Il a juste entendu les prénoms de ses deux enfants. Des prénoms qu'ils ont choisis, avec Hadrien. Ils en ont parlé pendant des heures et, malgré la fatigue, les calmants et les blessures, son jeune garçon a tenu à le faire. Comme il a voulu être présent. Il n'a pas encore posé de questions sur la brièveté de leur existence, sur le rôle de sa mère dans cette tragédie. Cela viendra, a dit la psy, n'en parlez pas encore, il en fera la demande. C'est un sujet sur lequel nous devrons revenir. Mais son père est déjà pétrifié à l'idée de devoir répondre à des questions sur un sujet aussi terrifiant. Les auditions qui ont eu lieu avec la police ont été une véritable torture. Il a été rapidement mis hors de cause mais n'en a bien sûr ressenti aucun soulagement. Cette absolution judiciaire n'apaisera pas la culpabilité qui le ronge avec tant de cruauté, tant de voracité.

— Mes chers frères et sœurs, il est temps maintenant de dire un dernier adieu à Élise et Lucas. Réjouissons-nous de les savoir auprès de notre seigneur. Que leurs jeunes âmes aient rejoint le royaume du Christ.

La petite dizaine de personnes qui se tient dans l'église se met lentement en mouvement vers l'autel. Il en reconnaît quelques-uns, la plupart sont des directeurs du groupe. Venus plus par obligation que par amitié. Quand le P-DG perd deux enfants, il est de bon ton de se montrer, même discrètement. Depuis des années, Michel est seul. Ses parents avaient été emportés par un cancer, à un an d'intervalle. Quant à sa petite sœur, elle s'était tuée dans un stupide accident de cheval. Elle avait à peine 20 ans, et les traits de son visage s'effaçaient peu à peu de la mémoire de son frère. Cela, songe-t-il avec tristesse, ce drame-là avait déjà commencé à détruire ses parents bien avant que le cancer ne termine le boulot. Quand il regarde de nouveau les visages de l'assistance, il se demande pourquoi certains sont là. L'odeur du scandale sans doute qui, si nauséabonde soit-elle, reste une fragrance qui attise la curiosité des hommes, c'est ainsi. Il aurait dû se rendre le premier près des petits corps, il le sait, mais il est comme paralysé. Il se tient debout, la main toujours posée sur l'épaule de son fils. Il est accablé par la douleur, par les douleurs. Il ne sait pas très bien laquelle d'entre elles le terrasse le plus. La mort de ces deux bébés, les séquelles de l'accident pour son fils, son aveuglement sur la détresse de sa femme. Un instant il se ressaisit, puis, comme sorti de la torpeur, il empoigne le fauteuil roulant et ils se dirigent vers les cercueils. L'odeur d'encens est de plus en plus forte, elle le submerge, l'enivre presque. Les mots du fœtopathologiste résonnent de nouveau dans son crâne : « Les enfants sont nés vivants et il est probable que le décès soit la conséquence d'un étouffement... » En leur offrant une sépulture, un prénom, il avait eu l'impression de leur donner une réalité, une présence. Ils entraient enfin dans sa réalité après en avoir été étrangers pendant neuf mois. Mais ils y entraient pour mieux en sortir, laissant derrière eux une famille dévastée, explosée. En enterrant ces deux enfants, il enterrait des fantômes, de ceux qui viendraient longtemps encore hanter ses nuits et ses jours. Il s'approche encore, pose ses mains sur les petites boîtes blanches recouvertes de fleurs. Il murmure quelques mots qu'il oublie aussitôt. Tout cela est surréaliste. Il ne sait pas encore comment il va reconstruire sa vie mais il sait, à ce moment précis, qu'il doit lui donner une autre orientation s'il ne veut pas sombrer dans la folie. Quand il rouvre les yeux, il est surpris par les larmes qui recouvrent ses joues. Il les essuie avec le revers de sa veste, d'un geste rapide, puis se tourne vers Hadrien. Celui-ci l'observe en silence. Il ne s'est pas approché des cercueils. Il semble totalement étranger à cette cérémonie. Il vient d'avoir 6 ans et, pour son anniversaire, il a reçu le pire des cadeaux que l'on puisse imaginer. Ils ne peuvent l'un et l'autre mesurer encore les conséquences de ce drame sur leurs vies mais ils savent tous deux, et son père si clairement, que cela sera entre eux un lien mortifère. Il s'approche de son fils et tente de sourire, il voudrait l'enlacer encore, l'embrasser, mais, au moment où il tend les bras, le visage de l'enfant se déforme en une étrange grimace. Un masque de tristesse, de douleur et d'effroi. Et lorsqu'il pousse son premier cri, tous les visages de l'assistance se figent, comme si un vent glacial s'était soudain engouffré dans l'église. Ce soir-là, les gémissements de son fils continueront à résonner dans leur vaste et vide demeure jusque tard dans la nuit. Il sait qu'il ne retrouvera plus jamais l'enfant souriant et joyeux qu'il a connu. Il se souvient de ses premiers sourires, de l'immense émotion qu'ils ont fait naître dans son cœur. De l'innocence absolue que l'on pouvait lire dans ses yeux, de son étonnement sur le monde. Souvent, il l'avait comparé à un ange. Mais Satan aussi était un ange.

17

En sortant du Congrès, Jeanne Muller a les nerfs à vif. Et quand elle est dans cet état-là, elle fume beaucoup, a envie de boire une vodka glacée et roule vite, très vite. Elle a donné à Samia de quoi prendre un taxi pour rentrer chez elle. Enfin, chez les Quillet ; Monique et Jean-Pierre font tout pour qu'elle se sente comme chez elle. Elle se dit qu'elle ne s'est pas trompée en choisissant ce couple. Ils ont tant d'amour à donner, un amour qui leur a été volé par cette salope de vie. Par un enfoiré de dealer qui avait fait de leur fille une junkie en quelques mois, par cette putain d'héro qui avait fini par l'emporter dans une surdose mortelle. Jeanne, elle, n'a pas d'enfant. Ils n'ont pas pu en avoir, elle n'en avait jamais eu vraiment envie de toute façon... C'est sûrement cela la cause puisque son ex-mari s'est empressé de foutre enceinte son assistante après l'avoir quittée pour cette petite dinde. Bon débarras, pense-t-elle sans vraiment y croire. Il n'était pas franchement désagréable mais il avait fini par se lasser de l'excentricité et de l'exubérance de sa femme. « Tu comprends, Jeanne, tout ça ne me fait plus rire... » Évidemment, lui, le haut fonctionnaire planqué dans son vaste bureau au bout d'un long couloir d'un grand ministère, il ne subissait pas le stress permanent qu'elle devait gérer dans son job de flic. Elle souriait parfois quand elle l'imaginait débarquant chez Google, ça allait le changer des réunions ministérielles. Elle se demandait quelle idée avait eue cette boîte d'aller le chercher, lui. Mais bon, un Télécom Paris qui avait grenouillé si longtemps dans les arcanes décisionnels du ministère de la Culture et qui connaissait personnellement le patron du CSA, ça ne se loupait pas. Et tant pis pour la commission de déontologie qui n'avait pas eu l'air d'y trouver à redire. Alors oui, c'est vrai, en dehors du boulot, elle décompressait un peu. Beaucoup. Et lui avait fini par se lasser. Et puis, après, elle n'avait rencontré personne. Enfin, rien de sérieux. Elle avait collectionné les amants comme on le ferait des timbres. Elle les léchait puis les collait dans un album souvenir au fond de sa mémoire. Alors, les enfants... De toute façon, après quelques années passées à la Brigade de protection des mineurs, elle se disait que c'était mieux comme ça. Pas la peine de faire un gosse pour le plonger dans cet univers de malades mentaux, de pervers, de toxicos et de brutes.

Elle regarde l'heure, elle n'a pas le temps de rendre visite au sympathique Marco. Lui, elle se le réserve pour demain. Elle file vers la brigade, elle a rendez-vous avec Abdessatar, son commissaire adjoint, un type qu'elle n'a pas choisi mais qui lui plaît de plus en plus. Intelligent, discret, marrant parfois, à sa manière. Intelligente et discrète. Ils doivent bosser sur un dossier qui démontre une fois de plus, s'il en était encore besoin, que la société est en train de partir en vrille.

Deux nourrissons ont été enlevés dans deux maternités de la région parisienne, la même nuit. Pour l'instant, la presse ne s'en est pas encore emparé, mais quand ça sera le cas, et ça arrivera forcément, ça va être un carnage. Elle imagine très bien le vent de psychose qui va souffler sur les jeunes mamans et le personnel infirmier. Puis l'ouragan qui va suivre et emporter le peu qu'il reste de respect pour la police. Une police qui laisse faire, ça n'est pas digne de poursuivre son activité ! Et il y aura les coups de fil du ministre. Pas à elle directement, mais ils lui seront retranscrits, à la virgule près, par sa hiérarchie. Et avec le ton et l'humeur. Elle voit déjà Joël Vivier, le patron de la police judiciaire, la convoquer, avec sa tête des grands jours pour lui faire part du mécontentement de toute une galaxie de gens très importants. Elle peut certes prétendre compter Joël parmi ses soutiens, ses amis mêmes. Il l'avait déjà prouvé. Mais elle connaissait aussi sa capacité à exploser dans des colères homériques et à prendre des décisions parfois radicales. Lorsqu'elle entre dans son bureau, elle appelle immédiatement Abdessatar, officiellement donc, le commissaire Kaziraghli.

— Oui, Abdessatar, vous pouvez monter dans mon bureau, avec le lieutenant Mouilbet. On se fait un débrief sur les maternités... Oui, je sais qu'il est déjà tard, je suis désolée. J'ai eu, disons, un contretemps. Mais comme ça, ça nous obligera à être efficaces.

Éric Mouilbet était un jeune lieutenant plein d'énergie et d'enthousiasme avec lequel elle prenait plaisir à bosser. Elle aurait pris plaisir à bien d'autres choses avec ce type, mais, après quelques expériences malheureuses, elle s'était juré de ne plus coucher avec un collaborateur. « No zob in job » était devenu son credo, son blason, son étendard.

Elle gare sa voiture dans le parking souterrain sur sa place réservée. Luxe de patronne auquel elle s'habitue avec simplicité. On n'avait pas encore changé le petit panneau « Monsieur le Directeur » au-dessus de son emplacement. Elle s'en foutait, pour elle, le féminisme était un combat d'arrière-garde. C'était devenu du conformisme, et ça, c'est ce qu'elle détestait par-dessus tout. Elle ne niait pas, bien sûr, qu'il y ait encore un bon nombre de choses à améliorer dans la condition des femmes. Son métier lui en apportait de sinistres et violentes preuves au quotidien. Mais c'est un combat qu'elle soutenait en menant sa vie et sa carrière comme elle l'entendait. Sans contraintes ni tabous. Et cela lui avait plutôt réussi jusqu'à présent.

Elle regarde sa belle italienne dont les phares clignotent lorsqu'elle verrouille les portières, comme si elle lui faisait un petit clin d'œil complice. Tiens, se dit-elle en souriant, voilà bien une pensée à la con de mec. Rien n'est donc perdu.

Elle arrive dans son bureau où elle a fait changer tout le mobilier hyperringard de son prédécesseur. La première fois qu'elle y était entrée, elle avait eu l'impression de se retrouver dans un épisode de *Maigret*. Maintenant, c'était épuré, simple et suédois. Quelques instants plus tard débarquent dans son bureau le commissaire Kaziraghli et le lieutenant Mouilbet. Le premier est en costume trois-pièces, élégant et sobre, l'autre est en jean et chemise à carreaux. Le choc des générations. Mais à eux deux ils forment un binôme tout à fait efficace. Abdessatar pose sur le bureau un gros dossier bleu ciel qu'il ouvre avec précaution. À l'intérieur, plusieurs chemises avec des Post-it annotés d'une écriture millimétrique. À l'heure de l'informatique à tous crins, des doodles, des sharepoints et autres espaces partagés, son collaborateur faisait de la résistance. Mais cela allait bien à Jeanne qui se sentait parfois un peu larguée avec ses jeunes collègues.

— Bon, Abdessatar, vous nous résumez tout ce putain de merdier ?

Elle s'amuse toujours de voir son collègue frémir chaque fois qu'elle balance une grossièreté. Mais au fond elle sait bien que ça lui plaît. En tout cas que ça le change de l'ancien boss. Si policé, si lisse, si chiant...

— Alors oui, on peut appeler ça comme ça, c'est vrai. Et plus on avance, plus ça y ressemble... Les deux nouveau-nés ont été enlevés dans deux maternités de la proche banlieue. À Saint-Cloud d'abord, dans la clinique du professeur Mallick, le célèbre obstétricien, puis à la clinique de Saint-Germain-en-Laye. Et tout ça dans la même nuit.

— C'est dingue, on entre et on sort comme dans un moulin, dans ces établissements ! Et personne n'a rien vu ?

En prononçant ces mots, Jeanne s'est presque levée de sa chaise. C'est le lieutenant Mouilbet qui, d'un ton apaisant, apporte les premiers éléments de réponse.

— Enfilez une blouse blanche, mettez un masque et portez un stéthoscope autour du cou, et même avec une photo de Fourniret sur votre badge, je vous parie que vous entrez et vous sortez de n'importe quel hosto.

— Et les bandes-vidéo ? Les témoignages ?

— Ben non, rien de ce côté-là. Dans la première clinique, ils étaient en train de changer tout le système de sécurité, et dans l'autre il n'y en a même pas...

Jeanne souffle longuement en secouant la tête.

— Et le profil des parents ? Quelque chose de spécial ?

Cette fois-ci, c'est Abdessatar qui prend la parole. Mais les nouvelles ne sont pas plus réjouissantes.

— Non, pas vraiment. Pas de fortune particulière, pas d'antécédents judiciaires, pas de liens avec la pègre, apparemment pas de conflits familiaux... Ah si, juste un point commun aux deux couples, ils ont eu beaucoup de difficultés à avoir ce premier enfant.

— Tu parles d'un destin pourri, ils galèrent pour être parents et, le jour où ils le deviennent enfin, un cinglé enlève leur bébé... Bon, on a déployé tout ce qu'on pouvait. Pour l'instant, pas d'alerte enlèvement et tout le tintouin. Je veux voir les parents d'abord. De toute façon on n'a aucun signalement, et rien ne ressemble plus à un nouveau-né qu'un autre nouveau-né. Si on doit arrêter tous les gens qui se baladent avec un bébé dans les rues de Paris, on ne va pas s'en sortir. D'ailleurs, on ne sait même pas si le ou les ravisseurs sont à Paris.

Jeanne prend une chemise dans le dossier du commissaire Kaziraghli. Il fait ça à l'ancienne, il y a des photos, des fiches signalétiques, des schémas. C'est propre, c'est rigoureux, c'est tout lui. Elle lit une fiche puis s'arrête sur un détail.

— Alex Scott, le père de la petite... Aurore. Il a été marié une première fois ?

Abdessatar acquiesce de la tête.

— Oui, avec une certaine Ariane Dubois. Ça n'a pas duré très longtemps, trois ans. Et pas d'enfant issu de cette première union. Je n'ai pas encore pu la joindre. J'allais essayer quand vous m'avez appelé.

— Trois ans, vous trouvez que c'est « pas longtemps » ? Avec certaines femmes, ou certains maris, ça peut ressembler à une éternité. On n'a qu'à le faire maintenant. C'est ça son numéro ?

Elle le compose rapidement sur son téléphone de bureau. Au bout de quelques secondes, une voix de femme un peu sèche lui répond.

— Oui, bonsoir, madame Dubois ?... Commissaire Muller, police judiciaire, à l'appareil. Je suis désolée de vous déranger aussi tard mais j'ai quelques questions à vous poser... À propos de votre ex-mari, Alex Scott... Non, non, rassurez-vous, il n'est pas mort... Ah bon ?... Voudriez-vous venir me raconter tout ça demain matin à la brigade, disons 9 heures ?... Oui, je vous envoie l'adresse sur votre portable... Très bien, bonsoir madame. Oui c'est ça, à demain.

Elle raccroche puis se tourne vers ses deux collaborateurs.

— Eh bien, s'il faut en croire son ex, le professeur Scott n'est pas si recommandable que ça... Vous savez ce qu'elle m'a répondu quand je lui ai dit « Rassurez-vous il n'est pas mort » ? Elle m'a dit : « Ce qui me rassurerait, c'est qu'il le soit, madame. » Alors moi, vous voyez, j'ai hâte d'en savoir plus.

18

J'ai pris le taxi avec l'argent de Jeanne. Quand je suis arrivée chez Monique et Jean-Pierre, il y avait un peu d'inquiétude dans leur regard. Mais ils ne m'ont pas posé de question. Pas immédiatement. Je n'avais pas très faim mais j'ai voulu faire honneur à la blanquette que la maîtresse de maison avait cuisinée. C'est au dessert, une tarte tatin incroyable qui aurait pu redonner de l'appétit à un mort, que Jean-Pierre s'est raclé la gorge avant de se décider à parler.

— Voilà, Samia, ça fait un moment que tu es chez nous et on se demandait... On voulait savoir si tu avais des choses à nous demander, si tu allais bien. Si on pouvait faire quoi que ce soit ? Pour que tu te sentes vraiment chez toi, que tu sois bien. Parce que nous... Bon, c'est un peu bête, dit comme ça, mais on t'aime beaucoup, tu sais.

C'est comme si une tonne d'émotion brute venait de me tomber sur le coin de la figure. Jamais personne ne m'a demandé ça, jamais on ne s'est posé la question de savoir si j'allais bien. Juste ça. Et moi, là, tout de suite, dans « on t'aime beaucoup, tu sais », j'ai entendu juste

« on t'aime ». Et ça aussi, c'est quelque chose d'entièrement nouveau. Alors c'est comme si une digue venait de céder à l'intérieur de ma tête, de mon cœur, un bouleversement de tout mon être. Je respire à fond mais je sais que, de toute façon, au premier mot je vais fondre en larmes. Je lève la main, comme si je voulais gagner du temps. Du temps sur mes sentiments, du temps sur ma peine, du temps sur mon passé... Mais tout ça, je sais bien que c'est impossible. Je respire de nouveau, je tente de contrôler une dernière fois mon trop-plein de souffrances et d'émotions. Toutes celles que j'ai enterrées au plus profond de moi. Toutes ces douleurs physiques et morales sur lesquelles j'ai mis des couches d'indifférence, posé une lourde chape de plomb. Mais au premier mot, à la première syllabe, j'éclate en sanglots. Au bout de quelques secondes Monique se lève, s'approche tout doucement de moi et me prend dans ses bras.

— Tout va bien, Samia, tu peux nous parler, tu ne crains rien ici. Tu peux nous dire ce qui ne va pas.

Évidemment, sa réaction ne fait qu'empirer la situation. Elle me caresse le front avec douceur et moi je me noie dans des abîmes de chagrin. Parce qu'à ce moment précis je peux savoir, ressentir pleinement toute l'absence d'amour qui a accompagné ma pauvre petite vie, depuis le début. Alors j'enfouis ma tête dans la chaleur de ce corps, je me nourris de ces caresses. Cela dure peut-être dix minutes, peut-être vingt, peut-être une heure. Je crois que je pourrais presque m'endormir, m'abandonner totalement à cette nouvelle sensation, la tendresse... Je m'échappe enfin avec douceur de ces bras magnifiques et je me recule un peu. Je prends le mouchoir qu'elle me tend, je me mouche, j'essaie de revenir dans le monde réel, le mien. Celui de Marco, celui de Jennifer, celui de mes anciens clients. Ça a au moins le mérite de me permettre de parler.

— Je suis désolée, je ne voulais pas pleurer. Mais vous êtes tellement gentils. Enfin, plus que ça. Vous savez, c'est que personne ne m'a traitée comme ça avant, alors voilà, je, j'ai craqué... Et non, je ne manque de rien, je suis bien ici, avec vous. À vrai dire, je n'ai jamais été aussi bien, de toute ma vie. Alors ne vous inquiétez pas si, parfois, vous me trouvez un peu ailleurs, c'est que j'ai encore de temps en temps un pied dans mon ancienne vie. Mais ça va passer, tout ça c'est derrière moi. Grâce à vous.

Je vois des sourires apparaître sur leurs visages. Et ça me donne envie de rire, de me lever et de les embrasser. Mais je ne le fais pas. C'est peut-être encore un peu tôt. Au lieu de ça, je prends ma petite fourchette et j'enfourne un énorme morceau de tarte que je savoure et laisse fondre dans ma bouche pour en sentir toutes les saveurs de pomme, de caramel, de cannelle. C'est délicieux. Je bois un peu d'eau et, en tournant la tête, je pose mon regard sur la photo de la jeune fille, sur la cheminée du salon. Je plonge mes yeux dans les siens. Elle sourit. Elle doit avoir 16 ans, peut-être un peu plus. Il y a une force vitale incroyable dans ce visage. On dirait qu'elle a envie d'éclater de rire, qu'elle va se jeter sur le photographe pour l'embrasser. C'est la plus belle photo que j'aie jamais vue de ma vie. Je n'arrive pas à me détacher de son visage. Je crois que c'est peut-être le moment, alors je me lance.

— Je voulais vous demander... Qui est-ce sur la photo ? Sur la cheminée, la jeune fille.

Les sourires se sont figés. En un instant, en une seule question, j'ai l'impression d'avoir jeté un énorme pavé sur la table du salon, à la gueule de mes hôtes. Je vois les yeux de Monique qui se tournent tout de suite vers son époux. J'y vois de l'inquiétude, du chagrin, mais aussi de la peur. Alors je tourne la tête vers Jean-Pierre et je suis stupéfaite. Je ne lui ai jamais vu cette expression. Je crois même ne l'avoir jamais vue sur qui que ce soit. C'est un mélange de chagrin, de désespoir mais aussi de colère et, bientôt, de haine. C'est la première fois que je perçois ce sentiment chez cet homme si doux, si calme. Monique me fait signe de ne pas bouger. Je ne sais pas quoi faire, je voudrais m'excuser, leur dire que je suis désolée, que ce n'est pas grave, qu'ils ne sont pas obligés de me répondre, que ça n'a pas d'importance. Qu'on oublie tout ça, qu'on recommence comme avant. Avant que je pose ma question à la con.

— Je suis désolée, je...

Jean-Pierre se lève brusquement, il tend la main vers mon visage pour m'intimer l'ordre de me taire. Sa femme est pétrifiée. Je sens bien qu'il essaie de se contrôler, de reprendre le dessus, mais il y a, à l'intérieur de cet homme, des forces qui s'affrontent, des forces redoutables. Je peux presque voir cette lutte sur son visage. Et puis soudain des larmes épaisses, lourdes, denses, se mettent à ruisseler sur ses joues, comme si le chagrin venait de l'emporter sur la colère. Il se précipite dans le couloir qui mène à leur chambre. Une porte claque et je perçois des cris de désespoir qui me transpercent le cœur comme le ferait un poignard.

Je tourne un visage désolé vers sa femme dont le visage est devenu pâle comme la mort.

— Je ne savais pas, je suis navrée. Qu'est-ce que...

Elle s'approche de moi mais il n'y a plus cette infinie douceur qui émanait d'elle avant l'incident. Pourtant sa voix reste encore calme, presque apaisante.

— Tu ne pouvais pas savoir, c'est ma faute, j'aurais dû te prévenir. C'est Aurélie, c'est... C'était notre fille. Elle est partie, il y a deux ans maintenant. Il ne peut pas s'en remettre, on a tout essayé mais, il n'y arrive pas. Ne pose plus de question sur elle. Demain, il sera comme avant, tout sera comme avant. Tu devrais aller te coucher maintenant Samia, s'il te plaît.

Je me tais, je fais un pitoyable sourire et je monte en vitesse l'escalier pour rejoindre ma chambre. Je referme la porte et m'assois sur mon lit. Le visage de ce père tourmenté par une détresse inhumaine n'arrête pas d'apparaître devant mes yeux. Je vais dans ma petite salle de bains et je me passe de l'eau froide sur le visage. Un long frisson me parcourt le corps et je me mets à trembler légèrement. Je me regarde dans la glace et ce que je vois dans mon regard me paralyse. Je vois de la peur, de l'effroi. En retournant dans ma chambre, pour la première fois depuis que je suis dans cette maison, je m'approche de la porte et je la ferme à clef.

19

Dès qu'il a ouvert la porte de son bureau, Michel Béjart ôte son manteau de tweed gris. Il est venu très tôt ce matin, avant même que Catherine ne soit arrivée. Il sait qu'elle n'est pas encore là car il n'a pas senti l'odeur du café chaud qui envahit habituellement le couloir de la direction. Il baisse la tête et ne peut s'empêcher de sourire. Il vient de plonger son regard dans celui de la petite poupée calée dans un porte-bébé contre son buste, et un élan de joie le transporte. Dans les parois vernies de la grande armoire qui semble grimper jusqu'au plafond de la pièce, il aperçoit son reflet. Celui d'un homme de plus de 50 ans qui porte une enfant sur son ventre, celui d'un type qui sourit au néant, celui d'un fou qui prend un jouet pour un enfant. Il le décroche avec précaution puis, ouvrant le plus grand de ses tiroirs, il s'empresse de le vider des dossiers qui s'y trouvent. Il les entasse à même la moquette et dépose délicatement la petite poupée enveloppée dans un vêtement de soie et de cachemire. Il l'observe et ne peut se résoudre à refermer le caisson. Il le faudra bien, pourtant. Sa collaboratrice ne devrait pas tarder à arriver.

Il va poser son manteau puis s'installe à son bureau et allume son ordinateur. Il trouve toujours cela si long, le démarrage de cette foutue machine. Comment, dans cette société de l'instantanéité, ne sait-on toujours pas inventer des outils qui s'éveillent au premier contact ? Voilà bien un mystère qui ne cesse de le troubler. Lorsque enfin l'écran affiche la fenêtre d'accueil, il doit entrer son identifiant et son mot de passe. Que de temps perdu, encore. Il serait prêt, lui, à se faire greffer une puce sous la peau, à se faire scanner la rétine, aspirer les phéromones. Tout plutôt que cette maudite corvée qui lui imposait en plus de modifier ce satané mot de passe tous les mois sans jamais pouvoir réutiliser le même. Comme s'ils détenaient les codes nucléaires du pays. Il avait donc dû se résoudre à transgresser les règles établies par Didier Lapicella, leur responsable informatique, des règles que cet homme consciencieux et rigide répétait à longueur de journée et dont la première était : « Ne notez jamais vos mots de passe et vos identifiants, surtout pas à côté de votre ordinateur. » Lui l'avait pourtant fait. Mais chez lui, dans son propre bureau. Pour son ordinateur personnel avec lequel il se connectait parfois à la Fondation. Parfois. Mais rarement parce que, une fois encore, le démoniaque David exigeait pour ces « connections distantes » l'utilisation d'un nouveau code afin d'obtenir un accès éphémère, renouvelable à chaque nouvelle connexion. Un cauchemar pour Michel qui avait tant de mal à se rappeler le numéro de téléphone qu'il possédait depuis pourtant quinze ans. Il avait donc dû transgresser les règles et fouler aux pieds le « code Lapicella ». L'ensemble de ces diables de « passwords » était écrit en jolis caractères bien lisibles dans son petit cahier bleu. Et le petit cahier était posé sur le bureau. À côté de son Mac. Crime de lèse-majesté ! Il imaginait parfois la tête du responsable si jamais il apprenait ça. Il en ferait certainement une dépression. Alors il implorait les dieux de l'informatique pour que personne jamais n'apprenne son terrible forfait.

Il commence à regarder ses mails quand on frappe à la porte. Trois petits coups brefs, c'est Catherine. C'est son signe, sa manière de se différencier des autres. Il aime ça. Il l'invite à entrer. Elle fait deux pas puis son regard se fixe sur Michel. Un instant elle semble interloquée, puis soudain elle se met à rire.

— Félicitations, monsieur le président. Vous auriez pu me prévenir.

Il fronce d'abord les sourcils. Sa secrétaire générale peut parfois partir en vrille. Il l'a déjà vue à l'œuvre. Et c'est aussi ce qui fait qu'elle est irremplaçable. Puis il suit son regard fixé sur son buste. Et il comprend. Il comprend qu'il a gardé le porte-bébé bleu ciel accroché à ses épaules. Le siège en tissu repose sur son ventre, grotesque et incongru. Il sait qu'il rougit, un peu. Puis il se repend.

— Ah oui, ça (il rit à son tour), j'ai trouvé ce truc au fond d'un de mes placards. Ce doit être une de nos directrices d'orphelinat qui l'avait laissé dans mon bureau et je ne sais pas pourquoi, je l'ai enfilé… Enfin voilà, quoi.

— C'est peut-être un signe, mon cher. Vous savez que nous avons un certain nombre d'enfants qui cherchent encore une famille. Bien trop, si vous voulez mon avis. Les enfants nés en France que l'on nous confie présentent hélas, et vous ne le savez que trop bien, des parcours bien compliqués pour qu'un jeune couple puisse se projeter dans cette aventure si complexe et si belle qu'est l'adoption.

Oui, Michel ne le savait que trop bien. Il avait rencontré tant de couples qui, ayant obtenu leur agrément, pensaient avoir fait le plus dur. Quelle erreur. Le parcours du combattant ne faisait que commencer. C'était bêtement mathématique, d'abord. Depuis les années 1970 et grâce à l'IVG, il y avait de moins en moins d'enfants abandonnés à la naissance. Mais le nombre de parents candidats à l'adoption, lui, ne baissait pas. Il y avait toujours cinq à dix fois plus de candidats que de mineurs adoptables. Les statistiques, qu'il consultait régulièrement, étaient têtues. Têtues et bornées. Ça, c'était le premier obstacle. Mais il y en avait un autre, plus pernicieux encore. Le rêve légitime de « bébé parfait » de ces couples pleins d'espoir venait percuter une sombre réalité. La plupart des enfants adoptables étaient déjà grands, avec des parcours de vie souvent très difficiles. Et lorsqu'ils étaient plus petits, ils souffraient parfois de maladie ou de handicap. C'était ça, la dure réalité de l'adoption. Les pupilles de la nation étaient bien trop souvent les fruits de la maltraitance, du secret, de l'indifférence, et parfois même du dégoût. Peu de parents étaient prêts à répondre aux besoins si spécifiques de ces pauvres créatures. Et malgré tous les efforts que la fondation Ange déployait pour trouver des projets de vie à ces enfants, il était souvent impossible de faire coïncider rêve et réalité.

— Oui... Enfin non, ce n'est pas dans mes projets. Vous savez bien, ma chère, que j'ai encore un enfant à la maison, même s'il est grand. Et que la situation est loin d'être simple. Je crois que, pour les cas difficiles, je fais ma part... Allez, je vais enlever ce truc.

Catherine a l'air gênée. Elle se maudit d'avoir fait cette remarque à son patron. Il a déjà évoqué à une ou deux reprises la situation de son fils Hadrien, son handicap, ses difficultés. Elle se sent désespérément sotte.

— Ah ! au fait, j'ai reçu un mail des Scott. Vous vous souvenez de ce couple charmant ? Vous savez ce prof de droit et sa femme si jolie. Nous les avions accompagnés pour une procédure d'adoption. On y était presque, et puis, vous savez comme cela arrive parfois, elle est tombée enceinte. Elle a accouché il y a trois jours. Son mari était tellement heureux qu'il m'a adressé un mail le jour de l'accouchement. On peut le comprendre. Nous pourrions peut-être leur faire envoyer un cadeau, non ?

— Eh bien, je préfère envoyer des cadeaux aux parents qui adoptent nos enfants, voyez-vous...

— Ne soyez pas si dure, Catherine, il faut aussi se réjouir du bonheur des autres. De toute façon, nous avons si peu d'occasions de fêter quoi que ce soit. Il faut saisir ces petites joies quand elles se présentent.

Michel sent soudain son téléphone vibrer dans sa poche, comme une guêpe enfermée dans une boîte. Il sort son portable et se met à lire le message. D'un seul coup son visage blêmit, et il regarde Catherine avec une immense lassitude.

— Je dois retourner chez moi. Ayez la gentillesse d'annuler mes rendez-vous de ce matin. Merci Catherine.

Lorsqu'elle quitte le bureau, il réajuste le porte-bébé et y dépose l'enfant reborn avant de quitter précipitamment le bureau. Dans l'ascenseur, il relit le message et il est submergé par l'angoisse. Il essaie d'appeler Hadrien mais ses appels restent sans réponse. Il n'y a que les mots cruels, ces lettres noires sur fond gris, implacables.

— *Tu n'as rien fait pour elle. Tu n'as rien su faire pour eux. Et je crois que tu ne pourras rien faire pour moi. Adieu.*

20

Quand Jeanne Muller arrive devant la résidence des Scott, elle a cette drôle de petite sensation qui vient lui titiller les côtes. Cet aiguillon qui lui indique toujours qu'elle va faire une rencontre décisive ou, pour le moins, qu'elle va vivre un événement important. En partant ce matin de la brigade, elle a pris une voiture plus discrète que son véhicule personnel. Si discret qu'elle ne fait aucun bruit, ou presque. C'est la révolution de la bagnole électrique. De celle avec laquelle vous ne savez jamais si vous avez vraiment démarré. Au moins, sur sa Maserati, lorsqu'elle tourne la clef de contact, le V8 Ferrari lui rappelle immédiatement qu'il est vivant, et qu'elle aussi, elle l'est. Voilà, « vivant », le mot est lâché. Dans le monde qu'on lui propose aujourd'hui, la commissaire Muller a l'impression qu'on ne veut plus de vie, plus de bruit, plus de fumée, plus d'adrénaline, plus d'identité sexuelle, plus de sexe, plus de clope, plus d'alcool, plus rien... Plus rien d'autre qu'un discours lénifiant sur la nature, la santé, la morale, la culpabilité. La culpabilité, surtout, cette chose lourde et grasse qui vous colle à la peau, cette infamie héritée d'une morale judéo-chrétienne et bien-pensante qui, à peine né, vous rend déjà coupable de tous les malheurs du monde. C'est pour cette raison, entre autres, qu'elle fuyait les églises. Elle n'avait vraiment pas besoin qu'un prêtre lui rappelle qu'elle avait péché et qu'elle pécherait encore jusqu'au salut, éventuel, de son âme, si, et seulement si, elle s'était bien repentie et autoflagellée. Mais, bon sang, elle en connaissait plein des pécheurs, des vrais, elle en avait croisé suffisamment dans sa carrière pour savoir ce qu'était un bon gros péché, le truc bien grave. Là, on ne parle pas de la petite pensée jalouse, de la vilaine gourmandise, de la méchante colère ou de l'adultère commun… On parle de viols, de meurtres, de séquestrations, de tortures, de sévices, de trafics de drogue… Et niveau repentance, on n'avait vraiment pas affaire à des champions. Alors, elle continuait à fumer des clopes, à rouler dans une grosse bagnole, à boire de la vodka et à emmerder les végans et les ligues de vertu. En se disant que, si l'enfer existait, il était vraisemblable qu'elle ne serait pas dans les premières sur la liste d'admission. Et qu'il risquait fort d'être complet avant qu'elle n'y arrive.

Les Scott habitent en banlieue, dans une résidence ou plutôt une sorte de domaine avec des maisons mitoyennes qui se ressemblent un peu et des petits jardins qui se ressemblent beaucoup. Elle se gare devant leur villa, savourant au passage le fait de pouvoir parquer sa voiture en toute légalité, juste devant chez eux. Un luxe impossible à Paris depuis que les voitures sont devenues l'ennemi public numéro un. Elle sonne puis attend. Pas longtemps, au bout de trente secondes, la porte s'ouvre et un grand type assez séduisant, la petite quarantaine sportive, l'accueille, le visage tendu.

— Bonjour... vous êtes la commissaire Muller, nous vous attendions. Entrez, mon épouse est dans le salon... Elle est bouleversée, vous vous en doutez.

Oui, bien sûr, Muller s'en doute. Quand on vous enlève votre enfant à peine né, il y a de fortes chances pour qu'une mère le soit. Les toubibs voulaient la garder à la maternité mais elle avait insisté pour revenir chez elle. Jeanne n'a pas eu d'enfant, mais elle n'a pas d'effort à faire pour comprendre cette angoisse si profonde, ces abîmes d'inquiétude. Sa carrière de flic lui a par ailleurs trop souvent permis de les approcher et de les entendre, ces mères crucifiées par la douleur et la peine. En entrant dans le salon, elle voit Juliette, prostrée dans le canapé. Quand cette dernière l'aperçoit, elle fait mine de se redresser.

— Ne bougez pas, madame Scott, on va s'éviter les mondanités.

Son interlocutrice se laisse retomber au fond des coussins. Puis, d'une voix lasse et rauque, elle interpelle la commissaire.

— Vous... vous avez des informations, vous savez quelque chose ?

— Hélas non, madame, mais soyez assurée que nous faisons tout ce qui est possible, nous interrogeons le personnel de la clinique, nous avons diffusé un avis de recherche dans tous les commissariats d'Île-de-France, nous continuons à chercher. Mais vous savez, dans ce genre de situation, c'est souvent dans le cercle des proches qu'il faut fouiller...

Elle regarde ses interlocuteurs avec un air d'innocence achevée, passant de l'un à l'autre en affichant un léger sourire, savourant son effet. Alex Scott est le premier à réagir.

— Qu'est-ce que vous racontez, commissaire ! C'est totalement absurde. C'est sûrement un déséquilibré qui a fait ça, peut-être même un membre du personnel de cette maudite clinique, c'est là que vous devriez chercher. Est-ce que vous les avez tous interrogés déjà ?

Juliette Scott ouvre de grands yeux tristes et fatigués.

— Je ne comprends pas, commissaire. Qu'est-ce que vous voulez dire ? Nous sommes tous bouleversés, mes parents, mon frère, toute notre famille est sous le choc ! Qu'est-ce que vous voulez insinuer ?

— Je n'insinue rien, hélas, c'est un fait. Dans ce genre d'affaire comme dans la plupart des affaires criminelles, c'est souvent auprès des proches que l'on trouve les coupables, dans le cercle des intimes. Vous savez, on croit connaître ses voisins, ses amis, sa famille… Mais nous avons tous nos petits secrets, plus ou moins honteux… Plus ou moins graves. Et parfois on ferait tout pour que personne ne les apprenne.

Cette fois, le mari hausse le ton, il a de plus en plus de mal à garder son calme.

— Dites-moi, commissaire, vous débarquez chez nous pour nous dire quoi, exactement, à part que vous n'avez pas avancé d'un pouce dans l'enquête ? Que c'est sans doute un de nos proches qui a enlevé Aurore. C'est n'importe quoi. Vous délirez !

Jeanne Muller s'approche d'Alex, ses yeux bleus plongent dans ceux de son interlocuteur et elle se met à lui parler d'une voix très calme, trop calme…

— Quand je disais qu'on ne connaît pas toujours ceux qui sont si proches de nous… J'ai vu votre ex-femme, ce matin. Nous avons eu une discussion très intéressante. Sur votre mariage, sur les raisons pour lesquelles elle a préféré y mettre fin…

L'homme a pâli, ses traits se sont soudain décomposés à l'évocation de son ex-épouse. Il répond d'un ton sec :

— Qu'est-ce que vous êtes allée chercher, commissaire… C'est du passé, cette histoire, je… j'ai changé, c'était une histoire très compliquée, douloureuse.

— Oh ! pas si compliquée que ça, finalement. Mais douloureuse sûrement. Après tout, un homme violent, ça n'a rien de bien complexe, ni rien de très original en tout cas… Ce qui l'est peut-être plus, c'est ce qu'elle m'a raconté sur son avortement.

Juliette s'est levée et s'est approchée de son mari pendant leur discussion, elle semble ne pas comprendre du tout ce que la policière évoque.

— De quoi parle-t-elle, Alex, c'est quoi cette histoire d'avortement ?

Alex ne lui avait jamais vraiment parlé de son passé. Elle savait juste qu'il ne s'entendait plus avec sa femme. Il lui avait dit à plusieurs reprises que les choses avaient été difficiles, mais, après tout, elle était amoureuse, il avait divorcé et l'avait épousée, elle. C'est égoïstement tout ce qui comptait. Soudain, il se tourne vers elle et se met à lui parler, très vite.

— Je t'ai dit que la séparation avait été compliquée, tu te souviens, tu te souviens à l'époque, nous nous sommes déchirés. C'était un divorce affreux, elle a raconté les pires choses sur moi… Elle a dit que je l'avais frappée… Elle a aussi dit au juge que je l'avais obligée à… à avorter. Mais c'est totalement faux, on était d'accord. Avoir un enfant était la pire des idées, elle pensait que cela pourrait nous rapprocher, sauver notre couple... Je lui ai dit que c'était trop tard, que je ne l'aimais plus... Après ça, elle est devenue comme folle. C'est là qu'elle s'est mise à raconter ces histoires horribles. Je suis désolé, Juliette, j'aurais sûrement dû te le dire, mais je ne voulais pas reparler de tout ça, de toute cette histoire. Je voulais qu'on vive la nôtre, le plus sereinement possible. Et puis, avec nos difficultés pour avoir Aurore... Je suis désolé, vraiment.

Il y a de la sincérité sur le visage d'Alex, de la sincérité et une émotion intense. Il est au bord des larmes, il voudrait prendre sa femme dans ses bras mais le visage de Juliette se referme et elle recule vivement.

— C'est quoi cette histoire, tu aurais dû m'en parler, comment as-tu pu me cacher ça. Qu'est-ce qui s'est passé exactement. C'est vrai ce qu'elle raconte ?

La commissaire Muller se saisit doucement du bras de la jeune femme.

— Écoutez, madame, votre mari vous racontera sa version de l'histoire, les divorces sont parfois des épisodes tragiques et douloureux, les couples se déchirent, littéralement. Il est souvent difficile de distinguer le vrai du faux. Et les plaintes de son ex-femme ont été classées sans suite. Comme souvent, la vérité est probablement au milieu du gué.

Juliette se dégage vivement de l'emprise de la policière.

— « La vérité est au milieu du gué... » ! Vous venez chez nous pour me raconter ces horreurs sur mon mari sans vraiment savoir si tout cela est vrai, et pendant ce temps-là, notre petite fille, notre fille a disparu ! Vous feriez mieux de la chercher, elle est si petite, si... fragile.

La jeune femme s'est effondrée sur ces derniers mots, elle s'affaisse dans le canapé et son corps est secoué par de profonds sanglots. Son mari vient s'asseoir à côté d'elle et pose son bras autour de ses épaules. Il regarde Muller d'un air mauvais et lui fait signe de partir.

— Nous ne vous retenons pas, commissaire…

Jeanne se dirige vers la porte d'entrée, l'ouvre et, avant de quitter la maison, se retourne vers le couple.

— Voyez-vous, monsieur et madame Scott, les choses ne sont jamais vraiment celles que nous croyons, les gens qui nous entourent peuvent parfois n'être pas tout à fait ceux que nous pensions. Réfléchissez bien à cela et appelez-moi immédiatement si un comportement anormal, une remarque vous revenaient à la mémoire. Nous ne négligerons aucune piste, et soyez certains que nous faisons tout ce qui est possible pour retrouver votre bébé.

Dès qu'elle entre dans sa voiture, Jeanne Muller allume une cigarette, abaisse le miroir de courtoisie du siège passager et contemple son reflet. C'est un visage dur, implacable que lui renvoie la petite glace. Celui d'une femme capable de venir annoncer ce type de saloperie à un couple en pleine tourmente. Rien que pour sentir leurs réactions, deviner leurs fragilités et peut-être découvrir leurs failles, leurs mensonges. C'est le visage d'un flic, d'un très bon flic, de ceux qui ont suffisamment côtoyé les pires salauds pour savoir, à leur tour, utiliser ce genre de méthodes. Elle souffle un nuage de fumée pour faire disparaître son reflet et, peut-être aussi, son dégoût et ses regrets. Puis elle entre sur le GPS l'adresse des Mugy, l'autre couple dont le bébé a été enlevé. Ils habitent à Paris, dans le 7ᵉ arrondissement. Cette fois-ci, elle sait qu'elle va devoir se garer n'importe comment.

21

La femme est allongée sur son lit. Ses yeux grands ouverts sont fixés sur le plafond. Et ce qu'elle y voit est étrange, inquiétant. Sur la grande surface blanche dont la peinture usée craquelle par endroits, des ombres s'agitent peu à peu. Elles se regroupent, se rejoignent puis brusquement se séparent. Mais de ce chaos apparent finissent par se dessiner des formes plus précises, plus singulières. La femme est soudain projetée dans un long couloir qui semble ne pas avoir de fin. De part et d'autre, d'épaisses portes de métal s'ouvrent sur son passage. C'est comme si son lit avait été soulevé du sol et qu'il glissait maintenant sur le carrelage de ce long corridor. Elle est paralysée sur sa couche, elle peut juste tourner la tête à droite puis à gauche. Assez pour voir les portes s'ouvrir et des femmes s'avancer vers elle. Elles ont toutes le même visage, celui de la haine et de la frustration. Toutes semblent marquées par leurs longues années de détention, toutes ont vécu le pire et l'ont commis. Chacune porte au fond de son cœur une culpabilité et une souffrance immense et intime. Mais la femme qui passe devant elles, entravée dans son lit de métal, leur offre une cible idéale sur laquelle elles peuvent hurler leur haine et, finalement, se sentir plus humaine. Car tout ce qu'elles ont pu faire, même les crimes les plus odieux, n'est rien à côté de ce que celle-là a fait. Chacune crie sa rage pour mieux exorciser sa peine et sa propre culpabilité.

— Salope ! T'es qu'un putain de monstre !
— T'es pas digne d'être une femme !
— Ce que t'as fait, même les bêtes elles le font pas !
— On te butera pour ça, sale pute, sale sorcière !

Chaque cri s'accompagne d'un crachat, d'un coup. Ce que cette femme traverse est pire que l'enfer, pire que la mort. Et ce couloir qui semble ne jamais se terminer... Soudain, la femme se redresse. Elle est de nouveau seule, dans sa chambre. Les ombres sur le plafond sont redevenues immobiles. Son visage est couvert de sueur, comme si les crachats de son cauchemar en avaient traversé les brumes pour s'inscrire dans le réel et lui rappeler encore un peu plus son passé. Elle se lève, vacille légèrement puis se précipite dans la salle de bains. Elle fait couler de l'eau dans le lavabo, de l'eau glacée, et s'en asperge le visage. Elle prend un gant de toilette et frotte, de plus en plus fort, jusqu'à s'en faire rougir la peau. Elle s'arrête enfin et regarde son reflet dans la glace. Elle a à peine 53 ans mais elle en fait dix de plus, ou vingt, ou cent... Ces années de détention ont compté double, triple. Des années de privation, de violence et d'insultes incessantes. Des années d'une solitude infinie, sans visite, sans parloir. Des années qui ont forgé peu à peu une haine puissante contre les hommes. Pourtant, il faudra bien qu'elle retourne faire des courses, qu'elle affronte de nouveau les regards.

Chaque rire, chaque cri qu'elle entend dans la rue, dans les magasins, elle pense que c'est à elle, ou plutôt contre elle, qu'il s'adresse. Pour se moquer, pour la dénoncer, la faire culpabiliser, la détruire. Et bientôt ce seront les vacances scolaires, elle ne pourra même plus longer l'école pour voir les enfants. La cour sera vide et il faudra attendre, encore.

Peu à peu, sa respiration s'apaise. Elle attrape une serviette et s'essuie consciencieusement le visage. Elle ouvre le tiroir de la commode et se saisit de sa boîte de maquillage. Dans le petit coffre de velours noir, elle prend d'abord son fond de teint qu'elle étale longuement sur ses pommettes puis sur ses joues. Sa peau si blanche reprend une couleur de vie. Elle passe ensuite au fard à paupières qu'elle applique avec minutie, elle a appris comment agrandir son regard, le rendre plus doux, plus brillant, aussi. Enfin, elle passe avec précision un rouge à lèvres discret, mais qui donne à son sourire un air plus doux. Elle se coiffe rapidement. Pour ses cheveux, elle ne peut pas faire grand-chose. Cela fait un siècle qu'elle n'est plus allée chez le coiffeur. Elle ne pourrait pas supporter ce regard porté sur elle, sur son visage pendant tout ce temps. Et ces conversations forcées, ces silences gênants, cette glace et ce reflet insupportable. C'est au-delà de ses forces. Elle s'éloigne d'un pas et se regarde une seconde ou deux. À peine un instant, juste pour vérifier qu'elle a réussi à retrouver un visage normal. Pas celui qu'elle avait quand elle s'est réveillée de cet atroce cauchemar, ce visage de morte-vivante. De cadavre en sursis. Elle respire à fond, passe ses collants puis enfile une jupe noire, un chemisier et un pull. Elle entre ensuite dans le salon où la télé est allumée, le son coupé. Elle la laisse toujours comme ça. Elle aime le silence et les images l'apaisent. Le plus souvent. Le silence est un luxe, pour elle. Elle avait choisi cet appartement parce qu'il était au dernier étage et que le propriétaire lui avait dit que le voisin du dessous était un vieux monsieur très calme. Elle espère qu'il ne va pas mourir trop vite. Si jamais il devait être remplacé par des gens plus jeunes, elle n'aurait plus qu'à partir. Elle regarde sa montre, ça va bientôt être l'heure. Elle se dirige vers la porte de la deuxième chambre. Elle est tout au fond du couloir, assez éloignée de la sienne. Elle ouvre lentement la porte et s'avance avec beaucoup de précaution vers le fond de la petite pièce. Il fait très sombre mais elle ne veut pas allumer la lumière, surtout pas. Elle s'assoit dans le noir, à même le sol. Elle respire sans un bruit puis ferme les yeux. Elle sait qu'elle ne va pas s'endormir, que le cauchemar ne reviendra pas. Car si cette pièce est plus petite que ne l'était sa cellule individuelle à la prison de Rennes, ici au moins elle peut sortir quand elle veut. Et faire entrer qui elle veut. Son dos repose contre le mur. Elle écoute avec attention le moindre bruit, la moindre perturbation de ce havre de calme et de noirceur. En se concentrant vraiment, elle finit par le percevoir. C'est presque imperceptible, comme le vol d'un papillon, comme une brise d'été… Elle se met alors à sourire.

22

Il regarde sa femme jouer avec son fils dans le parc de la villa. C'est drôle, se dit-il, elle ne sourit pas. En fait, elle ne sourit presque jamais. Même le jour de son mariage elle ne souriait pas. Et quand il l'avait vue entrer dans l'église dans cette large et austère robe de soie noire, un frisson l'avait parcouru. Il se demande de nouveau pourquoi il l'a épousée. Sans doute parce qu'elle était tombée enceinte et que son père lui avait toujours dit qu'il fallait qu'un homme assume ce genre de chose. Alors il avait assumé. Le mariage avait été célébré en toute discrétion, le ventre de son épouse ayant déjà pris des proportions qui ne laissaient pas de place au doute sur son état. Tout le corps de cette femme avait d'ailleurs pris une ampleur qui contrastait avec l'allure qu'elle avait quand il l'avait rencontrée. Il se souvenait parfaitement de cette soirée chez son ami Jacques. Un ami qu'il avait perdu de vue depuis bien longtemps. Un de plus qu'elle avait éloigné de lui, de leur famille. Jacques l'avait prévenu :

— Viens dîner samedi, il y aura une de mes cousines éloignées qui vient d'arriver à Paris. C'est une fille que

je n'ai pas vue depuis des années mais je me souviens qu'elle était plutôt jolie.

Il sortait à l'époque d'une histoire d'amour qui l'avait laissé exsangue. Il tentait depuis de sortir d'un état de désespoir et de tristesse que ses amis essayaient en vain de dissiper par des invitations nombreuses et un peu forcées. Il avait d'abord hésité puis s'était laissé convaincre. Et il ne l'avait pas regretté. En effet, la fille, sans être un canon de beauté, avait un charme indéniable. Elle était grande, mince avec de longs cheveux châtains et un discret mais très joli sourire. Elle avait bien entendu été mise à côté de lui pour le dîner. Et contrairement à ce qu'il craignait, leur conversation avait été enjouée et finalement plus qu'intéressante. Elle lui avait assez peu parlé de sa vie mais il avait compris que sa situation familiale était compliquée. Sa mère était décédée quelques mois auparavant mais elle ne semblait pas en être vraiment affectée. Elle avait aussi évoqué un père disparu, une sœur et un frère qu'elle ne voyait plus. Venue à Paris pour trouver du travail, elle avait obtenu son diplôme d'infirmière et savait que les occasions ne manqueraient pas dans les nombreux hôpitaux parisiens. Il l'avait trouvée charmante. Certes un peu trop discrète à son goût, mais ça le changeait des filles trop à l'aise qu'il fréquentait habituellement dans son milieu ultrabourgeois. Des filles à papa capricieuses et trop riches qui changeaient d'amant comme on change de sac à main. Des filles comme Camille, celle qui lui avait brisé le cœur.

Ils s'étaient revus à plusieurs reprises, lui et sa nouvelle rencontre, puis étaient devenus amants. Elle n'était pas particulièrement enthousiaste au lit mais il s'était dit que cela s'arrangerait peut-être. Avec le temps. Mais avec le temps rien ne s'était arrangé. Après la naissance du bébé, elle s'était peu à peu éloignée de lui. Il leur arrivait encore de faire l'amour mais toujours à sa demande, et le manque d'enthousiasme s'était transformé en une sorte de froide indifférence, voire de dégoût. Leur différence de milieu social avait creusé encore leur éloignement. Non pas qu'il lui ait reproché quoi que ce soit, ni jamais fait de remarques sur cet état de fait. Pour lui, au fond, cela n'avait pas d'importance. C'est elle qui revenait avec constance sur le sujet.

— Je sais bien que je ne suis pas assez bien pour toi. Je ne suis qu'une pauvre fille de province, et tes amis me le font bien sentir.

Ça aussi, c'était faux. Pour la plupart d'entre eux... Mais peut-être que lui, sans s'en apercevoir, avait été maladroit. Il était possible qu'il ait parfois souligné tel ou tel écart entre les attendus, et les postures que sa situation exigeait, et le comportement de son épouse. Il avait d'abord tenté, en vain, de recoller les morceaux, de recréer, à défaut d'une histoire d'amour qui n'avait jamais réellement existé, une relation qui sauverait au moins les apparences. Mais la vie avait continué dans cette sorte de statu quo*. Bien qu'elle n'exprime plus de reproches, ses regards étaient parfois emplis de colère et même, il l'avait constaté plus d'une fois, de haine. Il se disait pourtant que si les choses n'allaient pas, il devait avoir sa part de responsabilité. Il se l'était dit souvent... Pendant cette période, il avait été suffisamment malheureux, ou lâche, pour la tromper. Et il le lui avait avoué. Peut-être voulait-il juste la faire réagir,* peut-être voulait-il lui faire du mal ? Sa réaction avait été terrible, épouvantable, elle avait menacé de partir, de disparaître avec leur fils.

— *Tu es bien comme eux, comme eux tous, comme tous ces porcs. Sans doute que je ne suis pas assez bien pour toi, pour ton monde. Je ne sais vraiment pas pourquoi tu m'as épousée. Est-ce que tu le sais toi-même ?*

Il l'avait épousée parce qu'elle était enceinte, c'est vrai. Mais il pensait aussi avoir eu pour elle des sentiments sincères. Plein de culpabilité, il avait vraiment essayé de reconstruire. Mais si l'espoir avait peu à peu disparu, la culpabilité, elle, était restée. Elle avait pourtant changé de nature. Elle s'était muée en une forme de colère et d'angoisse. Jusqu'au jour du drame. Jusqu'à ce jour où il s'était tenu devant la tombe de ces enfants qu'il n'avait pas vu naître. Et tout cela était de sa faute.

23

Quand je me suis réveillée ce matin d'un sommeil sans repos, j'ai tout de suite senti une vague d'angoisse me submerger. Tout est revenu en une fraction de seconde, le visage d'Aurélie souriant au monde, le regard de sa mère plein d'inquiétude, de crainte, les larmes de Jean-Pierre, sa colère, ses cris. Je me douche rapidement, je regarde mon corps, mes seins, mes cuisses, ce corps de jeune fille avec son histoire de femme, un corps crucifié, malaxé, transpercé par des dizaines d'inconnus, un corps étranger. Mais quand je regarde mon visage dans le miroir, c'est celui d'une enfant qui m'apparaît, celui d'une enfant apeurée, coupable d'un crime qu'elle ne comprend pas. Je ne me maquille pas, je ne le fais plus depuis que je suis ici, chez eux. Depuis que je croyais avoir trouvé, enfin, un refuge, un foyer. J'enfile un jean, un tee-shirt et un col roulé. Mes longs cheveux bruns et bouclés tombent en cascade sur mes épaules. Cette chevelure d'ombre et de feux qui fascine tant les hommes. Les mêmes qui adoraient que je passe ces boucles lourdes et douces sur leur torse et leurs cuisses. J'essaie de sourire à mon reflet mais ne parviens qu'à lui renvoyer un triste rictus, presque une grimace. Je m'y reprends à plusieurs reprises, mais le résultat n'est pas plus convaincant. Finalement, je souffle un grand coup, frappe dans mes mains et me dirige d'un pas décidé vers la porte. Ma main est sûre quand elle se referme sur la poignée, j'ouvre et me dirige crânement vers l'escalier. Mais au fur et à mesure que je m'approche, je sens ma détermination fléchir. À chaque marche que je descends avec prudence, je me sens de plus en plus oppressée, de plus en plus inquiète. Le couloir qui mène à la salle à manger me semble sans fin bien qu'il ne dépasse pas deux ou trois mètres. En général, nous prenons notre petit déjeuner ensemble, c'est un moment privilégié, d'une douceur étrange... Mais lorsque j'entre dans la pièce, les deux époux sont déjà assis à la grande table, l'un en face de l'autre, silencieux. Je m'approche encore et me tiens debout, derrière ma chaise, celle que l'on m'avait attribuée avec tant de bienveillance, avant. Je regarde discrètement sur le mur, le tableau n'est plus là. Il reviendra sûrement, mais est-ce que moi je serai encore là pour le voir ? Je n'en peux plus de ce silence. Ils ne me regardent même pas, je suis transparente, et ça, je ne veux plus jamais l'être. Jamais. Alors je réunis toutes mes forces et je m'apprête enfin à leur parler. Pour leur dire n'importe quoi, pour briser ce mur de tristesse et de silence, leur dire que je les aime, que je ne veux pas qu'ils me rejettent, que si eux le font, je serai perdue, à jamais. Mais je n'en ai pas le temps. C'est la voix de Jean-Pierre qui s'élève dans la pièce. Une voix douce, rassurante.

— Assieds-toi Samia, ne dis rien. Je ne veux pas que tu t'excuses, surtout pas. Si des excuses doivent être prononcées dans cette maison ce matin, ce sont les miennes. Tu ne savais pas, tu ne pouvais pas savoir. Perdre une enfant, perdre sa seule enfant est une douleur que tu ne connais pas, quelles que soient les épreuves que tu as déjà traversées. Même si elles sont nombreuses. Et nous savons que la vie ne t'a pas épargnée. Aurélie... (sa voix tremble légèrement) ... notre fille est morte il y a deux ans. Deux ans, un mois, deux semaines, dix heures... Et il n'y a pas une seconde ou je n'entends son rire, ou sa voix ne résonne dans ma tête, dans mon cœur, dans ma chair... Et pourtant, je sais qu'elle ne reviendra pas, que c'est une illusion, un cauchemar. Alors, parfois, je bascule, tu vois, je me laisse submerger par mon chagrin, par ma colère, comme hier soir. J'essaie, tu comprends, j'essaie de contrôler ça, mais il arrive que ce soit impossible. Alors, ne m'en veux pas Samia, je t'en prie, je t'en reparlerai peut-être, un jour. Si je m'en sens capable.

Il se lève avec lenteur et, en passant près de moi, il pose sa large main sur mon épaule et s'attarde un instant dans une sorte de caresse, pleine de douceur, de compassion. Je ne dis rien, je ne veux pas que ce moment se brise. Ce ne sont pas des gestes auxquels je suis habituée et je veux en profiter pleinement, ne pas rompre le charme. Ça ne dure que quelques secondes qui me semblent des minutes, et puis il s'en va, sans un mot. Je me retrouve seule avec Monique. Je lève les yeux vers elle, elle a la tête penchée sur sa tasse de thé. Il y a une gêne lourde, presque palpable, entre nous. Comme un brouillard dense de honte et de regrets. Ce silence me pèse, m'étouffe, alors je commence, avec douceur.

— Monique, je voudrais être certaine que ça ne change rien... entre nous. Je veux dire, que tu ne m'en veux pas. Je ne pourrais pas gérer ça, c'est trop dur, tu vois.

Elle relève la tête et m'adresse un triste sourire.

— Bien sûr que non, Samia, hier soir nous étions tous un peu abasourdis. Tu sais, parfois il m'inquiète tellement... Pas pour nous, bien sûr, mais pour lui-même. Pourtant, je crois qu'il va mieux, enfin un peu, même si ça ne s'est pas vraiment vu, hier... Et que tu n'es pas étrangère à ça. Ta présence est importante pour nous, nous voulons être certains que tu vas bien, que tu n'es pas en danger, que tu ne te mets pas en danger. C'est très important.

Je sais que Jeanne a dû leur raconter un peu mon parcours, c'est obligé. Je sais aussi qu'elle ne leur a pas tout dit, suffisamment cependant pour qu'ils sachent que je suis toujours au bord du précipice, en équilibre. Mais je veux m'ancrer sur la berge, avec force, je ne veux plus tomber, jamais.

— Non, ça va, tu sais Jeanne, la commissaire Muller est là aussi, elle me protège, tout comme vous. Je ne voulais pas, je ne savais pas...

— Tu ne pouvais pas savoir, personne ne le peut... Personne ne peut comprendre. Nous n'avons pas su... Pas pu la protéger.

Elle s'arrête un instant, je sens qu'elle essaie de se contrôler, qu'évoquer ce sujet la foudroie de tristesse. Quand elle prend la parole, elle a des sanglots dans la voix.

— On n'a rien vu, elle sortait beaucoup, c'est vrai, de plus en plus souvent. Mais bon, comme toutes les jeunes filles de son âge. Et puis, il y a eu ce garçon. Elle nous en parlait souvent mais on ne le voyait pas. Même si on lui disait qu'on aurait été heureux de le rencontrer. Mais elle ne souhaitait pas nous le présenter, ou peut-être que c'est lui qui ne voulait pas... Et puis, petit à petit, elle a changé, elle nous parlait de moins en moins. Parfois elle ne rentrait pas pendant trois jours. Le lycée nous a appelés, le proviseur disait qu'elle ne venait plus en cours. On ne savait pas quoi faire, alors son papa a essayé de lui parler, plusieurs fois. Mais le ton montait, elle disait qu'on ne comprenait rien, qu'elle étouffait avec nous. Elle avait terriblement maigri, elle avait l'air tout le temps fatiguée, ou parfois surexcitée. On ne savait pas. On pensait que tout ça n'arrivait qu'aux autres. Et puis la police est venue un matin. C'est moi qui ai ouvert la porte. Je n'ai pas compris. Même quand le policier me l'a dit je n'ai pas entendu, comme s'il parlait dans une langue étrangère, comme si ses mots ne pouvaient pas entrer dans mon cerveau. Et son père est descendu, il a demandé ce qui se passait et le lieutenant a recommencé. C'était un jeune type, son visage était décomposé, sa voix blanche. Et là, Jean-Pierre a hurlé, il est tombé à genoux et il a continué à crier, à pleurer. Alors, j'ai enfin compris et je me suis évanouie. On a revu notre fille plus tard... à la morgue, son visage si blanc, ce carrelage froid, ces gens qui vous regardent sans vous voir vraiment. Ils ont dit « drogue, héroïne, prostitution, overdose », ils ont répété tous ces mots atroces, toutes ces choses qui nous semblaient si loin de nous et qui étaient là, sous notre propre toit, dans notre famille. Sans que nous ayons su les voir... J'ai réussi à me reconstruire, un peu, tant bien que mal, à accepter la souffrance. Mais son père non, c'est trop dur. La police nous a interrogés mais on ne savait rien, même pas le nom de ce garçon. Elle s'était aussi éloignée de ses amis du lycée, et nous on n'a rien remarqué. Son papa, je sais qu'il veut encore comprendre, qu'il continue à chercher. Mais je voudrais lui dire d'arrêter, que ça ne sert à rien, que ça nous fait du mal. Et toi tu es là, maintenant. Et ça nous fait du bien tu sais, vraiment, ça faisait tellement longtemps. On veut que tu restes avec nous, il le faut Samia.

Alors je me suis levée et, cette fois-ci, c'est moi qui suis venue l'entourer de mes bras, la respirer, l'embrasser. Je me sens épuisée, vide. Ces émotions-là sont des choses si nouvelles, si belles aussi.

— Bien sûr que je veux rester avec vous, Monique, je le veux plus que tout. Vous m'offrez, comme ça, ce que je n'ai jamais eu. Une… une famille.

Elle me sourit et je l'embrasse une dernière fois avant de me redresser. Je regarde ma montre, il est presque 9 heures. Je dois aller m'inscrire pour passer mon BEP. C'était le deal avec Jeanne mais de toute façon je le voulais aussi. J'ai soif d'apprendre, soif de rattraper ma vie.

— J'y vais, Monique, je dois me dépêcher sinon je vais louper mon bus. À tout à l'heure.

Elle me fait un petit geste de la main, je prends mon manteau et je sors dans la rue. Il fait un peu froid et je remonte mon col. Je pense à leur fille, à Aurélie, à son histoire que je connais si bien. Aurélie, Assia, Morgane, Lisa… Les prénoms changent mais l'horreur de la dope, la spirale de mort de la came est la même. Je marche de plus en plus vite pour ne pas rater le bus.

Je ne remarque pas tout de suite la voiture qui est arrivée à mon niveau, elle roule à la même allure que moi. Au bout d'une dizaine de mètres je me tourne vers la vitre et je vois le visage du conducteur. Ma respiration se coupe instantanément et je manque de trébucher. Il a encore ce sourire épouvantable, ce regard de fauve. Et lorsqu'il arrête sa voiture et baisse sa vitre, je sais, à ce moment-là, que ma vie d'avant viendra toujours hanter celle d'aujourd'hui.

24

Ils sont si beaux. Ils dorment maintenant, tous les deux. Elle regarde leurs petites mains, leurs doigts minuscules et parfaits, resserrées encore en deux poings volontaires, comme le souvenir persistant d'une colère désormais apaisée. Ils lui prennent tant de temps, toute son énergie. Mais ils sont si parfaits. Elle a attendu si longtemps pour les avoir enfin, près d'elle. Pour les entendre respirer, sentir leur souffle, leur petit corps chaud, voir leur regard se poser sur ce monde si neuf pour eux. Ils ne savent pas encore ce qu'il leur réserve. Il vaut mieux qu'ils l'ignorent. Le monde et ses souffrances, le monde et ses peurs, ses travers, sa folie. Sa folie, surtout. Quelle responsabilité, quelle inconscience, quelle arrogance aussi de donner naissance aujourd'hui à un enfant... Cette question, elle se l'est si souvent posée. Mais ce besoin, là, au creux de nos reins, dans le cœur de l'humanité, dans ses tripes, ce besoin est trop fort. Donner naissance, se reproduire, l'objectif ultime et ancestral des hommes. Ou plutôt des femmes. Celles qui les portent, les sentent dès leurs premiers mouvements, entendent leurs premiers cris. Leur dernier aussi, parfois...

Ils vont bientôt se réveiller. Ils vont avoir si soif, il va falloir les changer. Elle va s'en occuper, elle veut s'en occuper pour toujours, à jamais. Ils ont tant besoin d'elle. C'est un tel sentiment de puissance de les sentir aussi vulnérables. On touche alors à l'impression d'être un dieu. Jamais dans aucune autre situation un être humain n'est aussi définitivement important pour d'autres êtres humains. Jamais une telle dépendance, une telle puissance ne peut être ressentie autrement que dans le fait d'être parent. Maître de ces si petites choses. Mais ce grand pouvoir donne de grandes responsabilités. Et la puissance n'exclut pas l'amour, bien sûr. Elle aime ces enfants, elle le sent, au fond de son cœur, de toutes ses forces. Maintenant qu'ils sont avec elle, elle ne supporterait pas qu'il leur arrive quelque chose. Alors elle veille sur eux. Elle est le gardien de leur nuit, le gardien de leur vie. Elle ne tolérerait pas qu'ils puissent souffrir. Elle se lève et s'approche des berceaux. Elle a acheté des mobiles qu'elle a suspendus au-dessus de leurs têtes. Il n'y avait pas tant de modèles que ça dans la boutique. Elle a pris le même pour les deux. Celui avec des petites étoiles jaunes et noires qui s'allument en alternance. Ceux avec une petite fée au milieu. Une fée toute rose avec une baguette magique. Quand le mobile fonctionne, les étoiles tournent autour d'elle et on dirait que la fée dirige la petite musique avec sa baguette. Comme la cheffe d'un orchestre d'astres et de lumière. Elle n'aime pas trop la musique que joue cette fée. Elle n'aime pas la musique, de toute façon. Ce qu'elle aime, c'est le silence. Même si, avec eux, c'est un mot qui n'a plus beaucoup de sens. Mais elle fait tout pour qu'on ne les entende pas. Leurs cris parfois lui font si mal. Cependant, une fois qu'ils ont pris leur biberon ça va mieux. Et les biberons sont toujours prêts avant qu'ils ne se réveillent. Elle ne veut pas les faire attendre. Pourquoi attendraient-ils alors que c'est si simple de leur offrir ce qu'ils désirent ? Il faut juste que tout soit bien organisé. Elle a entendu des psys dirent qu'il faut apprendre la frustration aux enfants. Elle la revoit encore, cette bonne femme, avec son air de savoir tout mieux que tout le monde et son sourire plein de bienveillance et de compréhension.

— Pour se construire, un enfant a besoin à la fois d'amour et de frustration, et les parents doivent trouver le bon équilibre entre les deux.

Voilà ce qu'elle disait. Et sur le plateau de cette émission de télé, tout le monde semblait approuver, ils se regardaient tous avec des sourires entendus. Mais c'est parce qu'ils ne savent pas ce qu'est la frustration, la vraie. Ils ne se souviennent plus de leurs colères d'enfant, de ces chagrins terrifiants. Ils n'ont pas vécu non plus les privations, les humiliations, la haine. Alors, oui, c'est facile de dire qu'il faut frustrer les enfants pour les aider à affronter le monde. Mais elle a décidé de faire autrement avec les siens, de leur donner tout ce qu'elle peut, d'exaucer le moindre de leur désir. Le monde, la vie, les autres leur apprendront bien vite la frustration. Ce sont d'excellents professeurs.

Maintenant, elle les voit qui s'agitent, leurs petits poings se lèvent doucement, ils vont bientôt ouvrir les yeux. Alors elle va leur sourire. Pourtant, ils vont pleurer, un peu. Mais dès qu'ils seront rassasiés, ils ne pleureront plus. Ils seront calmes, si calmes, et elle pourra les respirer, les embrasser, ils ne diront plus rien. Les médecins disent qu'il ne faut pas. Ils croient toujours mieux savoir qu'une mère ce qui est bon pour les enfants, mais ils se trompent. Et puis elle en met si peu dans les biberons, à peine quelques gouttes. Ce n'est pas ça qui peut leur faire du mal, ça non, elle ne le croit pas. Il y a tant d'autres choses qui pourraient être si dangereuses pour eux. Mais tout ça n'arrivera pas, ça n'arrivera plus.

25

Une angoisse profonde s'est lovée dans les profondeurs du ventre de Michel Béjart, comme un poids qui viendrait encore alourdir sa démarche et son chagrin. Sa main tremble quand il ouvre la porte de la maison. Son fils ne lui a toujours pas répondu malgré ses dizaines de SMS et ses appels. Il sait ses fragilités depuis l'accident. Il sait que son silence, sa colère, ses angoisses sont les reflets de son incompréhension, de l'absence de réponses à toutes ses questions. Mais qui pourrait bien lui répondre, comment expliquer une telle chose. Lui n'avait pas vraiment essayé. Il aurait fallu pour ça qu'il réponde à ses propres interrogations, qu'il se confronte à sa propre culpabilité. Mais il n'en avait pas le courage. Pas encore. Et peut-être ne l'aurait-il jamais.

— Hadrien, c'est moi, c'est papa, où es-tu ?

L'écho de ses mots se répercute et se perd dans le vaste vestibule avant de s'éteindre pour se fondre dans le silence profond qui règne dans la maison. En passant devant sa chambre, il dépose la poupée sur son lit. Jamais elle ne lui a paru aussi incongrue. Puis il s'avance dans le couloir. Prend l'ascenseur. Une fois sur le palier du dernier étage, il frappe à la porte de la chambre de son fils. D'abord doucement puis de plus en plus fort.

— Hadrien, réponds-moi, qu'est-ce que tu as fait ! Dis-moi quelque chose !

Il pose son oreille contre la porte mais il n'y a pas un bruit. La serrure est verrouillée et il sait qu'il ne pourra pas défoncer la lourde porte. Il ne lui reste plus qu'à aller chercher le passe dans sa chambre en priant pour que son fils ne l'ait pas découvert ou qu'il n'ait pas installé de nouveaux verrous. Il se précipite dans l'escalier, va dans sa chambre et ouvre rapidement le tiroir de la commode. Il s'empare de la clef, cachée sous des draps lourds et empesés. Le cœur battant à tout rompre, il retourne à l'étage et se rue sur la porte puis, y insérant le sésame, l'ouvre sans résistance. La chambre est dans le noir le plus complet, les volets électriques ont été fermés et il doit chercher à tâtons, quelques secondes, l'interrupteur. Lorsqu'il le trouve enfin et l'actionne, une lumière crue et blanche inonde la pièce. Il lui faut quelques instants pour distinguer ce qui l'entoure. Puis il aperçoit une forme effondrée dans un coin de la pièce. Il ne comprend pas immédiatement ce que c'est, et puis, soudain, les pièces du puzzle s'assemblent dans son cerveau. Il distingue des cheveux, une tête qui retombe sur un torse, deux jambes minces qui disparaissent sous une sorte de toge écarlate. Il ne peut se retenir de pousser un cri et se jette sur son fils. La corde est fixée au pied du lit et enserre le cou d'Hadrien. Ses yeux sont clos, une pâleur mortelle recouvre déjà son visage. L'homme essaie désespérément de desserrer le lien, de le détacher du lit. Il se met à psalmodier le nom de son fils. Dans un ultime effort, il arrive enfin à défaire la corde et allonge délicatement son enfant sur le sol. Il ne se souvient plus des cours de secourisme qu'il a suivis il y a si longtemps. Massage cardiaque, bouche-à-bouche, tout cela lui semble tellement vain. Pourtant, il pose ses mains sur le torse musculeux du jeune homme. Mais alors qu'il s'apprête à appuyer en rythme sur le cœur d'Hadrien, c'est le sien qui se fige dans sa poitrine.

De sa main droite son fils vient de lui saisir l'avant-bras d'une poigne ferme et assurée. Son père pousse un cri d'effroi. Il a un geste de recul puis regarde le visage blanc comme un linge d'Hadrien. Celui-ci le fixe avec candeur. Un mince sourire se dessine bientôt sur ses lèvres. De son autre main, il se saisit d'un pan de la toge romaine qu'il avait enfilée et s'essuie les joues, laissant de longues traces blanchâtres de maquillage sur l'étoffe rouge, formant ainsi comme une toile abstraite et absurde. Son père est partagé entre un soulagement immense et la colère intense qu'il sent monter en lui. Il se lève et préfère quitter la pièce plutôt que de laisser exploser sa rage et sa frustration. Avant de franchir la porte, il perçoit très distinctement monter du fond de la pièce comme une sorte de gloussement, une parodie de rire, impitoyable et terrible. Il pose les mains sur son visage et se dirige vers la cuisine. Il ouvre une bouteille de vin blanc, une bouteille de coulée d'or, un vin de Vouvray, de son ami Frédéric, un vigneron massif et artiste avec lequel il aime parfois discuter du monde et de ses tourments autour de millésimes improbables. Il ne boit jamais seul, mais, à cet instant, les saveurs délicates et fruitées qui explosent dans sa gorge l'éloignent brièvement de son trouble et de sa rancœur. Pas longtemps. Il sent son téléphone vibrer, résiste mais, au troisième message, ne peut s'empêcher de s'en saisir.

— *Tu serais arrivé trop tard mais au moins tu es venu. Peut-être que la prochaine fois tu seras là à temps. Peut-être pour essayer de sauver ton nouvel enfant en plastique...*

Michel se ressert un verre. Il boit deux gorgées de vin avant de répondre, il ne veut pas se laisser aller à toute forme de colère, même légitime. Il ne veut surtout pas couper le lien, si ténu et étrange soit-il.

— *Hadrien, tu sais que je serai toujours là pour toi. Tu ne crois pas que je m'interroge, moi aussi, que je ne me pose pas mille fois par jour des questions sur ce qui est arrivé ? Il faut que nous soyons plus forts, plus forts tous les deux. Seuls, on n'y arrivera pas. Ni toi ni moi.*

— *Mille questions par jour, et toujours pas de réponses... Peut-être que tu ne te poses pas les bonnes. Peut-être que tu devrais en parler avec... maman. Elle aura aussi des réponses à donner, je pense.*

Il n'avait pas revu la mère d'Hadrien depuis des années. Il n'était pas allé à l'hôpital, ni à la prison. Eu égard aux circonstances, il avait réussi à tenir Hadrien éloigné de cette mère. Elle avait littéralement disparu après sa sortie de prison, ne donnant aucune nouvelle ni à son fils, ni à lui. À sa majorité, Hadrien l'avait harcelé pour qu'il mette son argent et son réseau au service d'une recherche, mais il s'y était refusé. « *Libre à toi de le faire si tu le souhaites, je ne t'en empêcherai pas.* » Il savait que son fils avait essayé de retrouver sa mère, en vain.

— Tu sais bien que ce n'est pas possible. Mais je te promets d'essayer de trouver des réponses, je vais essayer, je te le jure. Je vais retourner voir ce psychiatre. Mais tu dois m'aider aussi.

— T'aider... Est-ce qu'au moins tu t'es débarrassé de cette poupée, de cet horrible artefact. Tu dois le faire. Le plus vite possible. On rediscutera quand tu l'auras fait... uniquement quand tu l'auras fait.

Il remet le téléphone dans sa poche puis retourne dans sa chambre. La poupée repose sur le lit, un peu désarticulée. Quand il l'a posée tout à l'heure, il l'a presque jetée, comme s'il souhaitait s'en débarrasser. Il la prend délicatement dans ses bras et le petit visage semble s'animer. Il sent la chaleur diffusée par le subtil mécanisme contenu dans ce corps de silicone, le souffle rapide qui se propage sur sa peau, ses yeux qui s'ouvrent et semblent le fixer. Il se laisse emporter par des images de douceur, par des souvenirs lointains, par le rêve d'une famille qui n'aurait pas été brisée par le plus atroce des drames. Il reste de longues minutes immobile. Puis, soudain, il se lève et emporte avec lui l'enfant de plastique. Il descend dans la cave et ouvre la trappe de l'ancienne réserve à charbon, désormais inutile. Tout y est sombre, froid, cela ressemble à un caveau... Les caves sont parfois des tombeaux, il ne le sait que trop bien. Il tient maintenant la poupée comme on tiendrait un objet inerte, comme s'il avait abandonné le combat. Comme si soudain toute forme de rêverie l'avait quitté. Lorsqu'il remonte dans l'entrée une minute plus tard, Michel Béjart a les mains vides.

26

— Bien sûr que j'ai bluffé, Abdessatar ! Je suis persuadée que son mari n'a rien à voir dans cette affaire. Il a peut-être un peu pété les plombs pendant son divorce, ça c'est possible. Ce sont des périodes, disons… compliquées. J'en sais quelque chose. Mais l'homme que j'ai vu ne correspond pas tout à fait au portrait qu'en a fait son ex. Parce que je peux vous dire que je l'ai poussé dans ses derniers retranchements et il n'a pas perdu les pédales.

Quand Jeanne Muller disait à ses collaborateurs qu'elle avait poussé quelqu'un « dans ses derniers retranchements », ils étaient bien placés pour savoir qu'elle en était tout à fait capable. C'était même sa marque de fabrique. Le commissaire Kaziraghli reprend le dossier et le feuillette quelques secondes.

— Et les Mugy, vous les avez vus ?

— Bien sûr que je les ai vus. Autre style, là on est chez la fine fleur de l'aristocratie, ou ce qu'il en reste. Mais enfin, croyez-moi, elle a de beaux restes. Comme deux cents mètres carrés en plein Saint-Germain-des-Prés, par exemple. Mais bon, hein, vous savez ce qu'on dit, l'argent ne fait pas le bonheur...

Le lieutenant Mouilbet ne peut retenir un petit ricanement.

— Désolé, commissaire, mais cette phrase-là m'a toujours fait marrer. Moi je crois que c'est plus facile d'être heureux à quatre dans deux cents mètres carrés qu'à huit dans quarante. Appelez-ça de l'intuition. Je connais même des gens qui préféreraient cent fois pleurer à l'arrière d'une Rolls que rigoler sur un vélo. Alors, le bonheur, là-dedans... C'est assez relatif. Mais s'ils habitent dans le 7e, pourquoi elle est allée accoucher à Saint-Germain-en-Laye, Mme de Mugy ? Il y a quand même des maternités plus près de chez eux !

— Ben, c'est là, mon petit Éric, que ça devient intéressant. Comme nous l'a appris Abdessatar, les deux couples rencontraient des difficultés pour avoir un enfant. Si Adélaïde de Mugy a atterri là-bas, c'est parce qu'elle était suivie par son oncle, le professeur de Bacheville, un grand obstétricien. Pour elle aussi c'était un peu la dernière chance.

Abdessatar est de nouveau plongé dans ses dossiers d'écolier, bien rangés, bien ordonnés, bien classés. Il se passe la main dans ses cheveux noirs, impeccablement coupés, et se racle la gorge avant de prendre la parole.

— Intéressant... oui et non. Ils ne se connaissent pas, n'ont pas le même médecin, et des couples infertiles il y en a des centaines de milliers ; 8 % des couples ont des difficultés pour avoir des enfants... Alors pourquoi est-ce à eux qu'un tordu a décidé de faire une chose aussi ignoble ?

— À vous de me le dire. Mais comme je ne suis pas chienne, je vais vous donner un coup de main, mes petits poulets... En discutant avec les Mugy, j'ai appris qu'ils étaient eux aussi à deux doigts de laisser tomber. Ils avaient déjà commencé des démarches pour adopter un enfant, plus que des démarches, en fait. Ils avaient même obtenu leur agrément. Et puis là, bim ! Miracle, Adélaïde tombe enceinte ! Exactement pareil que pour les Scott, même si, eux, c'est l'intervention du copain de papa qui a fait apparaître l'enfant tant désiré. Donc, si on doit chercher, c'est peut-être de ce côté-là. Voyez, fouillez, trouvez qui ils ont dû rencontrer pour cet agrément, leurs démarches, leurs rendez-vous. Si point commun il y a, il est peut-être là.

Puis, s'adressant à Éric :

— Et sinon, mon petit canard, qu'est-ce qu'on a sur le terrain ?

Il sourit.

— Une chienne, des poulets, des canards... Vous vous croyez dans « L'Amour est dans le pré », commissaire. Et puis les deux derniers ce ne sont pas des animaux tellement réputés pour leur flair. Remarquez, les nôtres, de poulets, sur le terrain, ça donne pas grand-chose non plus. Mais bon, ils n'ont pas beaucoup de grain à se mettre sous la dent. Dans les hostos, personne n'a rien vu, rien entendu. On n'a pas retrouvé de nourrissons abandonnés, vivants ou morts...

— Les poulets n'ont pas de dents, Éric, même un gars de la ville comme vous devrait le savoir. Bon, on ne va pas avoir d'autre choix que de balancer le grand chambardement alerte enlèvement et tout le toutim. Demander aux gens de signaler toute apparition de bébés miracles dans leur entourage. Ça va être un cauchemar. Abdessatar, vous vous chargerez des journalistes, comme d'hab. Sauf si c'est Karine Le Marchand qui appelle, là, bien sûr, vous la passez à Éric. Il a l'air fan et il a besoin de cours particuliers sur le monde agricole. Moi, je me charge de prévenir le patron... Je sens que ça va bien lui plaire, cette histoire.

Alors qu'elle s'apprête à appeler, le téléphone portable de Jeanne se met à sonner.

— Oui, Muller à l'appareil... Oui Monique, bien sûr... Mais il faut l'emmener à l'hôpital, tout de suite ! Comment ça, elle ne veut pas... OK, très bien, j'arrive tout de suite.

Elle ouvre son tiroir et se saisit de son arme de service. Un masque de colère froide s'est installé sur son visage. Elle regarde le lieutenant Mouilbet.

— Éric, vous venez avec moi. Vous avez votre brevet de secouriste, je crois ? Alors prenez une trousse et rassemblez vos souvenirs, on va avoir besoin de vous. Allez vite, on décolle !

Médusé, le commissaire Kaziraghli regarde ses deux collègues qui quittent le bureau comme si le feu venait de s'y déclarer.

27

Je ne veux pas la voir. Je ne veux voir personne. Je ne savais pas où aller, alors je suis retournée chez Monique et Jean-Pierre. Ils ne m'ont pas posé de questions. Elle m'a juste accompagnée dans la salle de bains, m'a aidée à me déshabiller, m'a désinfectée. Elle m'a demandé si j'avais mal. Je n'ai pas répondu, alors elle m'a dit qu'elle allait m'emmener à l'hôpital, qu'elle allait appeler un médecin. J'ai voulu crier « non » mais j'ai juste hurlé de douleur. Je crois que j'ai des côtes cassées. Je crois que tout mon corps est brisé. Il m'a emmenée dans une casse, pas très loin de l'endroit où il m'a fait monter dans sa voiture. Je ne voulais pas mais il peut être très persuasif. Il m'a dit simplement : « Ils ont l'air gentil tes proprios, ce serait con qu'il leur arrive des bricoles. » Si tu savais, pauvre connard, si tu savais ce qu'ils ont déjà vécu, ils ont eu leur lot de « bricoles », crois-moi. Des bricoles XXL. Ensuite, il m'a parlé, pendant les quelques minutes qu'a duré le trajet.

— Tu penses que tu vas pouvoir remplir ta part du contrat, Samia ? Tu sais, ça va vite huit jours, et t'as déjà bouffé vingt-quatre heures. En fait, j'ai pas l'impression que tu te bouges beaucoup non plus. J'ai pas l'impression que tu m'aies bien compris. Pour tout te dire, je pense que tu me prends pour un con, et ça, ça me chagrine, tu vois.

— C'est bon, Marco, lâche-moi, putain, ça fait même pas deux jours, laisse-moi le temps de...

Je n'ai pas eu le temps de finir ma phrase, le coup est parti très vite. Sec, animal, ultraviolent, en plein dans le crâne. Ça a explosé dans ma tête et j'ai cru que j'allais perdre connaissance. Mais je n'ai pas pleuré. Alors il a continué à me parler, du même ton monocorde, avec le même affreux sourire.

— C'est toujours ça le problème avec toi, Samia. Je t'aime bien, mais je crois que tu ne me prends pas au sérieux. Je pense que tu ne prends pas la vie au sérieux. J'ai vu comment tu bossais, tu t'en fous, en fait, tout ça, ça te concernait pas. Tu lisais tes livres à la con, mais c'est pas ça la vie. La vie ça fait mal, ma grande, c'est une sacrée salope, et il faut surtout pas se foutre d'elle. Ni de moi.

Il a arrêté la voiture dans la casse, il m'a demandé de sortir. Tout doucement, un truc du genre « Allez descends, va ». Comme s'il parlait à une enfant, une gosse qui aurait fait une petite bêtise. Une gamine qui aurait mérité une tape sur la main. À peine me suis-je éloignée de la voiture que les coups ont commencé à pleuvoir. C'était précis, chirurgical, c'était fait pour faire mal. Je n'ai pas peur de la douleur mais ça ne m'empêche pas de la ressentir. Et cette douleur-là a tout de suite été insupportable. Il savait exactement où frapper, et avec quelle intensité. Ne pas laisser trop de marques mais faire en sorte qu'on n'oublie pas. J'ai mis mes bras autour de ma tête, j'ai replié mes genoux contre mon torse. Je suis devenue un animal. Même pas, juste un objet, un punching-ball, un morceau de bois. Je me suis réfugiée loin à l'intérieur, dans mes histoires, dans mes livres. Je sais comment abandonner mon corps. Je le fais depuis que j'ai 8 ans. Je n'ai pas crié, je ne l'ai pas supplié, alors il a arrêté de me frapper. J'ai ôté les mains de mes joues. Il était penché sur moi, il a approché son visage. Je sentais son haleine, son souffle, un mélange étrange d'alcool et de pastilles à la menthe. Il m'a chuchoté dans l'oreille :

— Je pourrais aussi te violer, Samia, te baiser comme la pute que tu es, mais ça tu n'en as rien à foutre non plus, pas vrai ? Toi, tu n'es pas comme les autres, c'est ça, hein, toi t'es forte, tu t'en fous. Mais ça, petite conne, je le savais déjà. Je voulais juste que tu saches ce que ta copine Jennifer va endurer quand je vais m'occuper d'elle, pour de bon. Et si ça suffit pas, je pourrai aussi aller discuter avec la vieille chez qui tu crèches. Tu vois, Samia, ça sert à rien d'être forte. À partir du moment où tu t'attaches à quelqu'un, t'es foutue. Alors tu vas faire ce qu'on a dit et si tu me ramènes pas le pognon dans cinq jours, c'est Jennifer que j'emmènerai faire un tour. Et je te jure que, ce coup-là, je m'arrêterai pas. C'est elle qui me suppliera de la violer pour que je la cogne plus. Dis-moi que t'as compris, Samia, dis-moi que je peux compter sur toi, maintenant.

J'ai dit oui, j'ai dit que j'allais trouver l'argent, lui trouver une autre fille. J'ai juré de le faire. Il m'a aidée à me relever et m'a dit une connerie du genre « C'est bien, je savais que je pouvais compter sur toi ». J'ai eu envie de le tuer, à cet instant précis j'ai voulu sa mort. Je me suis concentrée, comme une gosse, j'ai pensé de toutes mes forces « Crève ! crève ! crève ! crève ! ». Bien sûr, ça n'a pas marché. La vie n'exauce pas non plus les vœux des enfants. Il m'a laissée là, comme une épave. J'ai réuni le peu de forces qu'il me restait et j'ai marché, pliée en deux par la douleur, jusqu'à la maison des Quillet. Une ou deux voitures ont ralenti en me croisant mais personne ne s'est arrêté. Les gens ne s'arrêtent plus depuis longtemps sur le malheur des autres. Et maintenant je suis là, allongée dans ma chambre en priant pour que Monique n'appelle personne. Mais évidemment elle a prévenu Jeanne. J'entends sa voix, en bas, elle discute avec eux. Ils ne savent rien, Jeanne, te fatigue pas. De toute façon, je sais que tu vas venir, que tu vas t'asseoir sur le lit et que tu vas me regarder droit dans les yeux. Que tu vas me demander ce qui s'est passé.

— Qu'est-ce qui s'est passé Samia, c'est lui, c'est Marco qui t'a fait ça… Évidemment.

Je n'ai rien dit, j'ai juste acquiescé. Comment lui mentir, de toute façon elle sait.

— J'aurais dû aller le voir hier, je suis désolée Samia, c'est de ma faute.

Elle m'a serré la main et c'est là que j'ai vu le type, derrière elle.

— C'est qui, lui ?

Le gars s'est avancé en souriant, plutôt beau mec. Je pense qu'il doit se dire que je suis vraiment une pauvre fille, qu'il doit se demander pourquoi sa boss s'emmerde à s'occuper d'une meuf comme moi. Mais franchement je m'en fous.

— Samia je te présente le lieutenant Mouilbet qui, en plus d'être mignon, est un type en qui tu peux avoir entièrement confiance.

Il a secoué la tête avec un joli sourire et il s'est approché du lit.

— Bonjour mademoiselle, on va retrouver le type qui vous a fait ça, c'est Marco, c'est ça ? Il faut nous dire où il a ses habitudes, où on est sûr de le coincer. Je vous promets qu'il ne recommencera pas.

Ouais... Tu peux promettre, mais tu vois, les types comme Marco, ils mettent leur honneur à géométrie variable et leur pognon à géométrie constante avant tout le reste. Et ils s'affranchissent de bien des trucs que vous, les flics, ne pouvez pas transgresser. Alors, vous allez le serrer pour avoir tabassé une ancienne pute. Et après ? Il a du fric, un bon avocat. Vous n'allez pas le garder bien longtemps, ensuite il mettra ses menaces à exécution. Et je ne veux pas être responsable de ça. Jeanne m'observe avec attention et, comme d'habitude, elle me parle comme si j'avais pensé à voix haute.

— Ne t'inquiète pas, on va le garder longtemps, celui-là. Proxénétisme, trafic de drogue, chantage, extorsion de fonds, coups et blessures... Les gars des stups ont déjà un joli petit dossier sur lui. OK, c'est pas Pablo Escobar, mais rassure-toi, on saura le retenir.

Je leur ai dit tout ce que je savais. Éric a pris des notes dans un petit carnet. Et après il m'a demandé s'il pouvait regarder mes blessures... Genre. J'ai dû faire une drôle de tête mais Jeanne m'a dit qu'il était secouriste et qu'il fallait vérifier si j'avais pas besoin d'aller à l'hosto. Il était super doux avec moi, ses gestes étaient précis, il a nettoyé encore un peu et il m'a filé une boîte de médoc.

— Bon, je pense qu'il n'y a rien de cassé, mais il ne vous a pas loupé, cet enfoiré. Prenez deux cachets tout de suite, c'est du Tramadol. Ça devrait faire l'affaire. Ça va un peu vous assommer, mais au moins vous pourrez dormir.

Avant de partir, Jeanne s'est approchée de moi, elle s'est penchée et elle a déposé un baiser sur ma joue. C'est la première fois qu'elle fait ça et je crois que je n'ai jamais ressenti un truc comme ça. Je n'avais plus mal. Et elle a aussi chuchoté quelque chose. Elle a dit : « Il est quand même super craquant mon petit lieutenant, non ? » C'est aussi ça qui me plaît chez elle. Jeanne, elle est libre, elle est drôle. J'ai pris les cachets et je me suis endormie presque tout de suite...

Je ne sais pas quelle heure il est quand j'émerge de mon sommeil qui ressemble plus à un coma qu'à autre chose. J'ai du mal à m'habituer à l'obscurité, et puis soudain, les battements de mon cœur s'accélèrent. Il y a quelqu'un dans la chambre, une ombre massive qui se tient à deux mètres de mon lit. Je me redresse d'un seul coup, et ce simple mouvement m'arrache un cri.

— C'est moi, Samia, n'aie pas peur. Je... je suis désolé, il faut que je te parle.

J'arrive à appuyer sur l'interrupteur et j'aperçois Jean-Pierre. Il y a sur son visage une expression d'urgence, comme une impatience absolue.

— Oui, bien sûr... je vous écoute.

Il semble hésiter puis se lance.

— Jeanne Muller nous a dit ce qui s'est passé. Elle a dit qu'un type t'avait fait ça. Un type qui s'appelle Marco. Un dealer, un proxénète...

— Oui... Oui c'est vrai, ça fait partie de mon ancienne vie. Vous savez.

Il ne répond pas. Il s'avance vers moi. Il y a comme un feu qui brûle dans son regard.

— Il a quel âge ce type, il ressemble à quoi ? Où est-ce qu'il fait toutes ces saloperies Samia, à quel endroit ?

— Je ne sais pas exactement, peut-être 27, 28 ans. Il « bosse » dans le 8e, comme moi, comme moi avant. Mais pourquoi vous me demandez ça...

— Ma fille, Aurélie... Elle m'a parlé une fois d'un type qui s'appelait Marc. Elle ne m'a rien dit de plus. Mais on a... on a retrouvé son corps dans un parking de l'avenue Hoche. Dans le 8e arrondissement.

Je vois bien, trop bien maintenant. Je sais pourquoi tu es là. Mais tu sais, Jean-Pierre, les Marco, les filles perdues, les toxicos qui crèvent d'une overdose dans les parkings entre deux passes, ils se ressemblent tous. Mais ça, bien sûr, je ne lui dis pas.

— Je comprends, Jean-Pierre... Mais vous savez, il y a beaucoup de types comme ça, comme lui. Beaucoup de salauds de ce genre. Alors il n'y a probablement aucun rapport entre lui et votre fille.

Il réfléchit un instant puis secoue la tête.

— Oui, tu as peut-être raison... Je suis désolé de t'avoir réveillée, repose-toi. Tu sais, demain peut-être, je te parlerai d'elle. On verra.

Même quand il dit cette phrase, j'entends son chagrin immense. Sur ce « elle », sa voix a tremblé. Elle a tremblé de toute cette émotion qu'il retient en lui. Elle a tremblé de sa colère, de sa frustration, de son chagrin et de sa haine. Et quand je regarde cet homme voûté qui, avant de quitter ma chambre, s'appuie un instant contre le mur comme pour reprendre son souffle ou peut-être pour ravaler un sanglot, je sais que sa quête ne cessera jamais.

28

Quand Michel Béjart quitte son hôtel particulier, le jour ne s'est pas encore levé. Il est allé voir son fils, s'est assis un moment sur son lit. Il ne savait pas si Hadrien dormait. Il a embrassé son front, a murmuré « C'est fait », puis a refermé la porte de la chambre. Mais lorsqu'il passe devant la cave, il ne peut s'empêcher d'y entrer. Il soulève la trappe, et lorsqu'il récupère la poupée, elle ouvre les yeux. Il sent son petit torse se gonfler au rythme de sa respiration synthétique. Il éprouve un immense soulagement et une intense culpabilité. Il se dit qu'il ne pourra plus jamais la ramener chez eux, qu'il va falloir la laisser à la Fondation. Il se surprend même à lui parler, à lui dire des mots rassurants, à la serrer un peu plus fort dans ses bras. Il y a une arrivée d'eau dans la cave. Il ouvre le robinet, se rince les mains, puis il enlève les vêtements noircis et nettoie avec précaution la petite chose qu'il tient dans les bras. Une fois cette tâche accomplie, il la met contre lui et referme son manteau. Il n'ose imaginer ce qu'on penserait si on découvrait un homme de son âge avec une poupée en plastique entièrement dévêtue cachée sous son manteau. Et en plus le président de la fondation Ange pour l'enfance... Il imagine déjà les titres des journaux. Une fois dans la rue, il hèle un taxi pour parcourir la courte distance qui le sépare des locaux de la Fondation.

Lorsqu'il s'assoit dans son bureau, il jette un coup d'œil aux journaux du matin... Un titre attire immédiatement son regard : « Enlèvement de nouveau-nés dans des maternités en région parisienne. La police piétine, la psychose gagne les jeunes parents ». Il parcourt l'article en se disant que la nature humaine est un abîme de perversions. Quel genre d'individu peut être assez tordu pour kidnapper un bébé. Et puis, il se dit que ça peut être n'importe qui. Les comportements humains sont si imprévisibles, si étranges, parfois. Il se souvient de son effroi quand il avait compris que sa femme avait accouché sans rien lui dire, sans qu'il ne voie rien. Comme si le sol s'était dérobé sous ses pieds. Et personne n'avait pu lui donner les clefs pour comprendre. Un seul médecin avait eu le cran de lui dire ce qu'il savait déjà.

— Comprendre cet acte, monsieur Béjart, c'est admettre votre propre part de responsabilité, votre propre aveuglement, votre déni. Votre indifférence aussi, peut-être ?

Le type lui avait dit ça très calmement, presque avec douceur. Son visage était resté imperturbable, puis il l'avait observé, sans rien dire. C'était la dernière fois qu'il avait vu ce psy. Il sait pourtant que s'il veut renouer un jour avec la réalité, retrouver son fils, il doit aller chercher sa part d'ombre. Il doit plonger dans ce noir océan de culpabilité et de honte. Il faudra bien qu'il le fasse. Il sait qu'il le doit, mais cela veut dire avouer la vérité, une vérité qu'il ne peut pas affronter, une vérité qui lui glace le sang aussitôt qu'il l'appelle du fin fond de sa mémoire. Alors jusque-là il avait préféré s'investir corps et âme dans sa fondation. Essayant sans doute de racheter ses fautes en sauvant des enfants plongés dans l'horreur de la précarité, de la violence et de la solitude. En tentant de leur trouver des parents aimants, des adoptants capables de leur donner cet amour dont ils avaient été privés. Il s'était battu, contre l'administration, contre les juges, parfois, pour faire aboutir les dossiers. Contre les préjugés aussi, et contre les parents eux-mêmes. La majorité des enfants dont il s'occupait étaient le plus souvent abîmés par la vie, mais, lorsque l'alchimie fonctionnait, de véritables miracles se produisaient. Une fois par an, la fondation Ange réunissait les familles qu'elle avait contribué à former. C'était une journée unique, magnifique. Il y avait aussi des échecs bien sûr, mais pour une seule victoire, pour un seul sourire retrouvé, une seule vie sauvée, il fallait savoir passer au-delà de toutes les difficultés. L'année dernière, un jeune garçon était venu le trouver. Il avait été adopté au tout début des activités de la Fondation. Il portait un parcours chaotique, monstrueux. À 4 ans, il était déjà marqué au plus profond de son âme et de son corps. Pourtant, Michel avait réussi à convaincre ce couple d'enseignants, d'universitaires, que cet enfant était celui qu'ils attendaient depuis si longtemps. Il avait construit patiemment leurs rencontres, les avaient observés, encouragés, poussés, parfois. Aujourd'hui, à 19 ans, Bastien venait d'entrer à l'École polytechnique, et ses parents étaient rayonnants de bonheur et de fierté.

Ce conte de fées, c'est Ange qui l'avait rendu possible. C'est lui qui avait su le concrétiser. Mais il sait aussi que derrière le visage radieux de Bastien, derrière son sourire et sa reconnaissance, il y a d'autres visages, d'autres souvenirs. Les corps sans vie de deux nourrissons. Toutes ces réussites ne pourront jamais racheter sa faute, le poids de sa responsabilité. Et ce souvenir, rien ne peut l'effacer. Il le croise tous les jours. Assis sur un fauteuil roulant. Celui de son fils. Le silence d'Hadrien, ses regards, ses messages sont autant de pierres qui viennent encore alourdir le poids de sa culpabilité.

Il se lève et se dirige vers le cabinet de toilette qui jouxte son bureau. Il a déposé la poupée sur le meuble laqué blanc. Il doit l'abandonner ici, il n'a pas le choix. Il la prend dans ses bras, murmure des excuses, demande pardon. Il se regarde dans la glace, se trouve ridicule, grotesque. Mais le souffle artificiel de cet enfant de silicone est aussi celui qu'il n'aura jamais pu sentir, celui qui n'aura jamais pu franchir les lèvres mortes de ses propres bébés. Lorsqu'il sort enfin de la petite pièce, il tombe nez à nez avec Catherine.

— Bonjour, Michel, le bureau était ouvert. Je ne savais pas si vous étiez arrivé... Tout va bien ?

— Oui, oui. Dites-moi, vous avez vu cette affaire de nourrissons enlevés, Catherine ? C'est abominable, non ?

— Oui... Avec les enfants dont nous nous occupons et les histoires qu'ils portent, plus rien hélas ne m'étonne dans la nature humaine. Au fait, comme vous me l'aviez demandé, j'ai fait envoyer aux Scott un petit cadeau de naissance. Vous voyez, j'ai finalement réussi à ouvrir mes chakras.

Le président de la Fondation sourit puis retourne s'asseoir à son bureau. Il consulte ses mails pendant quelques secondes et soudain relève la tête pour s'adresser à sa collaboratrice.

— Oui, c'est bien, Catherine. Hélas ! j'ai bien peur que ce cadeau ne soit plus tellement approprié…

29

Il est 5 h 58 quand Jeanne Muller, le lieutenant Mouilbet et deux brigadiers se garent devant le petit pavillon de meulière d'une rue étroite et discrète de Bois-Colombes. Ils ont pris la voiture de service d'Éric. Plus discrète que celle de Jeanne dont le vrombissement puissant est définitivement incompatible avec les heures matutinales d'une perquisition ordinaire. La commissaire Muller fait signe à son collaborateur de faire le tour par-derrière. C'est fou comme, malgré la prolifération des séries policières sur les innombrables plateformes désormais accessibles à tous, les voyous continuent de croire que les portes de derrière constituent encore des issues possibles. Elle regarde sa montre, 6 h 01, « ding-dong » Marco, c'est l'heure de se réveiller. Elle sonne trois coups brefs puis un plus long, beaucoup plus long. Puis elle tambourine sur la porte.

— Police, monsieur Mariotti ! Ouvrez-nous.

Aucune lumière ne s'allume dans la maison. Au bout de quelques secondes, elle se retourne vers un des deux hommes qui a déjà saisi son bélier pneumatique et s'apprête à faire sauter la porte. Il est d'ailleurs positionné pour opérer lorsqu'elle s'ouvre et qu'apparaît le visage souriant de Marco Mariotti.

— Pas la peine de tout péter m'sieurs-dame, il fallait juste que j'enfile un slip. Je voulais quand même pas vous accueillir à poil. Même si je ne vous ai pas vraiment invités.

Le garçon, déjà tout à fait détestable de par ses activités, apparaît à Jeanne immédiatement insupportable. Mais elle doit avouer qu'il n'a pas vraiment l'air déstabilisé par leur arrivée au petit matin. Et ça, ce n'est pas très bon signe pour la suite.

— Je ne vous demande pas si vous êtes armé, visiblement vous ne l'êtes pas…

Il sourit de plus belle et pose une main sur le renflement de son slip.

— Ça dépend de ce que vous appelez une arme, madame.

Muller repousse avec fermeté le jeune homme et entre d'autorité dans la maison, suivie par les deux policiers.

— Je sens qu'on va bien rigoler, avec vous. Et pourtant, croyez-moi, ce qui nous amène ici n'a rien de vraiment drôle. Il est 6 h 15 et je vous signifie votre garde à vue pour des faits de trafic de stupéfiants, de proxénétisme aggravé, de violences et de menaces sur la personne de Samia Lakhti.

Puis, se tournant vers les deux hommes.

— Allez donc ouvrir à Éric et fouillez-moi tout ça.

Alors que Marco s'est posé sur le canapé du salon, Jeanne se saisit d'une chaise et vient s'asseoir en face de lui.

— Alors, Marco, on a perdu ses nerfs ? Pourtant, jusqu'ici tu avais plutôt réussi à passer sous nos radars.

Enfin, on savait ce que tu trafiquais, mais bon, t'es pas vraiment le gros poisson, tu vois. On préfère pêcher plus lourd, normalement... Seulement voilà, hier matin tu es allé chercher une jeune femme, tu l'as enlevée puis tu l'as tabassée et menacée. Tu lui as demandé de l'argent, et aussi, rien que ça, de lui trouver une fille pour la remplacer. Tu ne doutes de rien, toi. Tout le monde n'a pas la vocation du proxénétisme, tu sais. Il y a même des gens que ça gêne, vois-tu.

L'homme ne s'est pas départi de son sourire. Il attrape un paquet de cigarettes sur la table, en sort une et la porte à sa bouche, sans l'allumer.

— Je ne vois pas de quoi vous parlez, madame, hier matin j'ai pas bougé de chez moi, j'étais avec ma copine, elle pourra vous le dire. Elle doit se tromper, votre fille, là. C'est qui d'abord cette nana ?

— Je te le répète, Samia Lakhti, ça te parle sûrement un peu...

— Ouais, un peu... Enfin, comme ça. Mais enfin, si maintenant il faut faire confiance à ce que racontent les putes.

Jeanne a une irrésistible envie de le gifler mais elle parvient, du moins pour l'instant, à garder le contrôle. Elle se relève et fait quelques pas dans la pièce, sort son propre paquet de cigarettes et en allume une. Marco l'observe puis attrape le briquet qui était posé sur la table et fait mine d'allumer la sienne.

— Qu'est-ce que tu fais, Marco ? Je ne crois pas t'avoir autorisé à fumer.

L'homme la regarde et son visage se durcit, il ne sourit plus.

— Et vous faites quoi, là, vous fumez, non ? Et chez moi en plus. Vous êtes un peu gonflée, non ?

— Moi je fume, mais pas toi. Moi je suis flic, et pas toi. Toi tu es en garde à vue, bientôt tu seras en tôle, et moi je serai libre. Toi, tu ne crois pas les putes, mais moi si. Tu vois, nous sommes très, très différents. Mais ne t'inquiète pas, on va avoir le temps de mieux se connaître.

Lorsque Éric redescend avec les deux policiers, il fait signe à Jeanne de le rejoindre dans la cuisine. La pièce est nickel, très moderne. Il ne doit pas souvent faire la cuisine.

— Bon, commissaire, on n'a rien trouvé, pas la moindre trace de came, pas d'arme et juste 40 balles en liquide, deux pauvres billets de vingt. Bref, c'est la merde.

Jeanne Muller ne dit rien. Elle se dirige d'un pas tranquille vers les placards de la cuisine. Elle en ouvre un qui ne contient que quelques plats et une ou deux casseroles, comme neufs. Puis elle ouvre un tiroir dans lequel sont parfaitement alignés des couverts, comme dans une cuisine témoin. Elle plonge sa main dans le meuble, écarte quelques fourchettes et quelques couteaux, puis soudain s'arrête et ressort sa main. Son visage affiche un sourire victorieux.

— Eh bien, on dirait que j'ai plus de chance que vous, Éric, regardez ce que je trouve dans ce joli petit tiroir.

Elle secoue sous le nez de son collaborateur un petit sachet de poudre blanche.

— Il n'y en a pas un kilo, certes, mais cela suffira à embarquer et surtout à retenir notre ami pour au moins quatre-vingt-seize heures. Et croyez-moi, c'est largement assez pour que je lui fasse recouvrer la mémoire.

Ils retournent dans le salon, et la commissaire s'adresse directement à Marco sur un ton sec et sans appel.

— OK, monsieur Mariotti, vous allez pouvoir aller vous habiller. Et prenez quelques affaires de rechange si vous le souhaitez. Pour, disons, au moins trois nuits...

— Qu'est-ce que vous racontez, vous avez rien à part le témoignage de cette fille ! Arrêtez vos conneries, commissaire.

Jeanne s'approche de l'homme et lui montre le petit sachet de poudre blanche.

— Ah ! mais si, j'ai aussi ça. Et ce « ça » change tout, mon petit Marco.

Cette fois, ce n'est plus de la colère que l'on peut lire sur ces traits. C'est de la rage. Il a dans les yeux une haine et une cruauté qui laissent soudain entrevoir sa vraie nature.

— N'importe quoi, putain, c'est pas à moi ce truc ! C'est vous qui l'avez apporté !

Il regarde les autres policiers présents dans la pièce comme pour les prendre à témoin.

— Mais je vous jure que c'est pas à moi, vous savez bien que c'est elle qui a fait ça, bordel !

Jeanne sourit et s'approche encore un peu de Marco.

— C'est con, Marco. Toi, tu ne crois pas les putes, et nous, les flics, on ne croit pas les types comme toi. Chacun son credo, que veux-tu... Allez dépêchez-vous de me l'embarquer. Je vous attends dehors.

Jeanne termine sa cigarette et regarde le ciel gris. Elle se dit qu'elle a de moins en moins de scrupules et que ça finira par lui jouer des tours. Mais elle se dit aussi que pour coincer ce genre de salaud, il faut parfois utiliser des méthodes de salaud. Elle sait que son argument ne tiendrait pas la route deux secondes devant un tribunal républicain. Devant les moralisateurs qui s'enorgueillissent, justement et peut-être avec raison, de ne pas utiliser les mêmes méthodes. Puis elle repense au visage de Samia et balaie de la main les dernières volutes de fumée de la clope qu'elle vient d'écraser sur le sol, en même temps que ses derniers scrupules.

30

Ils sont si beaux. Elle ne se lasse pas de les regarder. Elle les a mis dans leurs petits transats. C'est vraiment le moment qu'elle préfère, juste après leur biberon. Ils sont, pour quelques instants encore, réveillés. Évidemment, ils ne lui sourient pas encore, ils sont trop petits. Pourtant, elle a l'impression de voir parfois se dessiner les prémices d'un sourire lorsqu'ils la regardent, lorsqu'elle approche le lait. Mais elle sait que c'est dans sa tête, tout ça. Elle voudrait déjà qu'ils soient plus grands, elle le voudrait tellement. Elle doit faire attention, ne doit pas se laisser entraîner par ses émotions. C'est vital. Quand elle était petite, sa maman ne la prenait pas dans ses bras. Elle disait qu'elle l'encombrait, qu'elle était toujours dans ses jambes. Elle criait beaucoup. Elle se souvient qu'un jour elle était arrivée dans la cuisine. Elle devait avoir 7 ou 8 ans. Elle n'avait pas fait de bruit, elle voulait lui faire une surprise, une belle surprise. C'était la fête des mères. Elle s'était déguisée en maman, avait mis une de ses paires de chaussures et une de ses robes, et s'était maquillée aussi. Ça lui avait pris du temps, et elle doit dire qu'elle trouvait le résultat assez beau. Elle s'était dit que ce serait vraiment une jolie surprise pour sa mère de voir combien sa petite fille lui ressemblait. Alors, elle s'était approchée d'elle, tout doucement, et puis avait dit « Bonne fête maman ! ».

Sa mère a laissé échapper le plat qu'elle tenait dans la main, il était tombé sur le sol et s'était cassé en mille morceaux, dans un fracas épouvantable. Elle se souvient très bien du bruit que ça avait fait. Comme si des milliers d'assiettes et de verres s'étaient fracassés en même temps sur le carrelage. En tout cas, c'est comme ça qu'elle s'en rappelle. Parfois, elle l'entend encore dans ses rêves, dans ses cauchemars. Sa maman s'est retournée, elle a mis ses mains sur sa bouche et la petite fille a vu dans ses yeux de la colère. Non, pour être plus précise, elle a vu... du dégoût. Et elle se rappelle aussi de sa voix, de ce ton si froid, atrocement glacé.

— Qu'est-ce que tu as fait ! Et qu'est-ce que c'est que cette tenue, ce maquillage grotesque ? Tu ressembles à une prostituée. Tu crois vraiment que ça peut me faire plaisir de te voir comme ça ! Et qui t'as autorisée à prendre mes affaires ? Tu sais bien que tu n'as pas le droit d'entrer dans ma chambre... Allez, va reposer tout ça, va te changer, tu es ridicule. Tu... Tu me fais honte !

Elle est repartie en courant dans sa chambre. Elle pleurait et le maquillage coulait sur ses joues. Elle se regardait dans son petit miroir et elle se trouvait si laide, si sotte, si désespérée. Elle pense que c'est la première fois qu'elle a eu autant de chagrin de sa vie. En percevant ses pleurs, sa grande sœur, Éliette, est venue dans la chambre. Elles ne s'entendaient pas très bien. En fait, elles ne s'entendaient pas du tout. Elle était sûrement la dernière personne qu'elle avait envie de voir, pourtant, elle ne sait pas pourquoi, quand elle est entrée, elle s'est sentie soulagée. Sa sœur s'est assise sur le lit. Elle avait 10 ans. Elles avaient un grand frère aussi mais il avait presque 20 ans et elles ne le voyaient pas beaucoup. Il s'était engagé dans la Marine dès qu'il avait été majeur et elle n'avait guère de souvenirs de lui, plus jeune. Il ne jouait pas avec elle ni avec sa sœur. Papa était parti. Quand elle était plus petite. C'est Éliette qui le lui avait dit. Il n'était jamais revenu. C'est tout ce qu'elle savait à l'époque. Sa mère lui avait interdit de poser des questions sur lui. C'est à ce moment-là que sa sœur lui a parlé. Elle essayait peut-être d'être gentille, mais le ton de sa voix était tendu, agressif.

— Pourquoi tu pleures, qu'est-ce que tu as fait ?

Elle avait juste envie de parler à quelqu'un, à n'importe qui. Alors, pourquoi pas à elle.

— Je voulais faire une surprise à maman, je voulais lui montrer comme je la trouve belle. Je voulais lui ressembler, je voulais... Je voulais qu'elle soit fière.

Éliette l'a regardée, incrédule. Pendant un bref instant, la petite fille a cru qu'elle allait se mettre à pleurer elle aussi, et puis, d'un seul coup, elle s'est mise à rire. À rire comme si on lui avait dit la chose la plus drôle du monde. Elle ne comprenait pas. Au bout de quelques secondes, sa sœur s'est arrêtée et elle a posé ses mains sur ses épaules et l'a forcée à la regarder dans les yeux.

— Écoute bien ce que je vais te dire. Maman ne t'aime pas, c'est comme ça. Ce n'est pas ta faute. Enfin, je ne crois pas. Depuis ta naissance, c'est comme ça. Peut-être qu'une maman ne peut pas avoir assez d'amour pour tous ses enfants, tu comprends, peut-être qu'elle n'a plus la force d'en aimer encore une autre... C'est comme ça. Allez, calme-toi, je vais t'aider à te démaquiller.

Comment pouvait-elle lui demander de se calmer après ce qu'elle venait de lui dire. Alors qu'elle passait le coton sur son visage, la petite fille ne sentait rien. Elle avait l'impression que son corps ne lui appartenait plus. Elle avait juste froid. Mais elle ne pleurait plus. Elle ne sait toujours pas aujourd'hui pourquoi sa mère ne l'a pas aimée. Quand elle est morte, elle ne la voyait plus déjà depuis longtemps. Elle n'a pas eu de chagrin quand elle l'a appris et cela l'a fait se sentir coupable. Atrocement coupable. Quand elle mourra, elle veut que ses enfants soient tristes, elle voudrait qu'ils pleurent, qu'ils la regrettent, pour toujours. Mais pour ça il faut les aimer, bien sûr. Les aimer si fort. Comme elle aime ces deux bébés. Elle se tient juste derrière eux et elle bouge doucement leur transat. Elle se surprend même à chantonner une petite comptine, une petite comptine que tous les parents chantent à leurs enfants. Elle ferme les yeux et continue à murmurer :

— Dodo, l'enfant do, l'enfant dormira bientôt...

Ils s'endorment si vite, ils sont si sages. Peut-être qu'elle devrait essayer d'en mettre moins, peut-être qu'ils s'endormiraient quand même aussi vite. Elle verra, la prochaine fois. Mais elle ne veut pas qu'ils pleurent parce qu'elle ne sait pas si elle pourrait le supporter. Après les avoir couchés, elle retourne dans la cuisine. Il fait déjà nuit, dehors. Elle regarde les étoiles par la fenêtre et se dit que, peut-être, sa maman est là-haut dans le ciel. Peut-être que c'est une de ces étoiles et qu'elle brille pour elle, enfin. Et puis, elle revient à la réalité et referme le volet. Elle le referme sur ses rêves, sur les espoirs morts et les désillusions cruelles d'une petite fille qui voulait juste faire une surprise à sa maman.

31

Deux jours que je ne suis pas sortie de ma chambre. Deux jours que je réfléchis à ce que je vais faire de ma vie. Deux jours que mon corps se répare pendant que mon esprit se délite. Pour ma formation, mon BEP vente, Monique m'a dit qu'elle les avait appelés. Elle a expliqué que j'avais eu un accident de vélo. Elle a imploré, cajolé, et finalement ils ont accepté que je me représente pour tenter les tests et m'inscrire. Je dois y retourner dans une semaine. C'est pour passer ensuite un bac « métiers de la vente et du commerce ». Après tout, je fais commerce de mon corps depuis longtemps et je crois que j'ai plutôt bien réussi à le vendre. Je dois avoir la fibre commerciale. Mais en vrai, ce que je veux, ce que je désire plus que tout, c'est travailler dans une librairie. Être entourée d'ouvrages, d'auteurs, oser conseiller des lecteurs. Essayer de leur faire partager le bonheur d'avoir croisé, pour quelques jours, pour quelques heures, quelques centaines de pages, une histoire qui a changé mon regard sur le monde et sur les hommes. C'est ça que je recherche et que parfois je trouve dans mes livres.

J'ai encore un peu mal quand je me lève, mais si je ne sors pas de cette chambre je vais devenir folle. Je regarde ma montre, il est déjà presque 15 heures. Avec ces cachets à la con, j'ai perdu la notion du temps. Quand je prends ma douche, je laisse l'eau brûlante couler sur mon visage, sur mon corps. Je passe le savon sur chaque parcelle meurtrie de ma peau. Je réveille la douleur pour mieux la combattre, pour me sentir vivante. Je me sèche avec délicatesse, je regarde mes seins dans le miroir, les bleus sur mes côtes, sur mes cuisses, arc-en-ciel de douleur bleu, vert et noir. J'enfile un jean, un tee-shirt et mon vieux sweat Abercrombie avec sa grande capuche qui me cache au monde comme je me cache de lui.

Quand je descends, Monique est comme toujours assise à la table de la salle à manger. Elle écoute son émission de radio préférée, Julien Courbet sur RTL. Les yeux perdus dans le vague, elle est absorbée par le redresseur de torts, défenseur de la veuve et de l'orphelin qui interpelle en direct des escrocs à la petite semaine, des banques trop rigides et des artisans dépassés. De temps en temps, les blagues potaches et un peu ringardes de l'animateur font se dessiner un mince sourire sur le visage fatigué de cette femme. Je m'approche et je m'assois à côté d'elle.

— Hello Monique, ça va ?

Elle me regarde sans me voir, elle semble sortir d'un rêve.

— Ah ! c'est toi Samia. C'est plutôt à toi qu'il faut demander ça, non ?

— Oui, je vais mieux. Je crois que je vais aller faire un tour, prendre un peu l'air.

Je ne lui dis pas que je vais aller voir Jennifer, que je l'ai eue au téléphone, que nous avons pleuré, qu'elle me manque. Est-ce que c'est vrai ? Je ne sais pas. Jennifer était la seule avec qui je pouvais partager un peu de cette vie de misère. Alors, oui, je crois que c'est mon amie. Mais je ne dis pas que j'ai rendez-vous avec elle dans notre café, notre repaire, notre antre. Je ne veux pas mélanger mon ancien monde avec le monde de Monique. Il y a déjà bien assez de désespoir et de tristesse dans cette maison, sans devoir y ajouter les miens.

— Tu sais que la commissaire Muller a arrêté le type qui t'a fait ça. Elle dit qu'ils vont le mettre en prison.

— Je sais, elle m'a envoyé un message. J'espère qu'ils vont le garder longtemps.

Je l'espère mais je n'y crois pas. Ce type est un salaud mais pas un imbécile. Ça m'étonnerait beaucoup qu'ils trouvent quelque chose pour le coincer. Parce que mon seul témoignage, faut avouer que ça ne pèse pas lourd. Peut-être que si j'arrive à convaincre Jennifer de le balancer aussi... Mais bon, je ne veux pas la foutre encore plus dans la merde.

— Et Jean-Pierre... Comment il va ?

Monique pose sa main sur la mienne avant de me répondre. J'aime bien quand elle fait ça, je trouve apaisant le contact de sa peau un peu sèche mais si douce et si chaude. Ce sont des gestes dont j'ai tant été privée que je les goûte avec une entière volupté.

— Ça va... Enfin, il a été vraiment perturbé par cette histoire. Par ce prénom. Je crois que j'ai réussi à le convaincre que c'était une simple coïncidence, mais il est tellement obsédé par la disparition de notre fille. Il se raccroche à tout et n'importe quoi. Un prénom, une adresse... Il veut comprendre ce qui nous a tellement échappé ; tout ça, c'est trop tard maintenant. Je me dis que peut-être, avec le temps.

Je me lève et je l'embrasse sur la joue.

— J'en suis certaine, Monique, il va finir par accepter. Il est si gentil au fond. Je l'aime beaucoup, tu sais. Allez, je file, je reviens avant le dîner, promis.

— Oui, merci Samia.

Quand je sors dans la rue, l'air frais me pique le visage, et à chaque pas, je sens la douleur dans mes côtes. Comme si on appuyait trop fort sur mes poumons. Je me dis que je vais m'habituer. On s'habitue à tant de choses douloureuses, en fait. À un amour perdu, à l'absence d'un être cher, à la servitude quotidienne... On accumule les douleurs, et puis on les oublie. Même si elles sont toujours là, tapies au fond de nous. Et parfois, à l'occasion d'un traumatisme, d'un choc émotionnel, elles se réveillent et elles mordent, encore plus fort. Quand j'arrive au café, Jennifer est déjà assise à notre place. Ses grands yeux marron, ses lèvres boudeuses et ses longs cheveux châtains qui retombent en grandes boucles sur ses épaules lui donnent l'air d'une adolescente espiègle. Dès qu'elle m'aperçoit, un large sourire illumine son visage.

— Putain Sam, c'est trop bon que tu sois venue. Tu vas bien ? Tu sais que l'autre bâtard s'est fait serrer. Avec un peu de chance il va nous foutre la paix. Tu ne crois pas ?

— Je ne sais pas, Jen. Mais bon, ce que je sais, c'est que Jeanne, elle l'a bien dans le collimateur et qu'elle va pas le lâcher comme ça. On va peut-être être un peu tranquilles. Au fait, tu sais que je vais passer mon bac ?

— Nan, sans déconner. C'est trop bien. De toute façon, l'intello de la bande, c'est toi non ? Je suis trop contente ! Tu veux faire quoi, après ?

— Ben tu sais, moi mon truc, c'est les livres, alors bon, si je peux bosser dans une librairie, tu vois, ce serait top.

— Genre la Fnac ? Ouais ce serait bien. Comme ça je pourrais aller piquer des trucs tranquillou, avec toi comme couverture.

— Non, je ne crois pas que ce soit une bonne idée, ma Jen. Mais toi, tu n'as pas envie de reprendre tes études ? Franchement t'as pas envie d'arrêter tout ça ?

Je ne me sens pas super à l'aise dans ce rôle d'ange rédempteur. Genre la meuf qui remet dans le droit chemin les brebis égarées. Mais bon, si je n'essaie pas, je m'en voudrai, alors...

— Si, évidemment que j'ai envie, qu'est-ce que tu crois ? Mais bon, entre avoir envie et se bouger, il y a de la distance, surtout chez moi... Et il m'arrive un truc qui va peut-être me bousculer, tu vois...

— Quoi ?

— Je suis enceinte, Sam.

Je la regarde, abasourdie. Elle me sourit comme si elle venait de m'annoncer qu'elle avait gagné au Loto.

— Mais... de qui ? Enfin, je veux dire, tu sais qui est le père ?

— Ben, je suis peut-être une pute mais je suis pas complètement conne, merci. Je mets des capotes avec tous mes clients. Sauf un. Et puis, moi et la pilule, tu sais bien qu'on n'est pas copines... Tu sais, c'est le type sympa. Celui qui n'arrête pas de me dire qu'il est amoureux de moi. Et il est pas si vieux. Sa femme est morte il y a trois ans. Et puis il est vraiment gentil avec moi...

Je vois. Je vois déjà les plans que Jennifer s'est faits dans sa petite tête.

— Et alors, tu crois quoi, tu crois qu'il va vouloir garder le bébé et puis toi avec ? Tu crois qu'il va t'épouser, Jennifer, que vous allez fonder une putain de famille ? Enfin, réfléchis un peu. C'est pas sérieux.

Son visage s'est soudain refermé, mais il y a plus de tristesse que de colère dans ses traits.

— Pourquoi tu dis ça ? Pourquoi moi je n'aurais pas le droit à tout ça. Tu crois que je suis juste bonne à faire le tapin, c'est ça ? Tu sais, c'est pas parce que je lis pas des bouquins comme toi que je vais pas m'en sortir... Tu fais chier, Sam !

Je suis tellement désolée. Ma foutue lucidité, mon amertume aussi et mes désillusions sur le monde me font parfois dire des choses de manière trop abrupte. J'essaie de lui prendre le bras mais elle se lève d'un seul coup et prend son sac à main.

— Laisse tomber. Faut que je retourne bosser, de toute façon. Et puis t'as raison, faut pas que je me fasse de films. Mais putain, t'es pas obligée de me le dire. Allez, à plus.

— Attends, Jen, c'est pas ce que je voulais dire...

Mais elle a déjà quitté le bar sans se retourner. Je paie les consommations et je me lève à mon tour. Une fois à l'extérieur, je me mets à marcher de plus en plus vite vers le métro. Je crois que je suis en train de me faire une petite crise de parano. J'ai l'impression qu'on me suit, qu'on m'observe. Je respire trop fort et ça me fait de plus en plus mal. Il faut que je me calme, que je me contrôle. Un instant je m'arrête pour reprendre mon souffle. Je me pose sur un banc et me mets à respirer doucement, profondément, par le ventre, et je me masse les tempes. Je dois avoir l'air d'une conne, mais j'ai lu dans un magazine qu'il fallait faire comme ça pour retrouver un peu de sérénité. Et c'est vrai qu'au bout de quelques minutes je me sens mieux. Dans quelques instants je serai dans le RER et bientôt, à la maison. J'appellerai Jennifer ce soir pour m'excuser, pour parler avec elle de tout ça. Mais lorsque je me lève, mon cœur se met à battre à toute vitesse et mon souffle s'accélère de nouveau. Et cette fois, je n'ai pas le temps de me masser les tempes. Quelqu'un vient de se presser contre moi, brutalement, impérieusement. Et je sens comme une pointe dans mon dos. On me pousse sans ménagement vers une voiture. Je m'apprête à résister, à crier lorsqu'une voix que je crois reconnaître m'intime un ordre.

— Ne m'oblige pas à te faire du mal, monte dans la voiture, Samia, tout de suite !

Se faire enlever deux fois en moins de trois jours est sans doute le signe indubitable que mon passé s'inscrira à jamais dans mon présent et dans mon futur. Les mauvaises fréquentations vous collent à la peau avec une terrifiante insistance. La dernière chose que je vois avant que la décharge du pistolet électrique ne m'envoie dans les vapes, c'est la silhouette de Jennifer, de l'autre côté de la rue. L'effroi dans ses yeux et les larmes sur son visage.

32

C'est vrai, cette période de leur vie de couple avait été tellement difficile. Pourtant, il ne pourrait jamais justifier ses actes. Elle faisait chambre à part depuis déjà quelques mois, après qu'il lui avait révélé sa liaison. Cela ne changeait pas grand-chose à leur vie intime qui, de toute façon, était inexistante ou presque depuis la naissance de leur fils. Ce soir-là, il avait accepté l'invitation de Nicolas, un de ses vieux copains d'HEC. Un type qui brûlait la vie comme on enflamme une allumette, avec légèreté et insouciance. Il vivait à Londres mais était de passage à Paris pour deux jours. Il avait absolument tenu à revoir son « vieux pote Michel ». Michel, lui, le trouvait un peu vulgaire, souvent outrancier, mais la perspective de s'éloigner, ne serait-ce que pour quelques heures, de l'ambiance délétère de la villa était déjà un soulagement. Il avait prévenu sa femme qui ne lui avait même pas répondu. Ils avaient dîné dans un étoilé. Nicolas avait commandé deux menus dégustation et un champagne millésimé sans même lui demander son avis. La bouteille de champagne n'avait pas survécu aux premières entrées. Son ami avait donc enchaîné sur un grand cru classé *du Bordelais pour la suite du parcours. Mais il restait encore cinq plats dans le menu et il savait que cette bouteille-là ne serait pas orpheline. Michel ne buvait pas beaucoup, il n'aimait pas l'effet de l'alcool sur sa capacité de discernement. Il n'aimait pas non plus ce que cela réveillait en lui. Son éducation trop stricte, les codes étroits et sévères qui régissaient sa vie depuis sa naissance constituaient une carapace épaisse. Cela lui permettait d'afficher une grande maîtrise de lui, en toutes circonstances. Mais les rares fois où il avait trop bu, cette carapace-là avait littéralement explosée et certaines très mauvaises expériences restaient tristement gravées dans sa mémoire. Notamment aux fêtes de sa prestigieuse école de commerce. Il avait fallu toute l'influence de son père pour éviter qu'il ne soit renvoyé définitivement après la soirée de fin de première année. Et pourtant, à l'époque, il en fallait beaucoup pour choquer l'administration d'HEC. Alors il avait pris ses distances avec ce genre de boissons. Mais ce soir-là, las de cette relation moribonde avec sa femme, déprimé par une vie professionnelle sans véritable défi, il avait accompagné Nicolas dans les excès auxquels il était habitué...*

Il est 2 heures du matin. Dans le taxi, ses pensées se bousculent comme son corps se balance au rythme des derniers virages qui le ramènent vers la villa. Depuis qu'il a quitté le bar et qu'il est monté dans cette voiture, il sent que quelque chose est en train de grandir en lui, de se nourrir de ce qu'il y a de pire dans sa nature. Toutes ses frustrations, toutes ses pulsions inassouvies, toutes ses colères tues deviennent les engrais fertiles d'une violence inéluctable. Et lorsqu'il entre en titubant dans la maison, il se dirige aussitôt vers la chambre de sa femme. Cette chambre dont elle a fait une forteresse, un bastion, cette chambre dont elle lui interdit l'accès depuis plusieurs mois déjà. Non pas qu'il ait réellement envie d'elle, d'une quelconque proximité. Pourtant, une pulsion profonde, sombre, l'entraîne vers cette chambre. Valérie se réveille au moment où il s'assoit sur le lit. Elle a d'abord l'air surprise, presque effrayée, puis très vite la surprise fait place au mépris.

— Qu'est-ce que tu fais, tu es complètement ivre ! Épargne-moi au moins ça et va cuver dans ta chambre, par pitié.

Est-ce que ce sont les mots, est-ce que c'est le ton qu'elle emploie, à la fois sévère et condescendant ? À ce moment précis, il ne le sait pas mais ce qui restait en lui de dignité et peut-être même d'humanité vient de voler en éclats. Il pose la main sur sa bouche et appuie son corps sur le sien. Il est bien plus lourd qu'elle et c'est comme si une chape de béton la maintenait immobile sur son lit. De l'autre main, il commence à soulever sa chemise de nuit. Dans un dernier sursaut, elle tente de le repousser tout en lâchant un gémissement de désespoir. Mais lui n'entend plus rien, ne voit plus rien. Il ne pense qu'à une seule chose, lui montrer qu'il peut décider de la prendre, sans attendre aucune autorisation. Lui rappeler qu'elle n'est rien et que c'est lui qui l'a sortie de sa misérable condition. Alors il continue, et, ce soir-là, alors que son fils dort, il la viole. Le lendemain, la honte et le dégoût de lui-même le submergeront. Le surlendemain et les jours qui suivront aussi. Pourtant, il recommencera, à plusieurs reprises. Avant d'enfouir tout cela dans les méandres du cauchemar qui bientôt viendra briser sa vie.

33

— La fondation Ange ? Jamais entendu parler.

Abdessatar a ouvert un nouveau dossier, dans une belle chemise rose. Sur la couverture, il a écrit au feutre noir, en lettres majuscules et parfaitement équilibrées, le mot ANGE.

— Elle a été créée par un riche industriel, il y a une quinzaine d'années. Elle s'occupe d'enfants en grande difficulté et aussi… d'adoption.

— Et… ?

— Et les Scott, tout comme les Mugy, sont passés par cette fondation dans le cadre de leur procédure d'adoption. Vous vouliez un point commun, en voilà un !

— Oui, mais finalement ils n'ont pas adopté puisque les bébés miracles sont arrivés… et repartis.

— Certes, mais ils ont tout de même suivi le long et difficile parcours pour obtenir un agrément. Et pour cela ils se sont rendus à plusieurs reprises dans les locaux de la Fondation.

Jeanne se saisit du dossier et feuillette rapidement les petites fiches ultraprécises de son collaborateur. Tout y est, les dates auxquelles les couples sont venus à la

Fondation, les gens qu'ils y ont rencontrés, les documents qu'ils ont remplis.

— Je ne vous félicite pas pour la qualité du job, hein, sinon je passerais mon temps à le faire.

Un mince sourire apparaît de façon fugace sur le visage d'Abdessatar. Signe chez lui d'une intense jubilation.

— Je fais juste mon boulot.

Jeanne ricane.

— Allez, c'est bon, Abdessatar, pas de ça avec moi. Gardez ça pour les politiques. Ils ne devraient d'ailleurs pas tarder à nous tomber sur le dos.

— OK, d'abord les parents des deux bébés sont hypercoopérants et surtout très organisés. Ils ont ressorti leurs agendas et ont réussi à reconstruire leur parcours avec une précision qu'on aimerait, de temps en temps, pouvoir rencontrer dans nos propres administrations, si vous voyez ce que je veux dire. Ah ! au fait, Juliette Scott m'a dit qu'elle souhaitait vous parler, au plus vite. Elle n'a pas voulu m'en dire plus. Sinon, j'ai aussi eu la secrétaire générale de l'association... Mme Catherine Messier. Très sympathique, elle m'a expliqué en détail le fonctionnement de leur structure. Et m'a donné la liste des salariés et des experts que les parents ont rencontrés. J'ai aussi recueilli des infos sur le fondateur d'Ange, Michel Béjart. Après avoir vendu la boîte familiale – pas une PME hein, un gros truc industriel, international –, il a investi une bonne partie de sa fortune dans sa fondation. Sinon, vous verrez dans sa fiche que son histoire perso n'est pas banale non plus. Vous vous souvenez peut-être de ce fait divers. Ce type qui avait découvert des nouveau-nés entreposés par sa femme dans le congélateur de sa cave. Eh bien c'est lui. Elle, elle a disparu après avoir purgé sa peine. Au passage, avant de se faire arrêter, elle avait fracassé sa bagnole contre un poids lourd avec leur petit garçon, assis à côté d'elle. Il doit avoir 25 ans aujourd'hui et il est resté handicapé. La secrétaire générale m'a dit qu'il vit avec son père. Voilà, voilà... Une bien jolie petite famille.

Jeanne s'assoit à son bureau et souffle longuement. Elle attrape son paquet de cigarettes, en sort une et la pose sur son bureau. Puis elle se met à jouer avec son Zippo. C'est un vieux briquet, un modèle en laiton qu'elle doit traîner depuis le lycée. Un des rares objets qu'elle n'a pas paumés ou jetés depuis près de quarante ans. Il est comme sa voiture. Il pue, il fait du bruit, il se voit et il en impose.

— Oui, je me souviens vaguement de cette histoire. Ça avait évidemment fait la une des journaux. Il y a des jours ou je me dis que je préférerais ne pas appartenir à la race des humains, pas vous ? L'idée qu'on puisse congeler un bébé que l'on vient de mettre au monde me dépasse totalement. Vous me direz, l'idée même de mettre au monde un enfant tout court dans cette société me semble complètement dingue. Mais enfin, je comprends que ce monsieur ait souhaité aider tous les mômes de la Terre entière après cette douloureuse expérience. Bon, je vais aller le rencontrer. Vous avez son adresse personnelle. Vous savez à quel point je souhaite voir les gens chez eux. On n'en apprend jamais autant sur quelqu'un qu'en observant où et avec qui il vit. Et aussi je vais appeler Mme Scott. Au fait, comment vont-ils... ? Les parents, je veux dire.

— Comment croyez-vous qu'ils puissent aller ? Le bébé qu'ils attendaient comme le Messie a disparu et on n'a pas la moindre piste. Ils sont anéantis. J'ai tenté de les rassurer comme j'ai pu, de leur dire qu'on progressait. Mais franchement je ne suis pas certain de les avoir convaincus. À vrai dire, je suis même plutôt persuadé du contraire. Et puis les appels des journalistes ont évidemment commencé. Je m'en suis tenu à ce qu'on avait dit, factuel, sobre, rassurant. Mais vous savez comme moi ce que la presse va en faire. Dès ce soir ça va être la curée.

Jeanne prend son téléphone et appelle Samia. La jeune fille ne répond pas. Elle décide de laisser un message, ce qu'elle ne fait pratiquement jamais. Pour personne. « Oui, bonjour Samia, c'est Jeanne. Je t'appelais simplement pour savoir comment tu allais. Et pour te rassurer aussi, nous tenons Marco et pour l'instant il n'est pas près de ressortir. Voilà, repose-toi surtout. » Elle allait dire, je t'embrasse, mais quelque chose l'en a empêchée. Quelque chose qui est tapi au fond de sa mémoire, au tréfonds de son histoire, quelque chose qui lui rappelle, comme une morsure, comme un aboiement, que les gens auxquels on s'attache finissent toujours par vous faire souffrir. Volontairement ou pas.

34

Quand j'étais petite, mes cousins m'ont un jour enfermée dans un placard. Je voulais toujours jouer avec eux mais il y avait un prix à payer. Celui de l'humiliation, de la peur et parfois des coups. Mais lorsqu'ils m'acceptaient dans leurs jeux, dans leur univers, j'avais l'impression, pour quelques heures, d'être une enfant comme les autres. Sans doute cette période a-t-elle été la plus heureuse de ma vie. C'était avant que mon corps ne commence à changer. Je n'étais pas encore une femme, presque pas une fille. J'entretenais une forme d'apparence asexuée qui me convenait parfaitement. Je tentais de ne pas être « genrée », comme on dit aujourd'hui. Sans doute parce que, inconsciemment, je sentais bien que cette identité féminine représentait avant tout un risque, un danger. Mais dès l'âge de 8 ans mon corps a commencé à se transformer. Ma mère disait que j'étais drôlement en avance. Mon voisin, lui, s'en était aussi rendu compte. Quand il m'a violée, la première fois, je l'ai dit à maman. Je lui ai demandé d'aller à la police, je pleurais, je criais. J'avais encore sur mes vêtements le sang de la douleur, l'odeur de la honte. Mais ce voisin était aussi un vague cousin et un type important dans la cité. Un faux religieux qui distillait lentement son poison d'intolérance et d'hypocrisie. Ma mère m'a emmenée dans la salle de bains. Elle m'a traînée, plutôt. Elle parlait elle aussi de honte. Mais pas de celle que je ressentais. Elle parlait juste de celle qui allait rejaillir sur elle, sur nous tous, si je parlais.

— Tu veux quoi, tu veux qu'on devienne des parias, c'est ça ? Tu veux qu'on parle de toi comme une traînée, comme une pute. Tu veux que le déshonneur il tombe sur nous, c'est ça que tu veux. Non. Alors tais-toi ma fille, tais-toi ! T'en mourras pas.

Et elle m'avait lavée dans la baignoire, sans tendresse, sans précaution. Comme on aurait nettoyé un linge sale, un plat qui aurait accroché. Si elle avait su, si elle avait compris à quel point une partie de moi était morte justement ce jour-là. Autant à cause de ce viol que de sa réaction. J'avais perdu mon innocence mais aussi toute forme d'illusion sur l'amour maternel. Alors si, maman, je te jure, on peut en mourir, à petit feu. Mais avant cet épisode qui avait été le début de ma lente dégringolade, je jouais encore vraiment avec mes cousins. Ce n'est que plus tard qu'ils ont joué avec mon corps. Avant, on imaginait des scénarios dans lesquels j'étais souvent la victime et eux les héros, ou plutôt les salauds. Mais cela m'allait bien. Je me sentais presque comme les autres. Presque. Mais cette fois-là les choses avaient mal tourné. Je ne me souviens plus très bien du scénario. Il était question d'otages et de terroristes. Déjà. Bon, j'étais l'otage, évidemment, et, alors que l'immeuble était censé être cerné par le GIGN, le plus méchant des terroristes, le petit Saïd, 11 ans, qui pleurait encore quand il allait à l'école, m'avait enfermée dans un local, à côté de celui des poubelles, bâillonnée avec un bandana crado, scotché les mains dans le dos et les deux pieds ensemble, puis avait refermé les portes.

— Tu bouges pas, sale chienne de mécréante, sinon je te tue.

Et puis il s'était barré. J'avais vaguement entendu les bruits des combats imaginaires que les deux garçons avaient entamés avec les forces spéciales d'intervention. Des cris, des râles, des coups de feu mal imités, des insultes. Puis plus rien. Au début, j'avais trouvé ça presque marrant. Je faisais partie du scénario, j'existais, quoi. Et puis, les minutes se sont écoulées. Et il y a eu ce silence. Et les minutes sont devenues des heures. Et je sais exactement à quel moment le jeu a tourné au cauchemar. À l'instant précis où j'ai aperçu le premier rat. Noir, comme une putain d'ombre malsaine animée de petits mouvements furtifs, mélange de crainte, d'appréhension et de curiosité. Une saloperie de rat. Un d'abord, puis deux, puis trois, quatre… J'étais totalement terrorisée, incapable du moindre mouvement. J'aurais pu tenter de leur filer des coups de pied, de les écraser, peut-être, de m'imposer. Au lieu de ça j'ai regardé ces choses s'enhardir de mon immobilité et commencer à grimper sur mon jean. J'avais l'impression que leurs petits yeux brillants me fixaient avec avidité. J'avais la peur rivée au ventre, une peur atroce… Une peur paralysante qui me rendait incapable de gémir, dans l'impossibilité même de pleurer. Quand le gardien de l'immeuble m'a retrouvée, il devait être 20 h 30. J'avais passé plus de six heures dans ce local, et, s'il n'avait pas eu à venir fermer une conduite de flotte qui fuyait plein pot dans le couloir de la cave, peut-être y serais-je restée plus longtemps encore. Peut-être même que je serais morte dans ce trou à rat et que ces saloperies de bestioles m'auraient bouffée. Un des rats m'avait mordue, jusqu'au sang. Cela m'avait fait réagir, un peu. Je sentais que l'odeur de l'hémoglobine les rendait nerveux, agressifs. Je me tortillais sur le sol pour les éloigner, mais ils revenaient chaque fois, plus proches, plus rapides. Si le gardien n'était pas arrivé, je crois vraiment qu'ils m'auraient dévorée. Enfin, ça, c'est un souvenir et une angoisse d'enfant que je garde. L'autre souvenir, c'est que ma mère ne m'a rien dit quand je suis rentrée à la maison. Elle m'a à peine regardée et m'a dit d'aller me nettoyer.

— Tu étais où encore ? Tu sens mauvais. Va te laver et viens dîner.

Depuis cet épisode, je ne me suis plus laissée enfermer nulle part. Jusqu'à aujourd'hui… J'ai un bâillon sur la bouche et je suis assise par terre dans ce qui ressemble à une chambre. Les volets sont fermés et les rideaux tirés, mais la lumière du jour m'offre suffisamment de clarté pour détailler ce qui m'entoure. Un lit d'une personne, une petite commode banale, une bibliothèque avec quelques livres. Je ne parviens pas à lire les titres mais, je ne sais pas pourquoi, ça me rassure. Ça n'a aucun sens. Ed Kemper, un des plus terrifiants tueurs en série des États-Unis, un type qui jouait aux fléchettes sur la tête de sa mère qu'il avait posée sur la cheminée, ce type adorait les livres. En prison, il était même devenu lecteur de livres pour aveugles… Alors, pas certaine que ce soit vraiment bon signe. J'essaie de me souvenir de ce qui s'est passé, mais j'ai la tête un peu en vrac, j'ai des courbatures atroces dans le cou. Elles m'empêchent aussi de m'assoupir. Les blessures infligées par Marco se sont réveillées de plus belle. Depuis que j'ai ouvert les yeux, en vérité je lutte pour ne pas les refermer. Si je m'écoutais, je me mettrais en boule par terre et je pioncerais comme une malade. Comment puis-je avoir envie de m'endormir ici, dans cette pièce inconnue, après avoir été enlevée ? Ce serait renoncer, et ça, je ne le veux plus, alors je lutte. J'essaie de crier, mais le bâillon est enfoncé dans ma bouche. Et tout ce que j'arrive à obtenir c'est une toux pathétique et un début d'étouffement. Alors je tente de me calmer. Cette fois, je ne peux pas me masser les tempes mais je respire par le ventre. Et ça ne marche pas. Je sens mon cœur qui cogne dans ma poitrine, mes poumons qui cherchent leur oxygène, mon sang qui pulse dans mes veines. Et j'entends encore cette voix qui m'intime l'ordre de monter dans la voiture. « Ne m'oblige pas à te faire du mal Samia. » Comme un regret sincère. Me faire du mal, qu'est-ce que ça veut dire ? Personne ne peut me faire plus de mal que ce que je me suis déjà infligé dans ma courte vie. Et la douleur physique n'a plus d'importance. Mon corps ne m'appartient plus depuis longtemps, il est comme étranger à moi. Non, ce qui pourrait me rendre malheureuse maintenant, ce serait de décevoir Jeanne, de décevoir Monique, Jean-Pierre. De leur balancer à la tête la confiance qu'ils m'ont donnée comme pour leur dire : « Vous vous êtes plantés, comme tous les autres. » Et ça, je ne le veux pas. Je crois que c'est à ce moment précis que je décide de me battre, de faire en sorte de me sortir de ce piège, à tout prix. Pour eux.

J'entends du bruit. Des pas. Ils se rapprochent. Je fixe la porte de la chambre comme si mon regard ne devait jamais se détacher de ce foutu morceau de bois. Les battements de mon cœur s'accélèrent encore. Je perçois le bruit d'une serrure puis je vois la poignée tourner, comme au ralenti. Comme dans un foutu film d'horreur. Mais je ne sais pas si j'ai peur. Je pense à Jeanne, à sa force, à sa volonté, j'essaie de puiser du courage dans cette image. La voix de ce type ne m'est pas étrangère. Cette façon à la fois douce et dangereuse de me parler, cette impatience comme une urgence, cette tristesse comme un abîme. Et lorsque la porte s'ouvre enfin, je suis un peu aveuglée par la lumière crue et brute qui illumine soudain la pièce. Et la voix résonne de nouveau.

— Tu dois avoir soif, Samia, je t'ai apporté de l'eau. Je vais t'enlever ton bâillon mais tu dois me promettre de ne pas crier, d'accord ? Tu ne dois pas m'obliger à te faire du mal, jamais.

Je peux maintenant distinguer les traits de son visage. Il aura donc fallu attendre qu'il sombre dans la folie pour ne plus me vouvoyer. Mais je ne suis pas certaine que cela soit le signe d'un véritable rapprochement entre lui et moi.

35

De retour devant le pavillon des Scott, Jeanne ressent une pointe de remords. Elle se souvient de la manière dont elle a déterré le passé d'Alex, le mari de Juliette. Comme un cadavre très encombrant et très odorant que l'on balancerait sur la table de gens qui vous auraient invité à dîner. Bon, ce n'était pas tout à fait les mêmes circonstances, et l'urgence de la situation devait l'obliger à employer des méthodes, disons, un peu abruptes. Et cela lui avait tout de même permis de gagner la certitude que, si Alex était peut-être un salaud, il n'avait rien à voir avec l'enlèvement du bébé. Il est de toute façon probable que les deux nouveau-nés ont été enlevés par la même personne, ce qui exclut vraisemblablement la piste des proches. Jeanne espère que les investigations qu'ils mènent auprès de la fondation Ange vont permettre de faire avancer ce dossier. Il le faudra bien, c'est la seule piste qu'ils ont pour retrouver les enfants. Elle a prévu de se rendre tout à l'heure chez son président, M. Béjart, pour mieux « sentir » les choses.

Elle n'a même pas le temps de sonner que la porte s'ouvre sur le visage dévasté de Juliette Scott. Celle-ci l'invite à entrer d'un geste, avant de s'effondrer en larmes sur le canapé du salon. Jeanne n'a jamais été très douée pour consoler les autres. Elle le sait et s'en veut, mais les gens malheureux l'ennuient, pire, ils la dérangent. Quelle idée, se dit-elle parfois, d'avoir choisi le métier de flic quand on est comme ça. Mais en même temps, sûrement que ça la protège. Les policiers qui font preuve de trop d'empathie finissent souvent par arrêter ce job et parfois même par se flinguer.

— Que se passe-t-il, madame Scott ?

La jeune femme reprend son souffle. Elle se calme un peu avant de lui répondre :

— Merci d'être venue si vite et pardon je… je suis désolée mais je ne dors pratiquement plus depuis trois jours, j'ai tellement peur que l'on fasse du mal à mon bébé.

— Je sais ce que cette situation peut avoir de terrifiant, mais la plupart des rapts d'enfants si jeunes sont le fait de femmes déséquilibrées, en mal de maternité. Et elles finissent souvent par se rendre ou faire en sorte qu'on les arrête. Et dans tous les cas les enfants retrouvés sont indemnes.

Dans tous les cas, oui, sauf si l'enfant a un problème de santé grave qui nécessite des soins hospitaliers ou s'il est victime d'un accident dû à la panique et à la précipitation, mais ça, elle se garde bien de le lui dire.

— Nous faisons le maximum, et l'alerte enlèvement donnera sûrement quelque chose. Nous allons aussi investiguer du côté de la fondation Ange. Mais pourquoi vouliez-vous me voir ?

Juliette semble hésiter, elle ferme les yeux une ou deux secondes et se met à fixer le plafond. Puis elle se lève et va chercher quelque chose dans le tiroir d'une commode ancienne située contre le mur du salon. Quand elle revient s'assoir sur le canapé, elle tend un paquet à Jeanne.

— C'est arrivé hier par la poste.

La commissaire Muller se saisit du paquet déjà ouvert. Elle écarte délicatement les morceaux de carton et regarde avec surprise l'objet qu'il contient. C'est une petite peluche rose en forme d'éléphant.

— Il y avait quelque chose d'autre, dans le colis ?

La jeune femme soupire, se mord la lèvre puis tend un morceau de papier à la policière. C'est une feuille A4 sur laquelle on a imprimé, en lettres capitales, « UN ÉLÉPHANT ÇA TROMPE ÉNORMÉMENT... »

— Comment on peut me faire ça, qui peut être assez taré pour m'envoyer ça en ce moment ?

Jeanne se dit que des tarés susceptibles de faire ce genre de choses, il y en a toute une tripotée en liberté dans les rues. Mais sur l'alerte enlèvement on n'a pas mentionné le nom des parents pour éviter justement ce genre de « plaisanterie ».

— Écoutez, Juliette, je vais prendre la peluche et l'envoyer au labo pour qu'on fasse des analyses. Mais c'est peut-être quelqu'un qui vous connaît. Vous ne voyez pas qui pourrait vous faire ce genre de saloperie ? Et ce message, à qui s'adresse-t-il ? À vous, à votre mari peut-être...

— Je ne sais pas, je ne vois vraiment pas qui...

Jeanne, elle, voit peut-être... Elle se souvient de sa conversation avec Ariane Dubois, l'ex-femme d'Alex Scott. La rancœur et la haine qu'elle vouait à son ex-mari avaient très bien pu provoquer ce comportement, voire pire. La personne qui a enlevé le bébé, quelle qu'elle soit, pouvait aussi être à l'origine de cet envoi, après tout, elle connaît le nom des parents, il était sur le bracelet de naissance des nouveau-nés. Le personnel de la clinique aussi peut avoir cette information.

— Vous êtes dans l'annuaire, madame Scott ? On peut vous retrouver facilement ?

— Eh bien oui, bien sûr, pourquoi n'y serais-je pas ? J'ai l'impression d'avoir basculé en enfer, madame. Depuis cette naissance, je vis, nous vivons un cauchemar. Dites-moi que vous allez la retrouver, jurez-le-moi, s'il vous plaît...

— Je vous jure que nous ferons tout ce qui est en notre pouvoir, soyez-en certaine. Et votre mari, comment les choses se passent-elles de son côté ?

La mère du bébé redresse la tête et fixe Jeanne avec intensité.

— Écoutez, franchement je ne sais pas si je dois vous haïr ou vous remercier pour ce que vous avez dit la dernière fois. Mais nous avons parlé, il m'a expliqué beaucoup de choses et j'ai envie de le croire. De toute façon, en ce moment, je n'ai pas le choix. Si mon mariage s'effondre aussi, je ne tiendrai pas...

Autrement dit, après cette crise, si elle trouve une issue favorable, il y aura encore d'autres explications. Jeanne pense de nouveau à sa propre responsabilité, mais elle sait aussi qu'il vaut mieux construire une union sur autre chose qu'un mensonge ou qu'une demi-vérité. Son ex-mari lui avait caché pas mal de trucs un peu sordides sur sa « vie d'avant », et quand elle l'avait elle-même découvert, cela avait bien accéléré la chute et la fin d'une union qui s'effritait déjà depuis pas mal d'années. « Fallait pas épouser un flic », lui avait-elle dit avant de se barrer. Bon, en vrai, il était déjà un peu parti avec son assistante, mais ça lui avait fait quand même du bien de le lui dire.

— Oui, vous devez tenir bon. On avance, et chaque pièce est importante. Ce paquet nous aidera peut-être à découvrir encore d'autres informations. La prochaine fois, n'ouvrez rien, ne touchez à rien, ni courrier suspect, ni colis inconnu. Appelez-moi et je vous enverrai quelqu'un. Sinon, vous savez que la fondation Ange est le seul point commun entre vous et l'autre couple dont l'enfant a été enlevé. Avez-vous quelque chose à me dire sur cette institution ?

— Non... Ils ont été charmants, professionnels, efficaces. C'est une amie qui a elle-même adopté un enfant grâce à eux, à leur accompagnement, qui m'a orientée vers Ange. Je n'ai rien à dire si ce n'est que, bien sûr, nous n'avons pas été jusqu'au bout du processus puisque... Puisque Aurore est arrivée. Ils m'ont même envoyé un cadeau pour sa naissance.

Elle a eu un sanglot étouffé en terminant sa phrase. Jeanne s'approche d'elle et lui serre le bras. Elle se dit que c'est la moindre des choses. Et que c'est aussi le maximum de ce qu'elle est capable de faire.

— Reposez-vous, Juliette. Et réfléchissez encore aux événements. Si jamais quelque chose vous revenait, une remarque, un regard, une discussion, dites-le-moi tout de suite. Soyez certaine que je vous tiendrai informée de l'avancée de l'enquête, en tout point.

En remontant dans sa voiture, Jeanne regarde son téléphone portable. Samia n'a toujours pas répondu à son message. Elle ne veut pas encore contacter les

Quillet, elle ne souhaite pas les inquiéter ou, pire, discréditer la jeune fille à leurs yeux. Elle se dit qu'elle devra tout de même se résoudre à les joindre si elle n'a pas de nouvelles ce soir. Puis elle file à tombeau ouvert chez Michel Béjart. De temps en temps, elle jette un coup d'œil sur le paquet qu'elle a posé sur le siège avant de sa voiture. Chaque fois qu'elle change de vitesse, le petit pachyderme rose est secoué dans son enclos de carton. Ça lui rappelle une comptine pour enfant, une histoire d'éléphant qui se balance sur une toile d'araignée. Une chanson pour apprendre à compter. Et malgré tout ce qu'elle a affirmé à Juliette, elle se dit que, peut-être, Aurore ne l'entendra jamais, cette foutue comptine. Alors, elle allume une cigarette et accélère encore.

36

— *Tu l'as vraiment jetée ? Je ne te crois pas.*

Michel fait face à son fils. Quand il est rentré tout à l'heure, un peu plus tôt que d'habitude, Hadrien l'attendait déjà dans l'entrée.

— Pourquoi te mentirais-je. Elle… Ça n'avait pas d'importance, c'étaient juste quelques kilos de silicone, de plastique et de puces électroniques.

Son enfant s'avance vers lui, il aime faire ce truc, coller son fauteuil roulant contre les jambes de son père. Comme pour lui rappeler qu'il n'a plus l'usage des siennes.

— *Quand tu la prenais dans tes bras, quand tu la regardais, ce n'était pas « ça ». Tu faisais comme si c'était un bébé, un vrai bébé. Tu crois vraiment que tu aurais pu t'occuper d'elle, papa, c'est ça ? Comme tu t'es occupé de moi ? Comme tu t'es occupé d'eux ?*

— Tu crois peut-être que je ne me sens pas coupable, tu penses que je ne m'en veux pas ? Comment peux-tu imaginer une chose pareille.

— *Les faits, papa, les faits sont têtus. Regarde-moi. Et les autres, tu es allé les voir parfois au cimetière ?*

Jamais. Tu as sans doute peur de te retrouver face à ton pire échec... Je ne t'en veux pas, après tout, c'est humain. Déjà que tu dois te coltiner ton fils toute la journée. Ça ne doit pas être facile. C'est sûrement plus simple avec une putain de poupée en plastique... Pourquoi es-tu rentré si tôt aujourd'hui ?

— Une policière doit passer dans (il regarde sa montre) une demi-heure. Elle enquête sur des enlèvements de nouveau-nés. Et il se trouve que les parents de ces bébés sont venus à la Fondation, à plusieurs reprises. Lorsqu'ils voulaient adopter un enfant.

Hadrien s'avance encore un peu, exerçant une pression encore plus forte sur son père.

— *Décidément, on ne peut pas dire que tu portes bonheur aux bébés. Je ne veux pas la croiser, débrouille-toi pour que je ne la voie pas.*

— Ça, mon chéri, ce n'est pas moi qui décide. C'est un flic qui enquête sur des disparitions plus qu'inquiétantes. Elle fera ce qu'elle doit faire.

— *Je vais dans ma chambre, dis-lui que je suis malade.*

Son père le regarde filer dans le vestibule puis s'engouffrer dans le couloir. Ce jeu cruel entre lui et son fils, cette partie dont il ne connaît pas les règles et dont il ne fixe pas le tempo le fait tant souffrir. Pourquoi cette rancune aussi tenace après tant d'années... Il se souvient que, entre l'accident et les 16 ans d'Hadrien, il avait eu l'impression qu'il avait réussi à construire une relation forte, une relation de confiance. Ils jouaient ensemble, ils échangeaient des messages normaux, sans agressivité, sans reproches. Et puis, brutalement, il s'était renfermé sur lui-même, et ses obsessions de souffrance et de culpabilité avaient commencé à devenir constantes. Il nourrissait tant d'inquiétude pour son fils. Cela le rongeait aussi certainement que de l'acide. Il n'avait gardé qu'une seule photo de lui avant l'accident, une des rares où sa mère n'était pas dans le cadre. Il la regardait parfois. Rarement, tant ce cliché faisait naître en lui des émotions qui le submergeaient chaque fois, comme un tsunami de remords. Il va dans le salon, s'assoit au piano et se met à jouer. Il laisse ses doigts courir sur le clavier et entamer *Les Barricades mystérieuses* de Couperin. Le titre de ce morceau est le reflet exact de ce que cette étrange et envoûtante mélodie porte en elle. Il enchaîne avec *Les Ombres errantes* du même compositeur qui le plongent encore dans cette formidable et effrayante mélancolie. Comme s'il avait besoin de ça... Il s'interrompt brutalement lorsque la sonnette retentit.

Quand il ouvre la porte, une femme d'une petite cinquantaine d'années, grande brune aux yeux très bleus, aux cheveux très noirs et au visage sévère lui fait face. Elle l'observe un instant et lui tend la main.

— Monsieur Béjart, bonjour, commissaire Muller, merci d'avoir accepté de me recevoir chez vous.

Il regarde cette main tendue, ses doigts fins aux ongles parfaitement manucurés mais sur lesquels une tache un peu jaune trahit la fumeuse invétérée.

— Ah oui, pardon, moi je tends encore la main. Tous ces foutus confinements et ces maudits gestes barrières n'ont pas réussi à me faire perdre cette mauvaise habitude. Mais vous n'êtes pas obligé de la serrer.

Un peu malgré lui, Béjart secoue mollement la main tendue et invite Jeanne à le suivre dans le salon.

— Vous désirez boire un thé, un café ?

Elle lui demanderait bien quelque chose de plus fort mais elle ne veut pas faire une trop mauvaise impression. Pas encore. Elle observe l'intérieur de l'hôtel particulier. Des meubles classiques mais de très belle facture, quelques toiles du XVIIIe, un très joli tapis persan sur un magnifique parquet en point de Hongrie. Et, trônant au milieu de la vaste pièce, un superbe piano à queue dont elle repère tout de suite la marque. Un Fazioli, un piano italien haut de gamme destiné aux amateurs éclairés, et fortunés, qui se sont lassés des Steinway et autres Bösendorfer. Jeanne se souvient de sa mère jouant sur un piano de cette marque peu avant qu'elle ne disparaisse de sa vie. Elle écarte aussitôt ce souvenir pour se concentrer sur l'affaire qui l'amène ici.

— Non, rien, merci monsieur Béjart. Comme je l'ai expliqué à votre collaboratrice, je tenais à vous voir car les parents des nouveau-nés qui ont été enlevés il y a trois jours sont venus dans votre fondation. Or ils ne se connaissent pas. « Ange » est donc, si vous me suivez bien, le seul point commun qui les relie. Avouez que c'est troublant.

— Oui... Enfin, c'est le principe même d'une coïncidence que d'être troublante, non ? Parce que, franchement, je ne vois pas très bien ce que ma fondation aurait à voir dans cette triste affaire.

— Je ne sais pas, c'est justement ce que je cherche à comprendre. Vous suivez les couples qui viennent chez vous longtemps après l'adoption de leur enfant, n'est-ce pas ? Et même s'ils n'ont pas effectivement adopté, vous étiez encore en contact très récemment avec les Mugy et les Scott.

Michel Béjart semble mal à l'aise, ou plutôt agacé par la question de Jeanne. Il se tortille un peu sur son fauteuil.

— Eh bien oui, évidemment, ce sont deux couples que nous avons suivis, encouragés, entourés pendant de longs mois. Savez-vous ce qu'une telle procédure représente de sacrifices, d'effort et de volonté ?

Jeanne secoue la tête.

— Euh non, je ne sais pas, je n'ai pas d'enfant. Ni naturel ni adopté, désolée. Mais je voudrais que vous réfléchissiez au fait que ce n'est peut-être pas une coïncidence. Qu'il soit possible qu'un de vos employés, une de vos connaissances puisse de près ou de loin avoir quelque chose à voir avec ces enlèvements. Est-ce qu'il n'y aurait pas eu une altercation entre ces couples et un membre de votre organisation ? Tout est important, monsieur. Nous avons deux nourrissons qui ont disparu et pas la moindre idée de l'endroit où ils se trouvent.

Lassé probablement de se trémousser d'impatience et d'énervement sur son canapé, Michel Béjart s'est carrément levé d'un bond.

— Mais enfin, c'est absurde, j'ai entièrement confiance en tous mes salariés et en chacun de nos bénévoles. Ce sont des gens dévoués, des experts, des… des humanistes. Comment voulez-vous qu'ils commettent une chose pareille ?

— Oui, enfin… vous seriez étonné de voir le nombre d'humanistes que l'on retrouve dans les prétoires et les prisons. Je vous demande donc de bien réfléchir à ce que je viens de vous dire. Par ailleurs, je ne voudrais pas abuser, mais je crois que vous vivez avec votre fils. Pourrais-je le rencontrer ?

— Franchement, je ne vois pas en quoi ce serait utile. Hadrien... Mon fils. Il est handicapé. Il a une histoire personnelle très douloureuse, madame. Je ne souhaite pas qu'on le perturbe davantage.

— Écoutez, au vu des circonstances actuelles, je suis navrée de vous dire que c'est à moi de décider qui je dois voir. Et pour être sincère avec vous, je pense qu'il est préférable que je le voie quelques instants ici plutôt que d'être obligée de le convoquer de longues heures dans les locaux de la PJ, vous ne croyez pas ?

Jeanne n'aime pas ce genre de méthode, pourtant elle se surprend à en user de plus en plus. Il faudra vraiment qu'elle en parle à son psy. Quand elle en aura un. En attendant, elle sent que son hôte est à deux doigts de la foutre dehors. Seules son éducation et la peur classique du gendarme l'empêchent de le faire. Mais avant qu'il ait eu le temps de dire quoi que ce soit, un hurlement s'échappe du dernier étage de la maison. Un cri qui glace le sang de Jeanne. Béjart se précipite vers le couloir, la commissaire Muller à ses trousses.

37

Juliette ne sait pas comment elle avait trouvé la force de quitter la maison. Mais maintenant qu'elle est devant cette porte, elle se dit qu'elle a bien fait, qu'elle doit savoir. Elle n'a jamais été une jeune femme timide, réservée. Elle a toujours su ce qu'elle voulait et, la plupart du temps, l'a obtenu. Mais depuis la disparition d'Aurore, elle n'a plus aucune certitude, plus d'envie ni de volonté. Il n'y a que cette attente, obsédante, insupportable. Elle se sent vide, aspirée dans un néant sombre et froid. Et les révélations de cette commissaire Muller sur Alex sont venues s'ajouter encore à cette épreuve. Ils ont parlé des heures et des heures, entre deux sanglots. Elle répétait sans cesse « Comment as-tu pu me cacher ces choses ? ». Et lui se confondait en excuses, larmoyant. Elle l'avait trouvé presque pitoyable. C'était la première fois depuis qu'ils se connaissaient qu'elle le voyait comme ça. Et puis, comme toujours, elle avait renoncé à lui en vouloir. Le désespoir commun dans lequel les mettait la disparition d'Aurore les rapprochait finalement plus qu'il ne les éloignait. Et elle avait besoin plus que jamais de se sentir protégée, aimée, entendue.

Mais elle l'avait fait parler. Il lui avait raconté ce premier mariage, trop rapide, trop jeune, trop avide de réalisations illusoires. Deux personnalités trop différentes pour s'aimer vraiment. Au bout d'un an de mariage, il vivait déjà « un enfer ». Il avait décrit son ex comme une femme jalouse, maladivement jalouse, insatisfaite en permanence, lui reprochant sans cesse de ne pas gagner assez d'argent, le traitant de « loser ». Il avait soutenu que cette grossesse était accidentelle, que leur décision était déjà prise, qu'ils avaient ensemble choisi de ne pas garder cet enfant. Elle se remémorait cet instant de leur discussion avec précision, et aussi avec une certaine forme de colère.

— Grossesse accidentelle ? Te fous pas de moi, Alex, tu n'as pas couché avec elle par « accident », non. Vous êtes des adultes, il me semble. Et il faut croire que vos relations n'étaient pas si abominables que ça.

— Nous ne couchions pratiquement plus ensemble. C'est arrivé juste un soir, nous avions trop bu. Elle m'a dit qu'elle prenait toujours la pilule. Bon, voilà, ce n'est pas très glorieux, c'est vrai. Et quand elle m'a annoncé qu'elle était enceinte, il y avait comme du défi dans son regard, comme si elle me disait : « Tu ne peux plus me quitter, maintenant, Alex. » Mais je t'avais déjà rencontrée, Juliette, et ma décision était prise. Je lui ai dit, voilà, je lui ai dit que c'était terminé, qu'elle pouvait garder cet enfant si elle le souhaitait, que j'en assumerais la paternité. À aucun moment je ne lui ai demandé d'avorter. Elle l'a fait parce qu'elle s'est rendu compte que ça ne changerait rien. Cet enfant était juste un moyen pour elle de me retenir. Alors, une fois qu'elle a compris que ça ne marcherait pas...

Et il lui avait donné son nom, Ariane Dubois. Le même nom que celui gravé en lettres noires sur fond blanc, sur l'interphone de ce petit immeuble du 14e arrondissement. Juliette sait que ce n'est pas forcément la meilleure idée de sa vie, mais elle veut aussi entendre ce que cette femme a à dire. Ses études de droit lui auront au moins appris la force et l'équité du contradictoire. Trois secondes après qu'elle a sonné une voix douce se fait entendre.

— Bonjour, qui êtes-vous ?

Elle sait que cette femme la voit par le biais d'une minuscule caméra fichée dans la porte. Elle tente un misérable sourire.

— Bonjour madame, je suis Juliette Scott... La femme de votre ex-mari. Je voudrais vous parler, pas très longtemps, juste quelques minutes. Je sais que ça peut vous paraître absurde mais c'est très important pour moi... S'il vous plaît.

Un long silence puis le léger souffle de l'appareil et enfin la réponse.

— Je n'ai rien à vous dire, je ne veux pas vous parler. Laissez-moi.

Juliette ne veut pas lâcher l'affaire, elle n'est pas venue jusque-là pour repartir bredouille. Le droit ne lui a pas appris que les vertus du contradictoire. Il lui a aussi montré les vertus du mensonge.

— J'ai vraiment besoin de vous parler, Alex m'inquiète terriblement. La police m'a dit des choses sur lui, des choses qui vous concernent aussi... J'ai peur, peur d'être une nouvelle victime...

Cette fois la réponse est immédiate.

— Très bien, montez, quatrième étage, je vous ouvre.

Quand elle sort de l'ascenseur, la porte du palier est en effet ouverte mais personne ne l'y attend. Elle frappe quand même, attendant une invite « officielle ». Une voix surgit du fond de l'appartement.

— Entrez, je suis dans le salon, au bout du couloir.

La femme qui se tient debout devant une table en verre fumé, dans un tailleur strict, a les cheveux tirés sur un chignon aussi rigide qu'est dur son regard.

— J'ai peu de temps à vous accorder, et disons que je trouve votre démarche pour le moins... étrange. Mais je sais à quel point Alex peut être pervers. Il m'a suffisamment fait souffrir, croyez-moi.

La décoration est froide, du blanc, du gris, une toile moderne non figurative, des éclairages indirects, un tapis taupe, un piano droit noir, sans partition. Juliette sait que si elle veut obtenir des informations, elle va devoir jouer le jeu.

— Oui, il m'inquiète beaucoup aussi. Les choses qu'il me raconte sur vous sont stupéfiantes... je ne peux pas y croire.

Elle vient d'ouvrir la boîte de Pandore. Ariane Dubois se lance aussitôt dans une diatribe féroce contre son ex-mari. Le portrait qu'elle en dresse est tellement outrancier que Juliette est tentée, à plusieurs reprises, de l'interrompre. Mais elle a très envie de savoir jusqu'où cette femme peut aller. Et de comprendre pourquoi elle en veut tellement à Alex. Et plus elle se laisse entraîner dans cette litanie de haine et de reproches, plus elle se dit qu'un tel ressentiment ne peut être fondé que sur de l'amertume, qu'il y a forcément autre chose. Elle qui était venue chercher des certitudes, une certaine forme de réassurance vis-à-vis d'Alex, se sent peu à peu envahie par le doute. Soudain, Ariane Dubois s'arrête. Elle se lève du canapé sur lequel les deux femmes s'étaient assises.

— J'ai encore tant de choses à vous dire, ma pauvre. Voulez-vous boire quelque chose, un thé peut-être ?

C'est surréaliste, l'ex-femme de son mari, qui vient de dresser un portrait monstrueux d'Alex, lui propose un *tea time*. Et pendant ce temps-là, la morsure de l'absence de sa fille et la brûlure de l'inquiétude la rongent. À quoi cela rimait-il de venir ici, en quoi cela fera-t-il revenir Aurore ? Elle s'en veut déjà.

— Non merci, vraiment, je… je vais y aller. Merci beaucoup pour le temps que vous m'avez accordé. Puis-je utiliser vos toilettes ?

Le visage dur d'Ariane s'est refermé, ce n'est décidément pas le genre de femme qui apprécie que l'on refuse ses invitations.

— Comme vous voudrez. C'est la deuxième porte à droite dans le couloir.

Juliette n'en peut plus d'entendre cette femme lui dresser le portrait d'un étranger, elle ne peut pas croire ce qu'elle raconte sur son mari. Ce n'est pas du tout l'homme avec lequel elle s'est mariée, elle en est certaine. Elle remercie rapidement son hôte et suit le couloir jusqu'à la porte. Mais lorsqu'elle l'ouvre, elle se retrouve dans une sorte de bureau encombré d'objets hétéroclites. Elle est pourtant persuadée d'avoir suivi les indications de la maîtresse de maison. Depuis la disparition d'Aurore, elle sait qu'elle a tendance à oublier les choses, à se perdre. Elle s'apprête à refermer la porte quand un objet accroche son regard. C'est un emballage de plastique et de carton. Un emballage sur lequel est imprimée la photo d'une peluche. Une image qui vient la percuter comme un coup de poing. Elle reconnaît tout de suite le petit éléphant qu'on lui a envoyé par la poste. Elle n'ose même plus respirer, elle sait que la moindre bouffée d'oxygène pourrait se transformer en cri. Des larmes inondent son visage, elle voudrait pouvoir disparaître. Elle se saisit de son portable et, essayant de maîtriser les tremblements qui agitent ses mains, elle cherche avec fébrilité le numéro de la commissaire Muller. Mais à l'instant où elle le trouve, une voix glacée s'élève dans son dos.

— Vous vous êtes trompée, Juliette. Je vous avais dit la deuxième porte. Ce n'était pourtant pas si compliqué. Je suis désolée, mais je crois que nous allons vraiment devoir rester ensemble un peu plus longtemps.

38

Michel Béjart s'est précipité dans l'escalier qui mène au troisième étage de l'hôtel particulier, vers la chambre de son fils. Il a ouvert la porte et Jeanne peut voir une inquiétude affreuse, viscérale sur son visage. Il hurle le prénom de son fils mais personne ne lui répond. Il y a un grand lit vide aux draps noirs au fond de la vaste pièce. La fenêtre de la chambre, qui donne sur la cour, est ouverte en grand sur le jour qui se meurt doucement, s'abandonnant à la nuit. Devant elle, le siège vide d'Hadrien. Chancelant, le père s'approche, le souffle coupé. Jeanne s'interpose.

— Laissez-moi regarder, monsieur Béjart. Restez derrière moi.

Il n'a même pas la force de protester. Il s'effondre sur le sol, et un gémissement de tristesse et de frayeur s'échappe de sa gorge. La commissaire Muller respire profondément. Annoncer les mauvaises nouvelles fait partie intégrante du job, elle le sait. Contempler des corps disloqués dans une mare de sang aussi. Mais elle ne se fait ni à l'un, ni à l'autre. Elle jette un œil rapidement, et, au moment précis où elle se retourne pour annoncer à un père que son fils ne s'est pas jeté dans le vide, un rire cruel, caricatural s'élève du fond de la chambre.

— *Tu serais encore arrivé trop tard, papa...*

Écartelé entre la joie et la fureur, épuisé par une tension extrême, Michel Béjart a le visage fermé en lisant le SMS de son fils. Jeanne, incrédule, s'approche d'Hadrien. Elle est en colère, une colère froide.

— Vous êtes malade, jeune homme, vous vous rendez compte de ce que vous faites subir à votre père ? Personne ne mérite ça.

Michel s'est relevé et s'adresse d'une voix éteinte à la policière.

— Il ne vous répondra pas, il ne communique plus que par SMS... Depuis cinq ans.

— Eh bien, donnez-moi son numéro.

Elle appelle immédiatement Hadrien qui, assis sur le sol, a un étrange et féroce sourire sur le visage.

— Voilà, maintenant vous avez mon numéro. Vous pouvez donc répondre à mes questions. Alors, pourquoi ? Ce n'est pas un jeu ce que vous venez de faire, ça n'a vraiment rien de drôle.

— *Si, c'est un jeu. Entre mon père et moi. Et nous y jouons depuis longtemps. Ça ne vous regarde pas, de toute façon.*

— Bip ! Première erreur. J'enquête sur l'enlèvement de deux nouveau-nés dont les parents ont rencontré votre père, à plusieurs reprises. Donc tout me regarde. Sa vie, la vôtre, celle de votre animal de compagnie si vous en avez un. Je cherche des pistes, voyez-vous, et il y va de la vie de deux enfants. Alors, je répète ma question, pourquoi cette mise en scène ?

Cette fois, le jeune homme ne sourit plus.

— *Demandez-lui, il le sait, lui. Il sait qu'il ne peut rien faire pour me protéger. Qu'il n'a rien pu faire pour protéger mon frère et ma sœur, qu'il n'a même pas voulu sauver ma mère. Il paie, c'est tout. Il est responsable et il paie.*

Jeanne est atterrée, comment un fils peut-il parler de son père avec autant de colère, de mépris, de haine ? Elle s'aperçoit maintenant, même si elle s'en doutait, que la sinistre histoire de cette famille a ouvert de bien terribles portes sur le malheur. Elle reçoit alors un autre message.

— *La seule chose qu'il veut protéger, c'est un enfant en plastique ! Une chose affreuse, affreuse mais immortelle, n'est-ce pas, papa ? Je suis sûr qu'il l'a encore. Peut-être même qu'il lui chante des chansons le soir pour l'endormir, qu'il l'habille, qu'il l'embrasse... Alors, madame la policière, qui est malade, à votre avis ?*

— De quoi parlez-vous, Hadrien, c'est quoi cette histoire de poupée ?

— *Peut-être qu'il préférerait en avoir un vrai, sûrement, même. Mais un bébé en vrai c'est fragile, un bébé, ça peut mourir... Il vous expliquera. Je suis fatigué. Laissez-moi maintenant, je dois me reposer.*

Jeanne aurait envie de continuer un peu cette conversation surréaliste mais le père d'Hadrien, du regard, l'invite à quitter la chambre avec lui. La commissaire Muller demanderait bien à Hadrien, en guise d'au revoir, de ne pas quitter Paris et de rester à sa disposition, mais, vu l'état du jeune homme, elle trouve finalement ça un peu incongru. Même si elle estime que les handicapés doivent être traités comme les autres justiciables, que c'est bien la première des non-discriminations à leur offrir. Elle se dit surtout qu'elle ne veut pas infliger ça à son père. Elle se dit aussi qu'elle a pensé « handicapé » et pas « personne en situation de handicap ». Rien que pour ça, on pourrait lui reprocher d'être tout à fait discriminante. Elle se dit qu'elle ne pourra jamais s'habituer à cette hypocrisie. Que ceux qui s'obligent à ajouter « personne » devant le mot handicap ont peut-être du mal à voir l'être humain derrière l'infirmité. Cela n'a jamais été son cas. Et, en plus, elle est certaine que les handicapés, eux, s'en foutent. Ce qu'ils veulent, ce sont des logements, des transports adaptés et du boulot. Pas des précautions oratoires à la con quant à la manière dont on parle d'eux. Arrivée dans le salon, elle prend tout de suite la parole.

— Que fait votre fils de ses journées ? Il doit avoir des centres d'intérêt, des amis, peut-être ?

Béjart se dirige vers le bar, il prend un verre et se sert un whisky, sec. Il propose un verre à Jeanne qui refuse, à regret.

— Je ne sais pas exactement... Je ne crois pas qu'il ait des amis. Il passe des heures sur son ordinateur. Il a une installation incroyable, on lui livre régulièrement du matériel informatique, mais nous n'en parlons pas. Nous ne parlons plus de rien, finalement...

— Il a de l'argent ? je veux dire, c'est lui qui achète tout ça ?

— Mon fils est indépendant, financièrement s'entend. Lorsque j'ai vendu ma compagnie, je lui ai légué une grosse somme. Je ne m'occupe pas de ses finances.

Muller pense que, plus que de l'argent, ce sont plutôt des explications ou peut-être même des excuses qu'il fallait donner à son fils. Mais comme elle n'a pas d'enfant, elle se garde bien de juger l'éducation des autres. Surtout dans ces circonstances. Elle se doit pourtant d'aborder le sujet.

— C'est peu dire que votre fils vous en veut. Je connais votre histoire, dans les grandes lignes, et j'imagine votre désarroi après ces terribles événements. Mais vous n'en avez jamais discuté avec lui, tenté de comprendre ce qui vous était arrivé, à vous ? Essayé de répondre à ses questions, à ses attentes ? Même s'il ne les formulait pas ?

— Vous n'avez pas d'enfant, commissaire... Non, vous n'en avez pas, bien sûr. C'est beaucoup plus complexe que ce que vous avez l'air de croire. Nous avons vu des dizaines de psychiatres, nous avons fait des centaines de séances ensemble, séparément. Rien n'a fonctionné. Rien. Plus le temps passe et plus nous nous éloignons. C'est comme ça commissaire, je dois vivre avec ça. Peut-être est-ce ma croix que je porte, peut-être est-ce le prix de ma responsabilité. Je n'ai rien vu, rien compris. J'ai vécu des années avec une femme qui a accouché, seule, dans notre cave, comme une bête. Une femme qui a supprimé nos enfants, qui s'en est débarrassée comme on le ferait d'une tumeur, d'un nuisible. Voilà la vérité crue. Et vous voulez que je dise ça à mon fils, sur sa mère ? Vous pensez vraiment que c'est ça que je dois faire ?

Jeanne ne répond pas. Mais elle continue à penser que la vérité, même sordide, vaut toujours mieux que le silence. Béjart a l'air de plus en plus harassé, mais il reste un sujet qu'elle doit pourtant aborder.

— Et si vous me parliez un peu de cette poupée ? Votre fils a eu l'air bouleversé par cette histoire.

Lorsqu'elle quitte l'appartement des Béjart quelques minutes plus tard, elle sait qu'elle y reviendra. Le père s'est embourbé dans des explications foireuses sur l'achat de cette fameuse poupée reborn. Un soi-disant « outil pédagogique et psychologique pour aider les parents en devenir ». Mouais. Et aussi un magnifique objet de transfert pour un type dont deux enfants sont décédés sans qu'il s'aperçoive de rien. Elle ne veut pas faire de psychologie de comptoir et se promet d'en parler avec le Dr Barbier, le psychiatre de la brigade. Mais bon, pas besoin d'avoir fait des études de médecine pour savoir que cette petite famille ne va pas très bien. Et c'est un euphémisme. Mais elle n'a toujours pas trouvé le lien entre la Fondation et les parents des bébés disparus. Et le temps presse. Une fois dans sa voiture, elle allume une cigarette et regarde ses messages. Lorsqu'elle lit celui des Quillet, elle sent une onde d'angoisse parcourir son corps. Elle les appelle immédiatement.

— Oui, c'est Muller... Et depuis combien de temps, bon sang ?... Mais pourquoi ne pas m'avoir prévenue avant ?... Oui, bien sûr mais dans sa situation... Je vous rappelle vite. Prévenez-moi si vous avez des infos !

Alors qu'elle file vers le commissariat, Jeanne est envahie par un sentiment nouveau, une souffrance qu'elle ne connaissait pas encore. Est-ce ça qu'une mère ressent quand son enfant disparaît ? Est-ce cette douleur intime, cette morsure qui vous tord les tripes, celle qui ronge Juliette Scott et Adélaïde de Mugy depuis que leurs bébés ont disparu ? Elle se sent soudain proche de ces femmes et cette solidarité nouvelle renforce encore sa motivation. Elle appelle Éric.

— Oui c'est moi... comment ça, qui moi ? Muller... Ce n'est pas drôle, Mouilbet. On a autre chose à faire que ce genre de plaisanterie à la con, mon vieux ! Faites-moi remonter Marco. Samia a disparu et je pense qu'il a peut-être des choses à nous raconter. Ah ! Éric, je veux aussi que vous me convoquiez demain la secrétaire générale de la Fondation ainsi que le responsable des systèmes informatiques... Les Béjart... Oui, oui, je vous raconterai. Assez flippant en fait, le fils, surtout... Allez, au boulot.

C'est quand elle raccroche qu'elle s'aperçoit qu'elle est en train de fumer le filtre de sa cigarette. Elle ouvre la fenêtre, jette son mégot cramé et allume immédiatement une autre clope pour faire passer l'ignoble goût de plastique qui lui colle au palais et lui donne la nausée.

39

La femme marche vite, comme si elle était poursuivie par quelqu'un, par quelque chose. Aussi vite que lui permet sa légère claudication qui renforce encore l'impression d'urgence qui se dégage de sa démarche. Elle respire bruyamment et sent comme un poids de plus en plus lourd sur ses poumons. Elle n'a pas l'habitude de se presser, et, même si elle a perdu beaucoup de kilos, son corps n'apprécie pas l'exercice et le lui fait savoir. Elle aperçoit maintenant la croix verte qui symbolise son objectif. Une fois devant la porte vitrée automatique, elle observe l'intérieur de la pharmacie. Il y a de nombreux clients, des personnes âgées pour la plupart. Ils sont de plus en plus vieux, pense-t-elle, de plus en plus malades. Mais on les maintient en vie. Alors ils font la queue dans les pharmacies pour obtenir les dizaines de pilules, de gélules et de pastilles qui les feront tenir, encore et encore. Quand elle entre, une petite sonnerie retentit pour annoncer l'entrée d'un nouveau client. Elle déteste ça, elle déteste qu'on la remarque, qu'on la regarde, elle ne veut plus exister aux yeux des autres. Elle hésite à repartir tout de suite, à rebrousser chemin. Mais elle ne peut pas, elle le sait. Elle a besoin de quelque chose, absolument besoin. Des visages se sont tournés vers elle mais ils ne se sont pas attardés sur cette silhouette anonyme, cette femme sans âge au long manteau noir et aux cheveux tirés en arrière. Elle attend avec impatience que le vieux monsieur qui est juste devant elle ait obtenu la liste interminable des médicaments qu'il est venu chercher. Le pharmacien, un type plutôt jeune, prend tout son temps pour expliquer la posologie, détailler les traitements. Il veut être certain que tout est clair pour son client. À quoi bon, pense-t-elle, quelle importance s'il se trompe un peu dans tout ça. Ça changera quoi ? Il doit avoir au moins 85 ans, il a profité de la vie. S'il meurt demain, ce ne sera pas un drame. La conversation dure de longues minutes. Elle se mord les lèvres pour ne pas hurler, et lorsque enfin son tour arrive, elle doit se contrôler pour rester calme. Elle tend son ordonnance. Il la parcourt d'un œil rapide puis s'adresse à elle.

— Je vois que vous avez des médicaments antidouleurs assez forts, l'oxycodone, là, ce n'est pas anodin. Je vous dis ça parce que je vois que vous avez aussi une prescription pour du Xanax et du Stilnox... Vous avez parlé avec votre médecin récemment ? Parce que l'association de benzodiazépines et d'opiacés n'est pas sans risques.

Elle bout intérieurement. De quoi se mêle-t-il. Si son médecin lui a prescrit ça, il sait ce qu'il fait, non ? Ça fait des années qu'elle prend ce cocktail. Elle ne boit jamais d'alcool, est vigilante sur ce qu'elle mange, elle fait attention à sa santé. Qu'il lui donne ses médicaments et qu'il se taise. Elle sent la colère monter en elle, comme une vague. Elle est très prudente lorsqu'elle lui répond.

— Oui, oui, mon médecin m'en a parlé, nous sommes très vigilants, rassurez-vous... Mais merci. Je voudrais aussi quelque chose pour les maux de ventre... les coliques, vous voyez ?

— C'est pour vous ? Vous n'avez pas de vomissements ?

— Oui, oui. C'est pour moi et, non, pas de vomissements...

— Je vais vous donner du Spasfon, mais si les symptômes persistent, vous devrez consulter.

Elle remercie de nouveau ce type qu'elle a juste envie de gifler et sort sous le regard des autres clients qui trottinent pour gagner une précieuse place dans la longue file. Cette pharmacie est assez loin de son appartement, mais elle n'aime pas aller toujours dans la même. Elle n'aime pas cette complicité imbécile que les commerçants qui vous voient plus de deux ou trois fois se croient obligés d'adopter avec vous. Alors elle change souvent de fournisseur, même si, pour cela, elle doit faire des kilomètres en plus. Pourtant, elle n'a pas toujours été comme ça. Il y a même eu une période de sa vie ou elle recherchait le contact avec les autres. Elle se souvient qu'au lycée elle avait même quelques amis. Elle n'était pas vraiment une fille « populaire », comme on dit aujourd'hui, on la trouvait certes un peu coincée mais plutôt rigolote et assez jolie. Elle avait réussi à sortir du carcan familial et s'était presque affranchie de cette relation si néfaste avec sa mère. C'est en fin de seconde qu'elle avait connu sa première expérience amoureuse. Sa première expérience sexuelle également.

Elle faisait tout à fait la distinction entre les deux car le garçon avec qui cela était arrivé l'avait, lui, clairement faite. Il s'appelait Francis, il était blond, plutôt athlétique, et avait une réputation de tombeur et de salaud qui, curieusement, augmentait encore son pouvoir d'attraction sur les filles du lycée. Il y a toujours eu une prime aux bad boys. Elle n'avait pas compris pourquoi il s'était intéressé à elle. C'était arrivé au cours de la soirée organisée par sa copine Élodie. Elle habitait une grande maison dans le quartier chic de la ville. Son père était notaire. C'était le notaire de toute la bourgeoise de cette commune moyenne de province. Être invité chez eux était déjà un privilège. Elle n'était pas du même milieu et elle le savait, mais son amie avait insisté pour qu'elle vienne. « Allez, quoi, viens, il y aura des tas de mecs sympas, on va se marrer. » Dès le début de la soirée, Francis l'avait tout de suite abordée. Ils avaient bu du champagne puis des alcools un peu plus forts. Sa grande sœur n'avait jamais voulu lui apprendre à danser le rock, alors ils avaient dû attendre les slows. À l'époque, on en passait encore dans les soirées. C'est à ce moment-là qu'il l'avait embrassée. Ce n'était pas la première fois qu'elle sortait avec un garçon. Ça devait être la deuxième, en fait. Mais avec le premier ça n'était pas allé beaucoup plus loin. Pourtant, ce soir-là, elle avait senti au fond de son corps une pulsion nouvelle, étrange et agréable. Si elle avait pu voir les clins d'œil et les sourires entendus que son cavalier envoyait à ses copains amassés près du bar, elle n'aurait pas accepté de monter avec lui dans la chambre d'Élodie. Cependant elle l'avait fait. Et elle doit dire qu'elle ne gardait pas de cette première expérience un mauvais souvenir.

Le plaisir l'avait très largement emporté sur la douleur. Non, la vraie douleur, elle était arrivée après... Dès la fin de la soirée, elle avait bien senti qu'elle n'éveillait plus le même intérêt chez son amoureux d'un soir. Il avait passé le reste de la soirée à boire et à se marrer avec ses copains. Au bout d'un moment, Élodie était venue la voir.

— Ça va ? Je t'ai vue monter avec Francis... C'était bien ?

Elle avait légèrement rougi et n'avait pas tout de suite répondu. Elle s'était retenue pour ne pas pleurer. Mais elle avait finalement réussi à donner le change.

— Oui... pas mal. On va boire un verre ?

Le lendemain, elle avait tenté de le joindre, en vain. Il n'y avait pas encore de téléphone portable, à l'époque. Puis le lundi, au lycée, il l'avait superbement ignorée. Lorsque, rassemblant son courage, elle était allée lui parler, elle avait vu clairement le visage de la lâcheté et du mensonge.

— Écoute, je suis désolé mais c'était juste comme ça. On peut rester amis, tu vois, tu comprends.

Le mot « amis » n'avait jamais eu jusqu'à ce moment précis une consonance aussi douloureuse, aussi abjecte. Elle aurait voulu le gifler, le couvrir d'injures, mais elle avait préféré tourner les talons. Ç'aurait pu s'arrêter là. Après tout, ça n'aurait été qu'une histoire triste de plus, qu'un mauvais souvenir de lycée que le temps et l'expérience auraient enterré de plus en plus profond. Mais à l'époque, même si on parlait déjà du sida, tous les adolescents ne mettaient pas de préservatifs, loin de là. Et en tout cas eux ne l'avaient pas fait... Et quand elle accouchera seule, cinq mois plus tard, d'une petite créature sans vie dans l'immense solitude de sa petite chambre, elle n'aura pas le courage d'affronter le regard des autres. Elle n'aura même pas celui de regarder cet enfant. À aucun moment, même après avoir creusé dans la nuit la petite tombe au fond du jardin, elle ne regardera le visage de son bébé.

Lorsqu'elle arrive dans son appartement, la femme ouvre la boîte de Stilnox et saisit un comprimé qu'elle avale à toute vitesse avec un grand verre d'eau. Elle sait pourtant qu'elle doit rester lucide, mais ces souvenirs-là en appellent d'autres plus terrifiant encore, et, cette nuit, elle sait qu'elle devra encore dormir avec ses fantômes.

40

— Mais qu'est ce qui se passe Daniel, vous vous rendez compte de ce que vous êtes en train de faire ? De me faire ?

Oui, visiblement il s'en rend compte. Son visage est tendu, ses traits crispés, et il se tord les mains dans un sens puis dans l'autre. Et ce regard, putain ! Ce regard qui change toutes les dix secondes. J'ai l'impression qu'il va pleurer, qu'il va hurler, et puis, l'instant d'après, qu'il va peut-être rire, me frapper ou m'enlacer.

— Il est encore temps. Laissez-moi partir. Je vous promets que je ne dirai rien. Vous avez ma parole.

Je n'ai pas l'impression qu'il me croie. Et, de toute façon, je ne pense pas que ce soit une option qu'il envisage. Je ne suis même pas certaine qu'il m'ait vraiment écoutée. Lorsqu'il commence à me parler, sa voix est une plainte derrière laquelle je sens poindre l'ombre d'une menace.

— Tu n'as pas répondu à mes messages, Samia. À aucun de mes SMS. Je croyais qu'on était au moins… amis. Tu m'as oublié. Tu m'as abandonné, c'est simple ça, non, c'est clair !

Garder le contrôle, ne pas craquer. Discuter, toujours. J'ai déjà eu par le passé des clients qui ont vrillé, qui se sont mis à péter les plombs. La plupart du temps j'ai réussi à contrôler le truc, à limiter la casse.

— Non, ce n'est pas vous que j'ai abandonné, Daniel. C'est ma vie d'avant. Vous dites que vous êtes mon ami, alors laissez-moi la quitter, cette vie-là.

Il semble réfléchir. Pas très longtemps. Et quand il me répond, je sais que sa colère a pris le dessus sur la tristesse.

— Ah oui ! Et moi, Samia, sais-tu ce qu'il me reste comme vie, si toi tu n'es plus là ? Connais-tu seulement ma solitude ? Je voulais juste te revoir, te parler, comme avant. Et toi, toi, tu m'as… oublié. Voilà, oublié. Je ne suis rien pour toi, j'aurais dû le savoir. Et ça, ça me fait souffrir, tu sais.

Là, je suis en terrain dangereux. La culpabilisation est l'arme préférée de ceux qui vont vous faire ou vous ont fait du mal. Même si je voudrais ne pas y penser, je me souviens très bien de mon voisin. Cet homme qui me violait régulièrement sous le regard, non pas bienveillant, mais très largement complice de ma mère. Je vois son visage, sa concupiscence, son excitation animale, sa violence, et enfin, après l'acte, cette espèce de contrition dégueulasse, abjecte. Et puis venaient ensuite ses pitoyables tentatives pour me rendre complice, pour faire passer ça pour un jeu. Un jeu, bordel, j'avais 8 ans, espèce de connard. Il voyait pourtant ce dégoût, cette peur qui envahissait mon visage, qui transpirait par chaque pore de ma peau. Et cette voix geignarde, presque une plainte.

— Tu ne veux pas venir jouer avec moi ? Tu ne m'aimes plus, Samia, c'est ça ? Tu sais que ça me rend très triste ce que tu me fais. Tu aimes me rendre triste ?

À ce moment-là, j'aurais aimé avoir le pouvoir de le rendre mort, juste mort. Alors, triste, franchement... Il a cessé d'abuser de moi le jour où, un peu plus grande, je lui ai posé un couteau sous la gorge. Je me souviens des yeux de ce porc quand j'ai enfoncé la lame dans la peau de son cou, quand les premières gouttes de sang ont jailli, de sa peur abyssale. Je lui ai dit simplement : « Ne me touche plus jamais ou je te jure que je te tranche la tête. » Il a dû entendre plus que de la détermination dans ma voix, peut-être de la rage ou même de la folie. Toujours est-il qu'il n'a plus jamais recommencé. Il m'évitait et disait à tout le monde que j'étais une petite sorcière, qu'il ne fallait pas m'approcher. Ce qui m'allait très bien, même si les mecs de la cité n'appliquaient pas ses conseils à la lettre. Cette histoire m'a appris deux choses. Petit un, les pervers culpabilisent toujours leur victime. Petit deux, la seule manière de leur échapper est de les menacer physiquement, de leur faire peur, de les dominer. Mais, pour l'instant, je ne suis que dans la phase une. Et celle de la domination me semble mal embarquée. Alors j'essaie de renouer le dialogue avant la violence, je tente n'importe quoi.

— Daniel, vous ne devez pas faire ça, c'est inutile. Je comprends votre souffrance. Et puis, vous aussi vous me manquiez. Mais je devais m'éloigner de ce quartier, de ces gens, vous comprenez. Je... je n'étais pas encore prête pour vous revoir, il fallait me laisser plus de temps. Mais je sais, je crois que nous pourrions devenir des amis. Nos discussions étaient importantes pour moi. Elles le sont encore. Mais pas comme ça, Daniel, comme ça, rien n'est possible.

C'est une tempête qui se déchaîne dans la tête de mon ravisseur. Je sens, je sais que je l'ai touché. Mon métier de pute m'a rendue tout à fait sensible aux réactions des hommes. C'est d'ailleurs indispensable dans ce genre d'activité. Et s'il doute, s'il finit par me croire, peut-être qu'il va me libérer. Je le connais, ce type, il est certes étrange, mais pas complètement dingue. C'est certainement le désespoir, un immense désespoir qui l'a poussé à faire ça. La solitude peut vous ronger jusqu'à vous faire basculer. Moi aussi j'ai souvent été seule, mais j'avais les livres. Et la certitude qu'un jour je changerais de vie, que je balaierais mon mauvais karma. Que j'aurais des amis, des vrais, et pourquoi pas des amants. Des types avec qui je ferais l'amour parce que j'en aurais envie et eux parce qu'ils m'aimeraient, pour de vrai. Des choses simples, faciles mais si inaccessibles dans mon ancien monde. Enfin, pas si ancien que ça, si j'en crois ma situation actuelle.

— Oui, peut-être, Samia... Vous avez peut-être raison. Il faut que je réfléchisse... Mais vous pourrez vraiment me pardonner, c'est vrai ?

Tiens, il retourne au vouvoiement, peut-être revient-il aussi à la réalité. Peut-être que l'absurdité de ce qu'il a fait commence à percuter son cerveau et, pourquoi pas, son cœur ? Au même moment, je sens le mien qui se met à palpiter dans ma poitrine. Je regarde l'homme qui se tient debout devant moi, sa bouche se pince et je crois même percevoir un léger tremblement sur ses lèvres. S'il pleure, je gagne.

— Oui, oui, je... je vais vous détacher, Samia, je ne sais pas ce qui m'a pris, comment pourrez-vous jamais me reparler ?

Ça, je ne sais pas non plus. Je ne sais même pas si je ne vais pas te balancer aux flics dès que je le pourrai. Après tout, si tu es capable de me faire ça à moi, ta soi-disant « amie », que peux-tu bien réserver à tes ennemis. Allez, dépêche-toi Daniel, enlève-moi ces liens, bordel ! Ses mains se tendent vers moi, il a sorti de sa poche un cutter qu'il approche des scotchs qui m'entravent les poignets et les chevilles, et me coupent la circulation. Mais, au dernier moment, il s'arrête. Je le fixe les yeux grands ouverts et j'ai envie de hurler, de lui dire de le faire tout de suite, de ne pas hésiter. Mais il se redresse et se saisit de son téléphone portable. Il n'a pas sonné, il a dû le laisser en mode vibreur car je le vois décrocher et se mettre à parler doucement, presque à chuchoter.

— Oui... Oui je sais, je me souviens... Tu as raison... Non, je ne sais pas... Elle m'a parlé, tu sais. Oui, bien sûr... Oui, je dois faire attention... Oui, je vais le faire... Moi aussi.

Et soudain, alors qu'il raccroche, sa physionomie a changé, son visage est dur, son regard s'est assombri. Et quand il s'adresse à moi, il est à deux doigts de hurler.

— Tu croyais que tu allais te moquer de moi de nouveau, c'est ça ! Tu pensais que tu allais encore me manipuler. Mais ça ne marche pas comme ça, Samia, ça ne marche plus. C'est moi qui contrôle la situation, maintenant. Moi !

Et en disant ça, il agite son cutter devant mon visage. Cette fois j'ai peur, vraiment peur. Il me remet mon bâillon avec des gestes brusques, des gestes de colère, de fureur. Il m'a fait atrocement mal en m'enfonçant le tissu dans la gorge et je ne peux retenir un gémissement.

— Je t'ai fait mal ?... Mais c'est ta faute, tu comprends, tu m'obliges à faire ça. Moi je ne veux pas. Il ne faut plus me mentir, tu dois réfléchir, Samia, réfléchir... à tout ça.

Lorsqu'il quitte la pièce, je m'aperçois qu'il a laissé la bouteille d'eau par terre, devant moi, en évidence. Est-ce qu'il veut me punir, me faire comprendre que je suis à sa merci ? Inutile de faire ce genre de truc, Daniel, je sais que je suis entièrement dépendante de ta volonté. Entièrement soumise à tes pulsions de malade. Mais cette foi, ce n'est pas un jeu avec un client, cette fois je ne contrôle rien, et tout à coup, comme une enfant, comme cela ne m'était pas arrivé depuis longtemps, j'éclate en longs et profonds sanglots qui me déchirent la gorge et me lacèrent le cœur.

41

— Bon, Marco, on va pas tourner autour du pot pendant trois heures. Ça fait déjà deux jours que tu es avec nous et je suis certaine que tu as très envie de me parler. De me parler de Samia...

« Tourner autour du pot »... Jeanne se dit que c'est tout à fait le genre d'expression qu'elle devrait vite oublier si elle ne veut pas être tout à fait coupée des millenials. Remarque, se dit-elle aussi, quand elle voit l'exemplaire qu'elle a devant elle, elle est assez satisfaite de ne pas avoir trop de points commun avec eux. Après quarante-huit heures de garde à vue, Marco n'a rien perdu de sa morgue. Il est avachi sur sa chaise et regarde le plafond, quand il n'a pas les yeux rivés sur ses Nike sans lacets. Et il arbore encore son petit sourire narquois. À gifler, quoi. Mais aujourd'hui, au grand regret de Jeanne, on ne gifle plus. Sauf en cas d'urgence. Et une petite voix lui dit que là, tout de suite, on n'en est pas si loin que ça, de l'urgence.

— Je vous ai déjà dit que j'étais avec ma copine. Je la connais à peine, Samia. On traînait un peu dans le même quartier mais c'est tout. Franchement, vous y êtes pas du tout, là. C'est comme cette histoire de dope... Je sais très bien que c'est vous qui l'avez apportée. Je l'ai dit à mon avocat, et lui, c'est bizarre mais il me croit. Peut-être qu'il vous connaît, non ?

Jeanne avait convoqué la petite amie en question. Elle mentait, bien entendu, mais elle n'avait pas voulu revenir sur son témoignage. Certainement plus par peur que par amour. Décidément, personne n'avait l'air de croire que Marco irait bientôt croupir en tôle. Et même elle commençait à en douter.

— En attendant, c'est la parole de trois flics contre la tienne, alors j'espère qu'il est bon, ton avocat. Et même très bon, parce que figure-toi que Samia a disparu. Personne n'a eu de ses nouvelles depuis vingt-quatre heures. Mais peut-être que toi, tu pourrais m'en donner... Après tout, ça t'arrangerait plutôt pas mal qu'elle ne puisse pas témoigner.

Elle observe avec attention les réactions du petit caïd. Elle a tellement l'habitude de ce genre de confrontation qu'elle arrive en général à « lire » la moindre transformation, la plus légère des modifications dans l'attitude d'un suspect. Mais là, elle a affaire à un bloc. Il ne s'est pas départi de son petit sourire à la con.

— J'en ai rien à foutre, j'ai rien fait, de toute façon. Et puis, vous savez, la vie d'une pute est pleine de danger, de mecs bizarres, de trafics pourris. Alors, elle a tout aussi bien pu se mettre dans une affaire merdique avec des types pas très fréquentables, vous voyez, des pas gentils... Mais bon, promis, si vous me laissez sortir, je vous jure de voir ce que je peux faire pour cette petite conne.

La claque magistrale a résonné dans tout le bureau de la commissaire et peut-être même au-delà. La main de Jeanne a percuté si fort le visage de Marco que celui-ci s'est effondré de sa chaise. Avant même qu'il touche le sol, la commissaire Muller sait qu'elle vient de commettre une erreur. Et qu'elle va avoir du mal à rattraper le coup.

— Relève-toi, Marco. Tu vois, je t'avais bien dit de pas te balancer sur ta chaise. On finit toujours par tomber quand on fait ça. Ta maman te l'a pas appris ?

Lorsque Marco se rassoit, un mince filet de sang coule de la commissure de ses lèvres. Il a d'abord de la haine dans les yeux quand il regarde la policière. Puis, lentement, son sourire torve revient s'inscrire sur son visage.

— C'est bien ça, commissaire, faite bien la maligne. Moi je dois voir mon avocat tout à l'heure et je pense que je lui demanderai de voir aussi un toubib, parce que vous y êtes pas allée mollo, là. Méthodes à l'ancienne, hein ? Mais les choses ont changé, commissaire. C'est fini le bon vieux temps où on pouvait tabasser tranquille. Maintenant, faut faire gaffe. Faut savoir garder ses nerfs. J'ai plus rien à vous dire. Ah si, j'espère que vous la retrouverez, la petite… avant qu'un mec lui fasse bien fermer sa grande gueule.

Au point où elle en est, elle se dit qu'elle pourrait lui remettre une autre baffe, que ça ne changerait pas grand-chose. Mais elle se raisonne et appelle Éric.

— Oui, c'est moi, vous pouvez monter avec Francis, il faudrait me ramener l'autre guignol en cage avant que je commette l'irréparable.

Quelques instants plus tard, les deux hommes entrent dans le bureau. La joue de Marco est rouge écarlate à l'endroit où il a pris la baffe magistrale. Tous savent que dans quelques heures l'hématome aura pris une jolie couleur vert-bleu, et qu'on aura du mal à dire qu'il s'est cogné dans une porte. Mais aucun des deux ne se risque à un commentaire. Dès que Francis est ressorti, Éric réagit.

— Heu, commissaire, là, pour l'irréparable, j'ai bien peur d'être arrivé trop tard, non ?

— Oui, je sais Éric, j'ai déconné. Mais je n'en pouvais plus de voir cette petite frappe se foutre ouvertement de moi et se mettre à insulter la jeune fille qu'il a pris tant de plaisir à cogner.

Le lieutenant Mouilbet s'assoit sur la chaise qu'occupait Mariotti quelques instants auparavant.

— Vous l'aimez bien cette petite, hein, commissaire ? Bon, j'ai pas de conseils à vous donner, évidemment, mais faites gaffe. C'est pas très bon de s'attacher comme ça à une fille comme elle. Enfin, je dis ça, je dis rien.

— Ouais, c'est ça, et ben dites rien, alors, c'est beaucoup mieux. Sinon, vous avez entendu le chef de la sécurité informatique de la fondation Ange ? Vous avez appris quoi ?

Il sort son iPad de sa sacoche et se met à consulter rapidement ses notes.

— Oui, je l'ai vu tout à l'heure. Un vrai pro ! Je comprenais pas la moitié de ce qu'il me disait, mais bon, vous savez, les informaticiens prennent toujours leur pied en vous inondant de termes techniques et de trucs imbitables. Quand même, ce que j'ai retenu, c'est que leur système est quasi inviolable, ils changent les mots de passe tout le temps, ils ont les derniers anti-malwares et spywares du marché, des firewalls à toute épreuve. Du béton, quoi.

— Dites-moi, il vous aurait pas un peu contaminé, le geek, là, j'ai rien compris à votre dernière phrase.

— Laissez tomber, ça veut juste dire que leurs informations sont bien protégées. La faille, s'il y en a une, elle est pas dans le système mais plutôt chez le patron. Il m'a dit que son boss, malgré toutes ses mises en garde, continuait d'inscrire ses mots de passe sur un cahier, et qu'il le soupçonne même de ramener tout ça chez lui et de pas forcément bien les planquer.

Juliette pense à ses propres codes d'accès aux sites sensibles du ministère de l'Intérieur. Les mêmes qu'elle passe son temps à noter sur des bouts de papier, qui traînent au fond de son sac.

— OK... Et du côté de l'alerte enlèvement, ça donne quoi ?

— Pas grand-chose, on passe notre temps à vérifier des signalements de bébés qui pleurent un peu fort et qui s'avèrent être... avec leurs parents ou leur nounou. Ça donnera rien, ce truc. On ne retrouve des nouveau-nés que si on a le signalement d'un adulte. Rien qui ressemble plus à un bébé qu'un autre bébé.

Jeanne feuillette de nouveau le dossier qui commence à devenir plus qu'imposant. Elle s'arrête un instant sur une des fiches.

— Et la femme de Béjart, on a réussi à remettre la main dessus ?

— Pas encore, mais on cherche. Elle s'est carrément volatilisée après avoir purgé sa peine.

— On se volatilise pas comme ça en France, si ? Surtout quand on est repris de justice.

— Oui, enfin, ces criminelles-là ne récidivent jamais, et on ne considère pas qu'elles soient un danger pour la société, alors bon, je suppose que les contrôles sont plus cool.

— Plus cool… Vous avez l'air super au point sur les néonaticides, mon petit Éric, expérience personnelle ?

Il la regarde avec un air blessé et fronce les sourcils.

— C'est pas interdit de se renseigner, de lire des trucs, de fouiller un peu, vous voyez ?

— Ne vous vexez pas, mon vieux, vous avez raison, continuez comme ça. Et retrouvez-moi la trace de cette femme.

— Et Marco, alors, vous pensez qu'il a quelque chose à voir avec la disparition de Samia ?

— Je n'en sais rien, mais ce dont je suis certaine c'est qu'il l'a bien passée à tabac, et ça, je le lui ferai payer. En attendant demandez au commissariat du 8e de faire le tour du quartier de prédilection de Samia avec sa photo. Elle était connue et on l'a peut-être vue avec quelqu'un. Et puis, elle au moins, c'est pas un bébé… Peut-être qu'ils arriveront à trouver quelque chose.

La commissaire Muller se passe une main sur les tempes. Elle se sent dépassée et elle a horreur de ça. Elle a l'impression de faire du surplace et elle sait que le patron de la PJ ne va pas tarder à le lui faire remarquer. Elle voudrait boire un verre, fumer une clope, non, dix, vingt d'affilée… Son portable posé sur son bureau se met à vibrer. Elle regarde le numéro. Elle ne pensait pas qu'elle la rappellerait aussi vite.

— Bonjour madame Scott, qu'est-ce qui se passe ?

Mais en guise de réponse, un long hurlement vient lui fracasser les tympans. Elle en laisse tomber son téléphone sous le regard médusé du lieutenant Mouilbet.

42

Je n'ai jamais eu aussi soif, de toute ma vie. Une fois peut-être, en 2015, pendant la canicule. J'avais 11 ans. C'était dingue ce temps, un soleil de plomb, un vent chaud, même quand on respirait on avait l'impression d'avaler le soleil. On se marrait avec les autres, on parlait des vieux qui claquaient chez eux ou dans leur Ehpad, complètement déshydratés. En vrai, je ne trouvais pas ça si drôle. Il y avait une vieille dame dans notre immeuble, elle devait avoir au moins 80 ans. On disait tous qu'elle avait perdu la tête quand son fils, sa belle-fille et sa petite-fille étaient morts, huit ans auparavant. Une histoire à la con, un type déchiré qui avait pris l'autoroute à l'envers avec sa camionnette. Ils étaient tous décédés sur le coup, et elle, elle ne s'en était jamais remise. Personne ne se souciait d'elle, les gens un peu fous et affligés par le destin font peur. La tragédie, la mort, ça nous fait tous peur, comme si c'était contagieux. Tout le monde était un peu superstitieux dans la cité. Je l'avais croisée quelques fois au pied de l'ascenseur ou dans le hall. Je lui avais toujours dit bonjour mais elle ne m'avait jamais regardée, comme si je n'existais pas. Il n'y avait rien dans ses yeux, rien sur son visage, pas d'expression, juste de la tristesse. C'était horrible. Et puis, une fois, elle avait dû faire trop de courses et son cabas débordait de trucs inutiles. Elle ne savait plus très bien ce qu'elle achetait, ce qu'elle faisait. Elle était devant la porte de l'ascenseur qui venait d'être pétée une fois de plus par mes débiles de cousins. Elle avait dû attendre plusieurs minutes avant de comprendre que la cabine ne viendrait jamais. Quand je suis arrivée, elle avait réussi à monter les cinq premières marches de l'escalier jusqu'à l'entresol. Et puis elle s'était assise, épuisée. Je m'étais approchée d'elle et j'avais posé ma main juste sur son bras, tout doucement.

— Ça va madame ? Je peux vous aider si vous voulez. Toutes les deux on devrait y arriver, vous ne croyez pas ?

Cette fois, j'avais eu l'impression qu'elle me regardait, pour de vrai. On aurait dit qu'elle essayait de se souvenir où elle avait bien pu me voir. Soudain, son visage s'était illuminé et j'avais entendu sa voix, comme un croassement, comme si ça faisait des siècles qu'elle n'avait pas parlé.

— C'est toi, Ludivine, mais où tu étais passée tout ce temps, ma chérie ? Et oui, oui je veux bien que tu m'aides, c'est trop lourd pour moi maintenant.

On avait commencé l'ascension toutes les deux, c'était quand même plus facile. Et elle n'habitait qu'au deuxième étage. Quand nous sommes arrivées devant sa porte, elle m'a caressé la joue.

— Tu rentres un peu ? Ça fait longtemps qu'on ne s'est pas parlé. Si tu veux, j'ai du chocolat.

Je n'avais pas tellement envie d'entrer chez elle mais je voulais être sûre qu'elle allait arriver à ranger ses courses, qu'elle n'allait pas s'effondrer dans son couloir. Alors j'y suis allée. Dans la cuisine, elle s'est assise devant sa table en formica. J'ai commencé à ranger ses courses, j'ai aussi jeté des trucs avariés dans la poubelle. Plus je déchargeais son cabas, plus je me disais qu'elle avait vraiment pété les plombs. Il y avait des tas de boîtes de conserve, que des haricots rouges, trois tubes de dentifrice, des petites bouteilles d'alcool, une bombe aérosol contre les fourmis, et même... des tampons hygiéniques. À un moment, elle s'est levée et a pris une boîte en fer dans un placard.

— Tiens, ma chérie, tu veux un gâteau, je sais que tu les aimes bien, ceux-là. Tu sais quoi, je vais en prendre un aussi, et puis on va ouvrir une bouteille de limonade. C'est bien ça, non ? Et aussi on va attendre ton papa et dîner tous ensemble. Ça me fait si plaisir de vous voir. Allez, prend un gâteau ma petite Ludivine. Tu peux prendre celui que tu veux, tu sais.

Dans la boîte, il y avait juste deux vieux biscuits genre Petit Beurre. J'en ai pris un et je l'ai remerciée. J'avais envie de partir, évidemment. Mais je devais aussi lui dire la vérité. J'avais vu la photo sur la petite table de la cuisine. Un couple souriant avec une petite fille dans les bras. Une vieille photo, usée, abîmée, comme si elle avait été manipulée pendant des heures et des heures.

— Merci madame, mais... Je ne m'appelle pas Ludivine, je m'appelle Samia. Je ne suis pas votre petite-fille, vous savez...

Avec le recul je me dis que j'aurais dû lui mentir, lui faire croire encore un peu que peut-être elle avait retrouvé un membre de sa famille décimée. Elle n'a d'abord pas semblé comprendre ce que je disais. Au bout d'un moment, elle a fermé les yeux, elle a soufflé très fort, et, quand elle les a rouverts, il y avait des larmes qui coulaient sur ses joues fripées. Soudain, elle s'est mise à crier :

— Va-t'en de chez moi, laisse-moi toute seule ! Tu es venue pour voler des choses, c'est ça ? Mon fils va bientôt rentrer et il te punira tu sais, il pourrait te faire du mal. C'est sûr, il vaut mieux que tu ne sois pas là quand il va arriver. Va-t'en, je te dis !

Je suis partie et j'ai balancé le gâteau dans le vide-ordures en rentrant chez moi. En fait, j'avais eu plus pitié que peur. Et quand la canicule est arrivée, j'ai pris l'habitude de laisser devant sa porte une bouteille d'eau fraîche, tous les jours. Je ne sais pas si c'est elle qui la buvait vraiment, mais chaque fois, le lendemain, elle n'y était plus. Et à la fin de ces semaines de chaleur de dingue, elle était encore vivante. Et je me dis que c'était peut-être grâce à moi. Je me rattrapais un peu de ne pas être sa petite Ludivine. Mais même pendant cette période, les conneries habituelles continuaient. Un dimanche, on n'avait rien trouvé de mieux à faire que d'aller s'introduire dans la casse automobile de José. Un type d'une cinquantaine d'années, vaguement carrossier, qui revendait de l'acier à un autre type tout aussi chelou que lui. On le soupçonnait de beaucoup de trucs, de beaucoup de fantasmes, d'enlèvements, de viols, de meurtres de jeunes filles... Tout ça sans aucune raison objective de le faire, mais c'est vrai qu'il avait un peu la dégaine d'un ogre de conte, le José. Quand on venait jouer sur les carcasses de bagnoles, on y allait plutôt le matin parce que l'ogre, lui, avait tendance à pioncer jusqu'à midi. On avait décidé de faire un cache-cache, et c'est vrai que c'était quand même le lieu idéal. J'étais évidemment avec Saïd et son grand frère, mais aussi avec un de leurs potes et une de mes copines, Lætitia. C'était une fille sympa, sans trop de problèmes. Je lui demandais souvent de venir avec moi quand on avait décidé de faire les cons avec les deux autres parce que je l'aimais bien et aussi pour éviter de me retrouver seule avec Karim, le grand frère de Saïd, qui avait déjà commencé à pratiquer avec moi des jeux d'adultes. À un moment donné, Lætitia et moi, on devait se cacher. Ce n'était pas les planques qui manquaient. Et là j'ai vu le petit combi Volkswagen, complètement déglingué. J'ai dit à ma copine : « Viens, on va se planquer là. » Les portes étaient coincées, alors on est entrées par une fenêtre. Dedans, ça puait pas mal, mais on trouvait ça génial, cet intérieur vieillot avec une banquette toute défoncée, une petite table brinquebalante. Dès qu'on est entrées, je ne sais pas pourquoi, j'ai fait glisser la fenêtre pour refermer, c'était dur mais j'y suis quand même arrivée. Je n'aime pas trop que les choses me résistent. On avait l'impression d'être seules au monde, perdues dans le temps. On a attendu peut-être une demi-heure avant qu'on voie les garçons commencer à se pointer vers nous. Ils nous appelaient, doucement, pour pas réveiller José, mais on les entendait bien : « On sait que vous êtes là, les meufs, on vous sent, on sent la chair fraîche. » Et ils se marraient. À un moment, Karim est arrivé à un mètre du combi. Lætitia était complètement hystérique, elle avait envie de rigoler. Et quand l'autre a collé sa tête contre la vitre pour voir à l'intérieur, elle s'est mise à hurler de rire en me disant : « Putain Samia, je vais faire pipi dans ma culotte. » Du coup, moi aussi je me suis mise à rire comme une imbécile. Karim a levé le bras dans un geste de vainqueur et a sifflé entre ses doigts pour appeler les autres. Et puis il a mis de nouveau sa tête contre la vitre.

— Vous nous avez trouvé un joli petit nid d'amour, les filles, on va pouvoir lui faire honneur, non ?

Lætitia a continué à rigoler mais moi je me suis tout de suite arrêtée. Je connaissais bien le ton qu'il avait employé et je savais ce qu'il avait en tête.

— Laisse tomber, Karim, de toute façon faut qu'on rentre, là...

Il a souri et il a essayé d'ouvrir la portière. Mais elle était coincée. Et quand les autres sont arrivés, ils ont aussi essayé de rentrer dans le combi, mais aucune des ouvertures ne fonctionnait. Saïd s'énervait sur la grande porte latérale, mais rien ne bougeait.

— Putain, les filles, comment vous avez fait pour entrer là-dedans ?

Lætitia allait lui répondre mais je lui ai fait signe de se taire.

— Laissez tomber, cassez-vous, de toute façon on a tout verrouillé, vous ne pourrez pas entrer. Allez, barrez-vous, merde !

Ils ont encore essayé d'entrer pendant quelques minutes, puis ils ont fini par comprendre. En partant, Karim a filé un grand coup de pied dans la porte latérale.

Ça a fait tellement peur à Lætitia qu'elle a poussé un cri. Un cri auquel le rire de mon cousin a répondu.

— Traînez pas trop quand même, sales putes, l'Ogre pourrait bien se réveiller.

On a attendu un peu et je me suis approchée de la vitre que j'avais refermée quand on était entrées. Au début, je me disais que c'était juste un peu coincé, que puisque j'avais réussi à la refermer, j'allais bien réussir à la rouvrir. Mais après avoir essayé avec Lætitia, avoir tiré comme des folles, secoué cette foutue vitre dans tous les sens, il avait fallu se rendre à l'évidence, on était coincées.

— Pourquoi t'as pas dit aux garçons comment on était entrées, ils auraient pu nous aider, merde !

Elle m'avait dit ça sur un ton de reproche qui m'avait bien gonflée.

— Je ne sais pas... Peut-être que je trouvais qu'il faisait un tout petit peu trop chaud pour se faire violer, pas toi ?

Elle a vu que je ne rigolais pas et elle n'a plus rien dit. Je ne me souviens plus exactement à quel moment la sensation de soif est devenue une torture. Le combi n'était pas complètement au soleil, heureusement parce que je pense que, sinon, on serait mortes – deux vraies connes. Lætitia était rouge comme une tomate et elle n'arrêtait pas de me dire que c'était ma faute, qu'elle aurait encore préféré sucer Karim et tous ses potes plutôt que de « crever dans cette casse de merde ». J'avais la gorge en feu et, en même temps, l'impression d'avoir du sable brûlant dans la bouche. J'aurais donné n'importe quoi pour avoir la bouteille que j'avais laissée la veille devant la porte de la vieille dame. Je me suis imaginée mourir. À vrai dire, je m'en foutais un peu, mais j'étais triste pour Lætitia qui pleurait, entre deux gémissements et une plainte. Ce qui me soûlait, c'était la douleur, cette atroce sensation de chaud, d'étouffement, d'enfer sur Terre. À un moment donné, j'ai voulu prendre ma copine dans mes bras, mais c'était horrible, on cumulait nos chaleurs. Ensuite, on a dû tomber dans les pommes. Quand j'ai repris connaissance, j'ai cru que je faisais un cauchemar ou peut-être que j'étais morte, arrivée direct en enfer. L'énorme visage de José qui me regardait, il me tenait la tête et m'aspergeait le visage avec de la flotte.

— Heureusement que mes chiens t'ont reniflée avec ta copine. Combien de fois je vous ai dit de pas venir jouer ici, bordel ! Bon, j'ai appelé les pompiers. Y vont arriver. Allez, ça va, vous avez plus rien à craindre.

Voilà, l'ogre s'est avéré être un type plutôt solitaire mais touchant, avec un cœur gros comme ça. En tout cas, il nous a sauvé la vie, ce jour-là. Ce jour où j'ai eu si soif. Comme en ce moment. Ce moment où je me tortille sur la moquette de cette chambre dans laquelle je suis retenue tel un poisson hors de l'eau, entravée par mes liens, ahanant comme une bête blessée à cause de ce bâillon à la con. Certes, il fait moins chaud dans cette prison qu'il y a six ans dans la camionnette, mais j'ai l'impression que le stress et la peur sont multipliés par mille. Parce que, aujourd'hui, il y a une grosse différence. Je crois que j'ai envie d'aller plus loin, de revoir Jeanne. Même de revoir Jennifer. Aujourd'hui, contrairement à hier, je crois que j'ai vraiment envie de vivre.

43

— Où êtes-vous, Juliette ? Calmez-vous, bon sang ! Que se passe-t-il ?

La commissaire Muller a récupéré son portable. Elle tente d'apaiser Juliette Scott dont les sanglots déchirants rendent compliquée toute discussion.

— Respirez, madame Scott, respirez lentement, calmez-vous… Voilà, c'est mieux… Vous êtes chez vous ? Non… Nous allons venir… Oui, c'est ça, c'est bien… Ne touchez à rien, mais surtout sortez de là, attendez-nous à l'extérieur, réfugiez-vous dans un bar, un café, une boutique, un lieu où il y a du monde. Nous partons tout de suite.

Elle raccroche, ouvre le tiroir de son bureau et prend son arme de service qu'elle glisse dans son holster. Elle pourrait la porter en permanence, elle en a le droit, mais elle en connaît aussi la puissance redoutable, et elle préfère que le geste de s'en saisir offre une certaine forme de sacralisation. Et puis, ce foutu flingue déforme sa veste Gucci.

— Éric, vous venez avec moi, Juliette Scott n'a rien trouvé de mieux à faire que de se rendre chez l'ex de son mari. Les choses semblent avoir mal tourné…

Le lieutenant Mouilbet enfile son blouson, vérifie le chargement de son SIG-Sauer.

— « Mal tourné »... C'est-à-dire ?

— Elle pense qu'elle l'a tuée, c'est assez « mal tourné » pour vous ? On y va, on prend ma voiture.

Alors qu'ils filent vers le 22 de la rue de l'Abbé-Carton, Éric s'amuse de voir la tête des passants qui regardent passer le bolide de sa patronne, moteur ronflant et sirène de police hurlante. Certains doivent se dire que si leurs impôts servent à payer des Maserati aux flics, il serait peut-être temps de revoir la politique fiscale de ce pays.

— Comment est-ce qu'elle a retrouvé l'adresse de cette femme ?

— Je ne sais pas, mais ce n'est pas moi qui la lui ai donnée. Je suppose que son mari a fini par lâcher le morceau. Après, on ne peut pas lui jeter la pierre, je pense que même si elle le croit, elle avait besoin d'avoir l'autre version. C'est humain. C'est con, mais c'est humain.

En arrivant près de l'immeuble d'Ariane Dubois, Jeanne appelle Juliette sur son portable.

— Où êtes-vous... Oui, je le vois. Ne bougez pas.

Ils se garent devant un bar-tabac qui fait l'angle de la rue puis se précipitent à l'intérieur. Elle montre sa carte au serveur qui, d'un geste de la tête, leur indique la présence de Mme Scott.

— Je suppose que c'est elle que vous venez chercher.

Juliette est prostrée sur une banquette, un verre d'eau et un café auxquels elle n'a pas touché sont posés sur la table. Quand Jeanne s'approche d'elle, elle offre un visage d'une blancheur cadavérique et semble dévastée.

— C'est vous, commissaire... Je... je crois que j'ai tué cette femme... C'est affreux.

— Que s'est-il passé ?

— C'est elle, c'est elle qui m'a envoyé la peluche et le mot ! J'ai découvert l'emballage dans son bureau. Quand elle s'en est aperçue, elle est devenue menaçante, puis incohérente. Elle m'a dit que c'était pour me prévenir, puis elle s'est mise à crier que je lui avais volé Alex, que je méritais tout ce qui m'arrivait... Ensuite, elle m'a saisi les poignets, elle me faisait de plus en plus mal, c'était horrible... Alors je l'ai repoussée de toutes mes forces et elle est tombée en arrière. Sa tête... sa tête a heurté le coin de son bureau. Elle a perdu connaissance... Alors je vous ai appelée. J'ai si peur, commissaire.

Muller pose sa main sur celle de la jeune femme. Elle n'est pas douée pour rassurer les gens, elle a plus de facilités pour les inquiéter.

— Je vais aller voir, vous, vous restez là avec le lieutenant Mouilbet. Vous savez, il en faut beaucoup pour tuer quelqu'un, croyez-moi.

Quand Jeanne arrive à la porte de l'immeuble, celle-ci est verrouillée, naturellement. Elle ne va quand même pas sonner chez Ariane Dubois. Elle regarde les noms sur le digicode et tente d'évaluer rapidement le bon candidat. Elle jette son dévolu sur une certaine Victoire Sani. C'est un prénom plutôt jeune, une génération qui ne devrait ni paniquer ni se méfier si la police demande qu'on lui ouvre. Elle sonne et au bout d'une dizaine de secondes une voix, jeune, en effet, lui répond.

— Oui ?

Jeanne colle sa carte de police sur la petite caméra puis offre son plus beau sourire.

— Bonjour, police, j'ai besoin d'entrer dans votre immeuble, c'est une urgence, merci de m'ouvrir.
— Euh, oui d'accord, c'est dangereux ?
— Restez chez vous et n'ouvrez à personne.

Elle ne sait pas pourquoi elle a dit ce truc tout à fait ridicule. D'autant plus qu'elle vient de lui demander de lui ouvrir à elle. Parfois, elle sait qu'elle a tendance à rajouter la phrase de trop. Ce besoin de faire des mots... Elle grimpe rapidement les escaliers jusqu'à l'étage d'Ariane Dubois. Résultat, une quinte de toux lui arrache les poumons quand elle atteint l'appartement. Trop de cigarettes, trop de vodka, pas assez de sport... Sa vie, quoi. La porte est entrouverte. En s'approchant, elle sort son arme puis ouvre en grand tout en pointant son flingue devant elle. Si c'est vraiment cette femme qui a envoyé la peluche aux Scott, il y a des chances pour qu'elle soit un brin dérangée.

— Madame Dubois ? C'est la police, je suis la commissaire Muller, nous nous sommes déjà vues. Vous êtes là ?

Elle s'avance encore un peu plus dans le couloir, dépasse la cuisine déserte puis jette un coup d'œil sur le salon, vide également. Une porte ouverte donne sur un bureau, en regardant ce qui s'y trouve, elle voit tout de suite l'emballage de la peluche. Difficile de croire à une coïncidence. Elle retourne dans le couloir en direction de la deuxième porte. Elle tente de l'ouvrir, mais elle résiste.

— Madame Dubois, si vous êtes là, ouvrez-moi. Nous devons discuter, vous et moi. Il faut que vous puissiez vous expliquer, je suis sûre que vous ne vouliez pas faire de mal, n'est-ce pas ?

Et je suis sûre aussi que si votre colère et la haine que vous vouez à votre ancien mari peuvent vous pousser à faire des choses aussi abjectes, vous êtes peut-être capable de bien pire encore… Comme d'enlever des enfants. Elle se met à taper doucement sur la porte, comme si elle frappait avant d'entrer.

— Allez, ouvrez-moi, nous allons en discuter calmement. Je… je comprends votre colère, votre époux qui vous a laissée, cet avortement… Nous pourrons expliquer tout ça.

Elle ne va quand même pas tirer dans cette foutue porte. Pourtant, elle pointe le canon de son arme sur la poignée et commence à appuyer son doigt sur la détente. Mais au moment où la pression va être suffisante pour actionner le percuteur, une longue plainte monte de derrière la porte.

— Allez-vous-en, par pitié laissez-moi ! Ils m'ont déjà fait assez de mal… je les hais avec leur vie si parfaite, je les hais tous ! Ils n'ont que ce qu'ils méritent.

— Oui, peut-être… Mais il faut que l'on se parle, ouvrez maintenant. Ouvrez ou je vais être obligée de tirer dans la porte.

Seul le silence répond à son injonction. Un silence qui dure quelques secondes et qui est soudain interrompu par un crissement de pneus puis par des cris stridents qui proviennent de la rue. La commissaire tire deux fois sous la poignée de la porte dont un morceau vole en éclats. Elle donne un grand coup d'épaule et entre dans la pièce, la chambre, manifestement. Dans un premier temps, elle ne voit rien d'autre que la porte-fenêtre largement ouverte qui donne sur le balcon. Elle s'y précipite et, lorsqu'elle penche la tête, elle aperçoit sur le trottoir le corps disloqué de Mme Dubois, douze mètres plus bas. Un peu plus loin sur le trottoir, une mère de famille serre son petit garçon dans ses bras et tente de retenir un second hurlement. Le type qui a freiné comme un malade est descendu de sa voiture et fait mine de s'approcher du corps. Jeanne hurle depuis le balcon.

— Police, ne vous approchez pas, je descends.

Une fois dans l'ascenseur, elle appelle Éric.

— Oui, Éric, vous pouvez rassurer Mme Scott, elle n'a pas tué Dubois. C'est elle-même qui vient de le faire, comme une grande, en sautant par la fenêtre... Oui, je sais. Appelez les pompiers et emmenez-la au commissariat, je vous y rejoins dès que je peux.

Sur le trottoir, une tache de sang grossit à vue d'œil sous le crâne fracassé. Elle s'approche du corps et, sans y croire, tente de chercher un pouls. Le type qui s'est arrêté se tient à quelques mètres d'elle et l'interpelle.

— Je suis médecin, madame, laissez-moi regarder !

Elle se tourne vers lui avec un mince sourire sans joie.

— C'est très gentil, monsieur, mais le seul toubib dont elle a besoin, là, c'est un médecin légiste.

En attendant les pompiers, elle allume une cigarette et se met à la fumer compulsivement. Elle déteste ce qui vient de se passer. Elle le déteste parce qu'elle sait qu'elle n'a pas su trouver les bons mots pour l'empêcher de sauter. Et ce n'est pas tant la culpabilité que l'impossibilité dans laquelle elle se trouve désormais d'interroger cette femme qui la ronge. Qui sait jusqu'à quelle extrémité sa rancœur et sa folie avaient pu l'entraîner. Elle décide de retourner dans l'appartement. Cette fois-ci, elle prendra l'ascenseur.

44

Le président de la fondation Ange a prévenu son fils. Il va rentrer plus tard, ce soir. Hadrien lui a répondu par un message laconique : « *Ne me dérange pas, je regarde un film dans ma chambre.* » Il ne s'attendait pas à autre chose. Encore moins à un « Je t'attends pour dîner » ou à un « Bon courage papa ». Ce genre de mots qu'un fils pourrait dire à son père. Plus rien entre eux n'est normal depuis longtemps. Et, ces derniers temps, les rancœurs, les colères et les provocations se sont encore aggravées. Quand il repense à la mise en scène que son enfant lui a infligée au cours de la visite de la commissaire Muller, son cœur se brise en même temps qu'une colère profonde le submerge. Il est persuadé qu'à cet instant précis, au moment où il a entendu le rire d'Hadrien retentir dans la chambre, alors qu'il le croyait mort, il aurait pu le frapper. Encore une fois. Si cette flic n'avait pas été là, Dieu sait jusqu'où il aurait pu aller. Il songe à ces parents qui finissent par euthanasier leur enfant trop lourdement handicapé, à ce mari épuisé, au bout de lui-même, qui tue sa femme souffrant d'un Alzheimer. Il pense à eux, et ce qui aurait pu l'horrifier il y a encore quelques années lui semble de plus en plus acceptable, voire raisonnable... Mais dans l'ascenseur il se reprend. Ce qui est arrivé à son fils, il en est en partie responsable, et il doit assumer cette situation, à n'importe quel prix. Une culpabilité renforcée encore par ce qu'il ramène ce soir à la maison. La petite chose palpite contre son torse. Il a essayé, pourtant. Mais ce soir, il ne voulait pas la laisser au bureau une fois de plus. La nuit précédente, il s'était réveillé à 2 heures puis à 4, puis à 6. Chaque fois avec l'impression d'entendre des pleurs de nouveau-nés... Il a passé des heures, seul à la Fondation, à la regarder, à écouter son souffle, à la serrer dans ses bras. Ne s'arrêtant que pour recevoir des donateurs ou répondre aux demandes incessantes de cette maudite policière. Il avait fallu lui donner le pedigree de l'ensemble des salariés et bénévoles de l'association. Tout ça pour satisfaire à cette vaine quête consistant à faire porter la responsabilité des enlèvements à sa fondation. Quelle stupidité ! Une coïncidence terrible, affreuse, voilà simplement ce que c'était. En repensant à ces deux bébés enlevés dès leur naissance, il serre encore plus le reborn contre lui. Il ouvre son manteau et dépose un rapide baiser sur le front artificiellement tiède de la petite Rose. Il avait hésité sur le prénom. Il avait été tenté de l'appeler Élise, mais il savait que cela aurait été impossible. Puis ce simple baiser déclenche un mécanisme complexe. Quelques microprocesseurs et moteurs ultra-miniaturisés se mettent en mouvement dans ce corps de silicone, et soudain le visage s'anime et les doigts minuscules s'agitent puis se referment sur l'index de Michel. Subitement, son cœur, bat plus vite, plus fort, l'émotion le gagne. Au début, il a essayé de se raisonner, mais, finalement, il a choisi de se laisser emporter par ses sentiments. Ce qu'il n'avait plus fait depuis si longtemps... Cet objet n'en est plus un, maintenant. Il est bien plus qu'une poupée, si sophistiquée soit-elle. C'est un vrai bébé, un bébé pour l'éternité. De ceux que l'on ne peut pas retrouver mort, congelé, dans le sous-sol d'une villa.

Il rentre sans faire de bruit dans l'hôtel particulier. Il avait promis à Hadrien de se débarrasser de la poupée. Il sait que cette trahison provoquerait immédiatement une nouvelle crise. Il va directement dans sa chambre sans ôter son manteau. Il ouvre la porte de la salle de bains et dépose délicatement Rose sur le bord de l'évier. Le visage parfait du poupon est agité de petites mimiques, et ses yeux verts regardent le plafond de droite à gauche en un lent et délicat mouvement. Un instant, il hésite à la laisser seule. Mais son cerveau garde encore quelques bribes de lucidité et il sait qu'elle ne pourra pas tomber. Ses jambes ne sont pas, elles, dotées de la capacité de bouger, et elle sera incapable de se retourner. Ou de chuter. Pourtant, pas un instant il ne se dit que, même si elle chute, rien de grave ne peut lui arriver. Rien de grave ne peut arriver à un... robot. Devant la porte de la chambre d'Hadrien, il hésite. Il inspire longuement puis se décide à frapper. Trois petits coups secs puis un coup plus fort. Une sorte de code stupide qu'ils ont imaginé. Pour quelle raison ? Qui d'autre pourrait bien frapper à cette foutue porte ?

— Hadrien, je suis rentré... Tu as dîné ? Tu veux que je te prépare quelque chose ? J'ai un hachis parmentier de canard, celui que tu aimes bien. Je l'ai acheté chez le traiteur, en bas. Avec une salade verte, et en dessert... une crème au chocolat !

C'est exactement ce que son fils préfère, son menu idéal. Pourtant, combien de fois son père a-t-il dû se résoudre à en jeter une bonne partie à la poubelle. Car lui déteste ce genre de dessert. Il attend quelques instants, espérant que, peut-être, il va venir lui ouvrir la porte. Mais c'est son téléphone qui se met à vibrer.

— *Oui, ça a l'air bien. Je vais venir dans vingt minutes, j'ai quelque chose à finir. Je voudrais dîner dans le salon.*

Pour Michel, c'est une victoire. Une forme d'allégresse, une légèreté retrouvée qu'il n'avait plus ressentie depuis longtemps l'envahit. Il redescend et se dépêche d'aller dans la cuisine, mais, en passant devant sa chambre, il ne peut s'empêcher de jeter un coup d'œil dans la salle de bains. Rose n'a pas bougé. Évidemment. Il prend des couverts et va dresser la table dans le grand salon pendant que le plat réchauffe dans le four. Il se met au piano et joue un air gai. Les variations sur *Ah ! vous dirai-je maman* de Mozart. Tout le génie de ce compositeur est présent dans ce qu'il a réussi à faire de cette comptine. Par ces quelques simples mesures, ce thème si familier, le maestro a construit un voyage musical fascinant et merveilleux mettant ensemble « les notes qui s'aiment », comme il se plaisait à le dire. Un voyage au cours duquel les variations graves, lentes, joyeuses ou rapides mais toujours virtuoses se suivent avec grâce et légèreté. Puis il enchaîne sur *Le Clavier bien tempéré* de Bach, déroulant les préludes et les fugues avec la concentration, l'agilité et la constance qu'elles méritent. Il s'arrête soudain alors qu'une odeur de cramé envahit la pièce. Il regarde sa montre. Cela fait plus d'une demi-heure qu'il joue. Il n'a pas vu le temps passer. Et, surtout, Hadrien n'est pas venu. Il se précipite dans la cuisine et sort le plat fumant du four. Ouvrant la fenêtre, il le dépose sur le rebord avant que l'alarme incendie ne se déclenche. Puis il prend son téléphone portable.

— *Pourquoi n'es-tu pas venu, le hachis parmentier est foutu... C'est dommage.*

— *Je n'ai plus faim de toute façon.*

— *Mais il faut que tu manges.*

— *Je suis passé dans ta salle de bains et je ne sais pas pourquoi, ça m'a coupé l'appétit. Je le savais que tu l'avais ramenée. Je l'avais dit à cette policière que tu ne pourrais pas t'en débarrasser.*

Le cœur de Michel se met à battre à tout rompre, comme s'il allait exploser. Il se précipite dans sa chambre puis dans la salle de bains. Rose n'y est plus, bien sûr. Il se rend alors devant la porte d'Hadrien et tente de l'ouvrir, en vain.

— Hadrien, ne lui fais rien, s'il te plaît.

— *« Ne lui fais rien »... Est-ce que tu entends ce que tu me dis ? C'est un jouet, papa, rien d'autre ! Ce que tu me demandes, tu aurais dû le dire à maman, il y a vingt ans. Où étais-tu à ce moment-là, comment as-tu pu la laisser sombrer comme ça. Tes vrais enfants sont morts, celui-là n'est qu'un morceau de plastique.*

— Je sais Hadrien, je sais tout ça, mais... S'il te plaît, je... j'en ai besoin, cela m'apaise, tu comprends.

— *Oh oui, bien sûr, je comprends... Il faut donc que je t'ouvre les yeux sur la nature exacte de cet objet. Tu ne me laisses vraiment pas le choix...*

Michel Béjart s'effondre contre la porte qui le sépare de son fils. Son corps est une épave secouée par le ressac d'un chagrin qu'il ne peut contenir.

45

J'y suis arrivée ! J'ai réussi à ramper jusqu'à cette putain de flotte ! J'ai l'impression d'une immense victoire, alors que je me retrouve comme une poule devant un ordinateur. L'eau est là, à quelques centimètres de mon visage, mais il va falloir que j'ouvre cette bouteille. De toute façon, c'est vrai, je suis bâillonnée. Mais il faut que je le fasse. Maintenant je vais trouver une solution, je le sais. J'ai les mains attachées derrière le dos, alors, dans un premier temps, je me retourne en espérant que la petite bouteille est vraiment juste derrière moi. J'explore à tâtons l'espace de mes doigts et soudain je sens le plastique froid. Je ne peux m'empêcher de pousser un cri de joie étouffé par le tissu. Je remonte délicatement le long du goulot et je m'arrête sur le petit bouchon de plastique. J'espère que ce n'est pas un truc à dévisser mais juste un opercule à ouvrir. Je tiens la bouteille d'une main, le plus fermement possible, pendant que de l'autre je tente comme une forcenée de l'ouvrir, priant pour ne pas la renverser sur la moquette. Alors je fais attention, je progresse millimètre par millimètre et, subitement, je sens le petit morceau de plastique qui cède sous mes doigts. Je me retourne tout doucement et me retrouve, comme une conne, devant ce trésor inaccessible. Mon bâillon est simplement constitué d'un chiffon mais Daniel l'a enfoncé si profondément que je ne peux absolument pas m'en débarrasser. Il envahit si loin ma gorge qu'il me provoque des haut-le-cœur. Je dois réfléchir, réfléchir pendant qu'un feu intense et sec brûle ma langue et mon palais, pendant que je donnerais ma vie pour une goutte de cette eau. Au bout de quelques instants, je décide de tenter le tout pour le tout. Si j'arrive à renverser la bouteille sur mon visage, une partie de l'eau devrait ruisseler sur moi et imbiber cette muselière. Je pourrai au moins récupérer quelques gouttes. Au moment où je m'apprête à le faire, je sais pertinemment que c'est un plan à la con… D'abord, je me remets dos au flacon, je rabats le bouchon et je dépose la bouteille contre le mur, puis je la rouvre. J'approche délicatement mon visage tout près du flacon et j'essaie de le faire basculer tout en coinçant ma tête contre la paroi pour recueillir le liquide si précieux. Bien entendu, le résultat est catastrophique. Au moment où elle se renverse, les trois quarts de la flotte se répandent immédiatement sur le sol, le reste me rentre dans les yeux, dans le nez, et je m'étouffe à moitié en tentant de l'expulser. Seule une infime quantité vient se perdre dans mon bâillon et je sens à peine une légère trace d'humidité sur ma lèvre supérieure. Je hurle intérieurement. Je ne pouvais pas ne rien tenter mais ça, ça, c'était le truc le plus crétin que je pouvais faire. Je frotte mon visage contre le sol, là où la plus grande quantité d'eau s'est répandue mais la majeure partie s'est déjà infiltrée dans la moquette. Je me remets à genoux et pose ma tête contre le mur. Je souffle lentement, puis je commence à taper ma tête contre la paroi de plus en plus fort, de plus en plus vite. Je le fais autant pour me punir que pour détourner cette sensation de soif absolue, insupportable. Chaque coup résonne dans tout mon corps, dans chacun de mes os, mais je suis insensible à la douleur, concentrée uniquement sur le rythme régulier des chocs que je m'inflige, comme le tam-tam de l'oubli, les percussions de l'abîme. Mais soudain, j'ai l'impression d'un écho, comme si l'on répondait à ma folie. Je m'arrête et, effectivement, j'entends, de l'autre côté du mur, des coups sourds qui répondent aux miens. Un espoir fou me déchire la poitrine. Il y a quelqu'un, là, à quelques centimètres de moi, qui peut entendre mes coups, ma peur, mon désespoir. Peut-être est-ce un voisin ? Peut-être quelqu'un qui est comme moi prisonnier de la folie d'un homme... Je m'en fous, je continue à taper, mais cette fois j'y mets de la raison, de l'ordre. Trois coups brefs, trois coups longs, trois coups brefs. Le SOS universel, celui que tu connais même si tu n'as jamais mis les pieds sur un bateau. Au bout d'une minute ou deux, je m'arrête et j'attends une réponse. Elle ne tarde pas à venir, identique à mon appel au secours, comme un miroir absurde de mon propre abattement. Ça veut donc dire que, peut-être, il y a aussi un autre prisonnier. Je crois Daniel suffisamment timbré pour infliger ça à une autre que moi. Je pousse un gémissement que j'espère assez fort pour qu'il traverse ce mur. J'attends, n'entendant que mon souffle court qui résonne dans mon crâne. Je n'obtiens pas de réponse, et les coups ont cessé de l'autre côté. Peut-être que j'ai tout imaginé, peut-être que je deviens folle ?

Je tends l'oreille, je la presse contre la paroi, mais il n'y a plus rien. Et puis je perçois un bruit, mais cette fois il ne vient pas de mon voisin mystère, c'est comme un grattement. Un grattement contre la porte de cette chambre austère et triste. Il y a quelqu'un, derrière cette porte, qui tente de jouer avec mes nerfs. Mais je suis solide, je le sais, j'ai en moi des ressources illimitées, je suis forte. Alors je pousse un cri étouffé du fond de ma gorge, du fond de mes entrailles, le gémissement d'une bête blessée, un cri de défi, de rage. Personne n'y répond, et puis, d'un seul coup, des coups frappés contre la porte.

Trois coups brefs, trois coups longs, trois coups brefs.

Puis un éclat de rire au moment où la porte s'ouvre et je ne peux retenir mes larmes.

46

— J'ai tout fouillé dans son appartement, pas la moindre trace de couches ou de lait premier âge. Les tekos n'ont rien trouvé sur son ordi, sur son portable. Rien, si ce n'est un tombereau d'horreurs sur son ex-mari posté sur différents sites. Les mêmes messages que ceux que j'ai trouvés gribouillés dans son carnet de notes et son journal. Je ne sais pas ce qu'il lui a fait, notre Alex Scott, mais souvenez-vous bien de ça, les gars ! Nous, les filles, on n'oublie rien, et on est un peu rancunières.

Abdessatar reste impassible mais Éric ne peut s'empêcher de secouer la tête de droite à gauche en faisant une moue dubitative.

— Ne généralisez pas, commissaire, j'ai connu au moins une fille un peu amnésique et tout à fait indulgente.

— Oui, mais elle, c'était votre mère, mon petit Éric. Ça ne compte pas.

Son collaborateur se marre avant de reprendre.

— Si vous connaissiez ma mère, vous sauriez que je ne parle pas d'elle... Sinon, c'est dommage que vous n'ayez rien trouvé chez Mme Dubois, parce que sur le terrain, c'est toujours calme plat. Pas l'ombre d'un mouflet.

Le commissaire Kaziraghli rebondit immédiatement sur les derniers mots de son collègue.

— Oui, c'est bien dommage. Parce que les journalistes me harcèlent toute la journée pour savoir ce que nous faisons exactement pour retrouver ces bébés. Et l'ouverture des 20 heures ne fait rien pour arranger les choses. La psychose gagne toutes les femmes au bord de l'accouchement. Les maternités commencent à recruter des services de sécurité privés pour tenter de les rassurer. Quant à la hiérarchie… Jeanne, vous ne devriez pas tarder à recevoir la visite de votre ami, le directeur de la PJ. D'autant plus que le geste malheureux de cette pauvre Ariane Dubois, en votre présence qui plus est, n'arrange pas nos affaires.

Muller réfléchit quelques secondes, elle sait que son collaborateur ne cherche pas à l'accabler. C'est un homme pragmatique, qui dit les choses de façon neutre, factuelle. Et, de toute façon, il a raison.

— Joël Vivier est mon ami quand tout va bien, Abdessatar. Il peut aussi se montrer tout à fait détestable quand son image ou celle de la police risque d'être écornée, voire piétinée. Mais oui, vous avez raison, je dois me préparer à l'affronter.

— Vous faites bien… Et puisque nous sommes dans les mauvaises nouvelles, figurez-vous que l'avocat de M. Mariotti, maître Lovichi, veut absolument vous voir, le plus tôt possible. Il était, comment dire, plus qu'insistant.

La perspective d'entendre les boniments et arguties tordus de cet avocat de la pègre parisienne, plus connu pour ses montres de luxe et ses bagnoles de sport que pour son intégrité et son sens aigu de la justice, fatiguait d'avance la commissaire divisionnaire.

— Je sais, il m'a laissé trois messages sur mon portable. Ne me demandez même pas comment il a fait pour obtenir mon numéro, mais comme je l'ai déjà donné à certains de ses confrères, tout le barreau de Paris doit l'avoir. Et, bien entendu, j'ai été faible puisqu'il devrait être là… d'une minute à l'autre. J'ai toujours été comme ça, enfant je voulais toujours prendre mes médicaments tout de suite, faire mes devoirs le plus vite possible. J'aime affronter immédiatement les choses désagréables pour me consacrer au reste avec plus de félicité.

Sauf qu'elle ne voit pas très bien ce qui pourrait arriver d'agréable dans les prochaines quarante-huit heures. Après la pluie… l'ouragan.

— Quant à Samia, je suppose que vous n'avez pas non plus de bonnes nouvelles. Ou juste des informations, Éric ?

— J'allais y venir, commissaire, nos investigations dans son quartier de prédilection ont donné quelque chose. Méthode à l'ancienne, photo et questions, ça finit quand même par marcher. Un type, un serveur qui la connaît, dit qu'il l'a vue monter dans une voiture avec un gars. C'était hier vers 16 heures.

— Super ! On a la plaque de la bagnole ? On a mis qui, sur le coup ?

— Non, hélas, on n'a pas l'immatriculation, il faisait presque nuit et le type était assez loin. Mais bon, on essaie de faire un portrait-robot... Enfin, c'est une avancée.

Jeanne Muller lève une main en signe d'apaisement.

— Oui, continuez et tenez-moi informée de la moindre évolution. Allez, au boulot !

Lorsque ses collaborateurs quittent son bureau, elle sent un poids sur sa poitrine. Elle pense à Samia, elle revoit son doux visage encadré par ses longs cheveux bouclés, son sourire, elle entend son rire franc et bref. Et à ces pensées viennent soudain s'ajouter des images brutes, crues, atroces. Des corps de jeunes femmes amaigries, torturées, violentées, allongées sur des tables d'autopsie. De celles qui ont trop fréquenté la rue, la drogue et la violence du monde moderne. Mais ces filles-là, elle ne les connaissait pas personnellement. N'y tenant plus, elle se lève et se dirige vers la porte-fenêtre qui donne sur son petit balcon, privilège de chef. Elle prend une cigarette, l'allume et aspire avec volupté une longue bouffée de fumée âcre et chaude. Elle regarde dans la rue et entend soudain le bruit d'un moteur que l'on pousse dans les tours. Un moteur de sport. La Porsche 911 Turbo noire se gare à deux pas du commissariat. Elle connaît le type d'une quarantaine d'années qui en descend. Costume impeccable, lunettes de soleil, manteau de tweed gris et court, il referme sa voiture d'un geste désinvolte et calculé, observant la rue comme si elle lui appartenait. Maître Lovichi dans toute la splendeur de sa suffisance cossue. Avocat de la pègre parisienne, défenseur non pas de la veuve et de l'orphelin mais de ceux qui les font. Le fait qu'il s'occupe de Marco confirme ce qu'elle sait déjà. Si son suspect est certes un petit poisson, il navigue dans les mêmes eaux que les requins et pourrait, pourquoi pas, en devenir un. Elle retourne à son bureau au moment où son téléphone sonne pour annoncer la visite de l'avocat.

— Oui, faites-le monter... puisqu'il le faut bien.

Une minute plus tard, il frappe à la porte de verre. Elle le regarde et hésite à se lever. Elle attend quelques secondes avant d'aller l'accueillir.

— Bonjour maître, comme vous avez beaucoup insisté pour me voir, je suppose que vous m'apportez des informations importantes, primordiales. Pour innocenter votre client.

Le type lui sourit et s'assoit en face d'elle. Il est aussi à l'aise que s'il venait de se poser à la table d'un restaurant dont il serait un habitué.

— On n'a pas besoin d'innocenter les innocents, madame la commissaire. Ce que mon client est, jusqu'à preuve du contraire. Mais vous savez, je viens ici plutôt en ami. En fait, je viens vous éviter de vous ridiculiser. On va faire vite. Vous n'avez rien contre lui. Un petit sachet de cocaïne dont la présence chez mon client porte pour le moins à conjectures... Le témoignage d'une prostituée qui a disparu de la circulation. Autant dire rien. Jamais un proc ne vous suivra sur ce dossier.

— La cocaïne n'a rien d'anodin et il y avait dix grammes dans le sachet, rien que ça.

— Dix grammes de coke, c'est une blague, commissaire ! Bientôt vous serez juste passible d'une amende forfaitaire pour cette quantité-là, soyons sérieux.

Oui, bien sûr, ça n'avait rien de délirant, mais elle n'allait quand même pas sortir des saisies un kilo de drogue pour satisfaire à son instinct et confondre un type qu'elle savait coupable. Apparemment, elle aurait dû.

— Et les coups et blessures sur la jeune femme qui a témoigné ? Elle a donné le nom de votre client sans aucune hésitation.

L'avocat lève les yeux au ciel.

— On en reparlera quand vous aurez retrouvé votre témoin. Et je vous rappelle que mon client a un alibi tout à fait convaincant. En attendant, tout ça c'est du vent, commissaire, du vent ! Et je ne parle pas de la tête de mon client. Je veux dire des traces de coups... Je pense que ni vous ni moi n'aurions intérêt à aller plus loin. En plus, vous avez d'autres chats à fouetter, me semble-il. Toute la presse en parle. Et vous savez ce qu'on dit chez nous ? *Ùn si pò tena i dui pedi in u scarpu...* On ne peut mettre les deux pieds dans une seule chaussure. Ou, si vous préférez, on ne doit pas courir deux lièvres à la fois. Bref, retrouvez plutôt ces deux bébés au lieu de vous acharner sur un petit consommateur du dimanche.

Jeanne se lève pour signifier qu'elle met fin à cet entretien. Elle bout intérieurement mais a appris, depuis peu, à tempérer ses ardeurs. Surtout devant un type qui dîne parfois avec d'anciens ministres et trinque avec des truands de classe internationale. Elle sait être prudente. Elle regarde sa montre.

— Oui, ce ne sont que dix grammes mais ils me permettent de conserver votre client en garde à vue encore quatre heures, si mes comptes sont exacts. Maintenant, je ne vous retiens pas car, effectivement, j'ai du travail. Au revoir maître.

L'avocat repart, toujours souriant. Jeanne attend d'entendre le moteur de sa voiture exploser les tympans des passants avant de prendre son téléphone. Il lui reste peu de temps et elle sait qu'elle va encore devoir aller chercher ce qui lui plaît le moins en elle. Sa capacité à manipuler, à mentir un peu et à influencer beaucoup. Mais, après tout, contre ces gens-là il faut aussi savoir jouer, même avec les mains sales.

— Faites-moi monter Mariotti. Oui tout de suite.

47

— Ouvre-moi la porte, Hadrien, ouvre tout de suite ! Je veux te parler, tu comprends, juste te parler. Oublions cette histoire de poupée. Ce… ce n'est pas grave.

Il ne veut plus lire les messages qui arrivent sur son portable. Il voudrait juste pouvoir toucher le cœur de son fils, lui jurer qu'il n'y a que lui, qu'ils sont ensemble pour toujours. Le serrer dans ses bras, respirer l'odeur de ses cheveux, de sa peau. Quand il était bébé, enfant, il n'avait pas pris le temps de le faire, pas assez. Tout était allé si vite. Les jours, les semaines, les mois puis les années avaient filé comme autant de grains de sable entre ses doigts écartés. Il savait être passé à côté de sa vie, à côté de celle de son fils et, bien sûr, de celle de sa femme. Il imaginait parfois avec effroi la solitude de Valérie, accouchant seule dans le sous-sol de leur maison. Les experts lui avaient dit qu'elle ignorait être enceinte, que le déni avait été total jusqu'à ce que l'on appelait autrefois la délivrance… Quelle ironie ! Personne n'avait été délivré de quoi que ce soit dans cette terrifiante histoire. La vie de ces enfants ne s'était résumée qu'à un cri, une respiration, un souffle à peine. Et les vivants qui restaient, eux, s'étaient retrouvés enfermés à vie dans ce drame. Valérie d'abord, qu'il imaginait poursuivie par une culpabilité sans limite. Mais peut-être se trompait-il, après tout. Elle avait peut-être réussi à contourner tout ça, à l'enfouir dans les noires profondeurs de son esprit. Lui n'y était pas parvenu, jamais. Car il sait que s'il n'a rien fait pour la retrouver, c'est qu'il a, lui aussi, ses propres crimes à ensevelir. Il a si peur de les affronter. Cette réalité qu'il connaît si bien. Un scénario glaçant qu'il a construit à grands coups d'alcool et d'agressions sur sa propre femme. Et malgré son investissement dans la Fondation, malgré le fait d'avoir pu trouver à tant d'enfants des foyers aimants, il se réveille encore au milieu de la nuit, le corps couvert de sueur. Les regards vides et froids des deux petits bébés sont fixés sur lui, encore bien après la fin de son cauchemar. Il le sait, rien ne saurait racheter son crime.

Les rares moments de tendresse qu'il avait pu partager avec Hadrien s'étaient eux aussi perdus, dilués dans les incessants et cruels conflits qui nourrissaient leur relation depuis tant d'années. Son refus obstiné de retrouver sa femme avait nourri cette rancœur, il le savait. Mais il n'avait pas pu se résoudre à dépasser sa colère. Pour lui, tout cela était au-delà de ses forces. Et là, maintenant, alors qu'il se tient devant la porte close de son fils, il a l'impression qu'ils sont allés au bout de cette relation mortifère.

— Hadrien, ouvre-moi, je voudrais te parler. Te parler vraiment... De ta mère.

D'abord rien, le silence. Puis le bruit d'une clef dans la serrure.

— *Entre, c'est ouvert.*

Quand il entre, son fils a reculé et se tient au fond de la chambre, près du lit, dans son fauteuil électrique ultramoderne, un bijou de technologie. Michel Béjart observe la pièce, il cherche Rose du regard tout en essayant de ne pas donner l'impression qu'il est entré ici pour la retrouver. Il sait qu'il est ridicule et qu'Hadrien n'est pas dupe. Il le voit d'ailleurs taper rapidement sur le clavier de son smartphone et entend presque aussitôt la sonnerie de son propre téléphone.

— *Tu es venu me parler ou tu cherches ta stupide poupée ?*

Béjart s'approche et tend les mains vers son fils.

— Écoute, je veux vraiment que tout cela cesse. Que nous puissions de nouveau échanger sans toute cette colère, cette rancune qui nous ronge, qui nous détruit. Je sais que c'est possible. Et je crois que tu le sais aussi. Cette colère que j'ai contre ta mère, c'est une chose sur laquelle je devrais... réfléchir. Elle est injuste, c'est vrai. Nous pourrions peut-être en parler. Alors cette poupée, tu vois, elle n'a pas d'importance.

Hadrien reste impassible puis un mince sourire se dessine sur son visage. Un sourire qui fait naître un espoir fou dans le cœur de son père.

— *C'est vrai, papa ? Je dois vraiment te croire... Je ne sais pas. Mais c'est bien que tu me dises ça, que cette chose n'a pas d'importance pour toi. Parce que, en fait, regarde ce que j'en ai fait...*

Le jeune homme s'est emparé d'un sac plastique noir qu'il pose sur ses genoux. Il plonge la main dedans et en ressort un objet qu'il jette aux pieds de son père. Au départ, Michel n'arrive pas à comprendre ce que c'est, ou bien son esprit refuse de le voir. Puis, lorsque la chose s'arrête à ses pieds, il comprend. Enchâssés dans leurs paupières de silicone, les yeux de verre désormais inertes semblent pourtant le fixer tandis que la petite bouche s'ouvre sur un cri silencieux. Quelques fils électriques s'échappent du cou sectionné de la poupée. En une fraction de seconde, Béjart est projeté vingt ans en arrière, et ces yeux morts en rappellent d'autres qui n'ont jamais cessé de le fixer. Il s'assoit sur le sol et, avec une infinie douceur, prend dans ses mains la tête de Rose. Il a du mal à respirer. Il sent son téléphone vibrer et trouve encore la force de lire le message de son fils.

— *Tu vois, il semblerait que cela te fasse quelque chose, finalement. Mais on ne rattrape pas le passé avec ce genre d'artifice. On ne remplace pas un enfant comme ça. Ça serait trop simple... Maintenant, si tu veux me parler de maman, je suis prêt. Je t'écoute. Mais il va falloir que tu dises la vérité, pour une fois. Que tu me dises ce que tu lui as fait pour qu'elle en arrive là... Peut-être alors que tu pourras continuer à me parler, et même que tu pourrais comprendre pourquoi elle en est arrivée là. Regarde-toi, papa, regarde ce que tu as fait de nos vies.*

Son père est incapable de parler, une rage subite s'est emparée de lui, il sent une violence redoutable inonder ses veines. Il ne sait pas si c'est à cause de ce que son fils a fait à Rose ou des derniers mots qu'il a prononcés. Il se redresse, respire lentement pour tenter de reprendre le contrôle. Et lorsque enfin il trouve la force de parler, c'est un cri de rage qui s'échappe de sa gorge.

— Pourquoi as-tu fait ça ? Tu es... aussi malade que ta mère.

Il s'avance vers son fils sans vraiment le vouloir. Il aimerait pouvoir contrôler son corps, ses mouvements, mais une force implacable s'est emparée de lui. Comme si l'accumulation de tout ce que cet enfant lui a fait subir depuis tant d'années avait fait sauter les derniers verrous de sa conscience. Et quand il lève son bras au-dessus de la tête du jeune homme, il a l'impression d'être le spectateur impuissant d'un drame inévitable. Mais avant que le poing de Michel ne s'abatte, Hadrien actionne soudain son siège et le percute avec une violence inouïe. Il s'effondre sur le sol, son crâne vient heurter le coin du lit et un voile noir obscurcit sa vision... Il a dû s'évanouir pendant quelques minutes car, lorsqu'il revient à lui, son fils a disparu. Il s'empare fébrilement de son téléphone et compose le numéro d'Hadrien.

— C'est moi. Pardonne-moi, je ne sais pas ce qui m'a pris... Où es-tu ?

Il sait que son fils a quitté la maison. Pour aller où ? Hadrien n'est pas sorti d'ici depuis si longtemps. Il le faisait un peu au début, mais avec le temps, et au fur à mesure qu'il s'enfermait dans son marasme, il n'avait plus voulu bouger. Et son père le retrouvait chaque soir enfermé dans sa chambre bastion. Michel se redresse péniblement et s'efforce de ne pas regarder les morceaux de plastique et de silicone qui jonchent le sol. Il se dirige en chancelant vers l'ordinateur. Sur l'écran, une sorte de galaxie virevolte en tous sens, et lorsqu'il appuie sur une touche, une fenêtre s'ouvre, attendant un mot de passe. Il réfléchit avec intensité puis se lance.

C'est à la troisième et dernière tentative qu'il arrive à ouvrir une session. Après avoir essayé Élise, puis Lucas, il lui a suffi de taper MAMAN pour obtenir le sésame. Ce mot interdit, ce mot si simple et pourtant si tabou. Il s'étonne d'abord de trouver sur le mur une icône qu'il connaît bien. Celle de sa fondation. Et lorsqu'il clique dessus, il arrive directement sur son propre bureau. Tout est là, sous ses yeux. Depuis cet ordinateur, Hadrien peut accéder à l'ensemble des données, des fichiers et des informations d'Ange. Même à ses propres mails. Abasourdi, il ouvre ensuite le provider des mails de son fils. Et au deuxième message envoyé, il écarquille les yeux, porte sa main à sa bouche et ne peut retenir un gémissement. Les mains tremblantes, il attrape son smartphone et recherche avec fébrilité le numéro de Jeanne Muller.

48

Marco est assis en face de Jeanne. Ses traits sont tirés mais il affiche toujours la même décontraction. Il regarde sa montre avec nonchalance et une forme affectée d'ironie.

— Quel dommage, commissaire, nous allons bientôt devoir nous séparer. Je dois vous dire que l'hôtellerie n'est pas terrible chez vous. Je vais être obligé de vous mettre un avis merdique sur TripAdvisor.

Jeanne le regarde, penche légèrement la tête et sourit.

— Et qu'est-ce qui vous fait croire que vous allez sortir ?

— C'est bon, vous fatiguez pas, j'ai vu mon avocat. Vous n'avez rien du tout pour me retenir, pas la peine de me faire votre sketch.

Elle se lève, s'approche de lui et s'assoit sur le bureau.

— Non, ça, c'était avant, mon petit Marco.

— Avant quoi ?

— Avant qu'on ne retrouve le corps de Samia, tabassée à mort, ce matin. Et pas si loin que ça de chez toi. Ils sont un peu cons, tes potes, non ? Tant qu'à la faire disparaître ils auraient pu prendre soin de mieux planquer son corps et, si possible, plutôt à l'opposé de ta baraque. Quel manque de professionnalisme. Le métier se perd, non ?

Marco commence à s'agiter sur son siège, et ça, c'est plutôt bon signe, se dit Jeanne.

— Qu'est-ce que vous racontez, c'est quoi ces conneries ? De toute façon, j'étais coincé ici, moi. J'ai rien à voir avec ça, putain !

— Le problème c'est que lorsque j'ai raconté tout ça à ta petite copine, elle a soudain retrouvé la mémoire. Eh oui, être mêlée à un assassinat, c'est pas la même chose que couvrir son petit ami qui s'est un peu trop énervé sur une fille. Et figure-toi qu'elle est plus vraiment sûre d'avoir passé le week-end avec toi quand tu as agressé Samia la première fois... C'est con, non ?

Cette fois, le suspect a l'air carrément flippé. Il fait mine de se lever mais Muller pose sa main sur son épaule avec fermeté.

— Reste assis, Marco. Mais tu as raison de t'inquiéter parce que, sans alibi et avec un cadavre sur le dos, là, c'est direct la préventive, et pour longtemps. Et même ton avocat de luxe n'y pourra rien. Alors, si tu sais quelque chose sur Samia, c'est le moment ou jamais de l'ouvrir. Et en grand. Tu comprends ça ?

Pour la première fois, Jeanne le sent impliqué, concentré. Quand il s'agit de sauver son cul, même le pire des connards se met à réfléchir. Pour de bon.

— Ouais, ouais. Attendez, il y a un truc qui me revient. Une fois ou deux, elle, Samia, m'a parlé d'un gars bizarre qui la collait. Un client. Elle n'avait pas vraiment peur mais elle disait qu'il s'attachait trop, vous voyez. Il voulait la voir de plus en plus souvent, plus longtemps. Elle ne savait pas trop comment s'en sortir... C'est lui qu'il faudrait retrouver.

— Dis donc, je croyais que tu ne la connaissais pas vraiment, Samia, elle se confiait pas mal à toi quand même, pour une inconnue...

— Oui, bon, on traînait dans les mêmes endroits, on se croisait pas mal, quoi, vous savez ce que c'est, à force, on se parle et on finit par se raconter un peu nos lifes, c'est tout. Mais je la connaissais pas plus que ça.

Jeanne retourne s'asseoir à son bureau. Elle fixe Marco pendant quelques secondes puis regarde son téléphone.

— Il va falloir faire mieux que ça, il me faut un nom, une description... (Elle fait mine de fouiller dans son portable.) Où j'ai bien pu mettre le numéro de ce juge d'instruction. C'est dingue, non, le nombre de contacts qu'on peut accumuler sur nos téléphones, tu ne trouves pas ? Ah, le voilà...

— Attendez, attendez, je me souviens... Je crois que c'était un truc comme Michel. Je l'ai vu une fois, elle me l'a montré comme ça, de loin. Un type assez grand, mince, plutôt jeune, vingt-cinq max, cheveux blonds... (Il se tient la tête à deux mains et ferme les yeux.) Non, putain ! Pas Michel... Daniel, c'est ça, c'est Daniel, je suis sûr maintenant !

Jeanne repose son téléphone. Un prénom, une description, et peut-être bientôt un portrait-robot. Elle savait dans quel hôtel Samia « exerçait » ses talents. Si ce type ne la lâchait pas, il devait aussi y aller régulièrement, il avait peut-être laissé des infos, un nom...

— C'est fou, non, comme les mots « juge » et « instruction » peuvent faire recouvrer la mémoire, hein Marco ? Bon, on va vérifier tout ça. (Elle regarde sa montre.) On a encore deux heures avant que tu nous quittes, ça devrait être suffisant.

Elle s'amuse de la tête que fait Mariotti. Si la situation n'était pas aussi critique, elle le ferait bien mariner encore un peu dans son jus de stress.

— En fait, on n'a pas retrouvé Samia, ni morte ni vivante. Et toi tu vas pouvoir retourner à tes activités dégueulasses de petit maquereau merdique. Mais te leurre pas, je ne vais pas te lâcher, Marco, ni moi ni aucun des flics de Paris. Et tu vas finir par plonger, ça, je te le promets. Tu le rencontreras bientôt, le juge d'instruction, ne te fais aucun souci là-dessus.

Il y a d'abord du soulagement dans le regard de Mariotti, un soulagement bientôt remplacé par de la haine à l'état brut.

— Espèce de... putain. Vous avez pas le droit...
— Si, si, j'ai le droit, tu crois que tu es le seul à pouvoir te foutre de la gueule du monde, eh bien non. Et je te conseille de continuer à chercher ce qui a pu arriver à Samia, sers-toi de tes contacts. Si jamais tu as des informations, tu me les donnes immédiatement. C'est la moindre des choses que tu puisses faire pour elle, maintenant.

— Je suis pas une balance !
— Mais si, Marco, mais si, je suis certaine que tu feras ça très bien.

Elle prend son téléphone.

— Oui, Éric, c'est moi, vous pouvez venir chercher monsieur Mariotti... Oui, il va nous quitter, mais nous avons le bonheur de le garder encore pendant deux heures. Il est si attachant.

Lorsque Marco quitte son bureau, Jeanne va sur la terrasse et allume une cigarette. Au bout de deux bouffées elle se met à tousser, de plus en plus fort. Une douleur aiguë lui transperce la poitrine. Le début de la fin, pense-t-elle immédiatement. Il faudra qu'elle aille voir un médecin. Il faudrait qu'elle fasse tant de choses, en vrai. Mais elle gérera ses urgences personnelles quand elle aura réglé toutes les autres. Son portable se met à vibrer, elle regarde le nom qui s'inscrit et décroche sans hésitation.

— Allô... Oui... Oui, bien sûr... Non, ne bougez pas, j'arrive tout de suite !

Elle jette sa cigarette par-dessus le balcon et la regarde tournoyer et s'écraser au sol en libérant quelques petites étincelles. Comme un minuscule feu d'artifice, comme pour célébrer le fait que les choses, enfin, vont peut-être tourner en leur faveur.

49

Aussitôt que Daniel est entré dans la pièce, son rire s'est éteint. Il m'observe pendant que je suis adossée contre le mur et que je sanglote comme une imbécile. Il vient s'asseoir juste à côté de moi et se met à chantonner.

— *I'll send an SOS to the world, I'll send an SOS to the world, I hope that someone gets my, I hope that someone gets my, I hope that someone gets my, Message in a bottle...* C'est moi qui ai eu ton message, Samia, et j'ai bien l'impression que ta bouteille va rester à la mer... Je suis désolé. Je vais t'enlever ton bâillon, maintenant, mais tu dois promettre de ne pas crier. D'accord ?

J'acquiesce de la tête, je veux qu'il me retire ce truc, à tout prix. J'étouffe, j'ai l'impression que mes propres sanglots me noient. Une fois le tissu retiré, je respire un grand coup, ma gorge est encore sèche et j'ai l'impression que mes lèvres sont en carton. Je commence à parler, tout doucement.

— Daniel, ça ne va pas, il faut me laisser partir. Je... j'ai compris que vous vouliez me voir, je vous promets que nous pourrons le faire. On se verra régulièrement, quand vous voudrez, on pourra parler. Mais pour cela j'ai besoin d'avoir confiance en vous. Et d'être libre.

Il ose à peine me regarder. Pourtant, dans un effort immense, il ose poser sa main sur mon genou. Sa respiration se fait hachée, son visage est écarlate. N'y tenant plus, il retire sa main d'un geste vif, comme si mon corps était devenu incandescent. Comme s'il s'était brûlé.

— Je sais, Samia, je sais que nous allons nous voir. Bientôt nous nous verrons aussi souvent que nous le voulons. Je crois que j'ai trouvé une solution pour ça. Je sais que nous pouvons être heureux, avoir une vraie famille. Moi, je ne l'ai jamais été autant que pendant nos échanges… avant.

Ses paroles me terrifient. Et le retour du tutoiement n'est pas un bon signe. Il y a dans son regard une sorte d'exaltation qui lui donne l'air d'être ailleurs, parti je ne sais où. Je dois essayer de le faire revenir sur terre, de lui faire comprendre toute la folie de ses actes.

— Mais je ne peux pas être heureuse si je suis prisonnière. On ne peut pas forcer les gens au bonheur, Daniel, c'est impossible. Il faut juste nous laisser une chance de le devenir, normalement. Sans contrainte. S'il vous plaît.

Cette fois, il n'y a plus d'hésitation dans sa réponse.

— Non, tu verras, tu seras heureuse ! D'abord, nous allons partir d'ici. Il n'est pas bien cet appartement. Il ne faut pas rester ici. Tu dois venir avec moi, Samia, il le faut.

Je n'ai pas vraiment le choix, si je le braque, je sens qu'il peut aller à la rupture. Je me souviens de son regard quand il avait approché le cutter de mon visage... Je me souviens de cette lueur de colère, de cette rage prête à éclater. Il se relève et m'observe attentivement. Ses yeux se portent sur tout mon corps, sur mes jambes, mes cuisses, ma poitrine, remontant vers mon visage. Il y a moins de gêne, maintenant, moins de retenue.

— Tu dois avoir envie de boire, Samia. Je ne crois pas que ta tentative de tout à l'heure ait pu étancher ta soif. Et il fait si chaud, ici. Attends, ne bouge pas, je reviens.

Il quitte la chambre en laissant la porte ouverte. Un instant, je me dis que je pourrais peut-être en profiter. Mais en profiter pour quoi ? Pour sauter comme un kangourou à la con avant de me cogner dans mon ravisseur ? Pour lui donner un coup de boule quand il reviendra... ? Presque aussi débile que ma tentative pour ouvrir la bouteille. Donc, j'attends, assise sur la moquette, la perspective de pouvoir enfin m'inonder la gorge de flotte, boire à l'infini, sans limite. Lorsqu'il revient, il tient dans sa main un grand verre d'eau qu'il me tend. Je m'en saisis, et rien que le contact frais de cet objet si banal me comble de joie. J'y porte mes lèvres et commence à boire, d'abord doucement, puis, d'un seul coup je vide le contenu en quelques secondes. Mais ce n'est pas suffisant, j'en ai encore envie, je crois que je pourrais en absorber des litres, que je pourrais boire une rivière. Je sens le liquide dans mon œsophage, dans mes intestins, je sens que tous mes organes le réclament, ils hurlent leur soif. Je tends mon verre.

— J'en veux encore, s'il vous plaît, Daniel, donnez-m'en encore.

— Bien sûr, tout ce que tu voudras... Attends, je reviens.

Bien sûr que j'attends, qu'est-ce que je pourrais bien faire d'autre... Je regarde la lumière qui s'infiltre à travers le store, dans la chambre. Elle est moins forte qu'il y a cinq minutes. De moins en moins forte. Peut-être que le jour s'achève, j'ai perdu la notion du temps. Je m'adosse contre le mur car j'ai l'impression de perdre l'équilibre. J'ai la tête qui tourne et je sens une nausée qui m'envahit. Et qui me retourne l'estomac. Je n'aurais pas dû boire aussi vite, je crois. Ma mère me disait toujours de ne pas boire trop vite, quand j'étais enfant. C'est bien un des rares conseils qu'elle m'ait jamais donnés... Je revois son visage, mais comme dans un rêve, dans un cauchemar, plutôt. Son regard de mépris, sa colère quand je revenais de chez le voisin. J'essaie de me tenir droite mais je bascule sur le côté, je n'arrive vraiment plus à trouver mon équilibre. La tête posée sur la moquette je regarde encore la fenêtre. Cette fois, il n'y a plus de lumière du tout, tout est sombre. J'ai la nausée, je sens que je vais être malade et, dans un flash, je comprends. Daniel est à côté de moi, il a posé un genou au sol et me tient le visage.

— Vous... Vous m'avez droguée, Daniel... Pourquoi ?

Il me caresse la joue mais je ne sens presque pas ses doigts, j'ai l'impression que tout mon corps est anesthésié, insensible.

— Il le faut, c'est mieux. Bientôt tu comprendras, bientôt on sera heureux.

Je voudrais hurler, je voudrais pouvoir lui déchirer le visage avec mes ongles, me battre. Mais plus rien ne fonctionne. J'ouvre encore la bouche pour dire quelque chose mais seul un gargouillis incompréhensible s'échappe de ma gorge. Je tente dans un ultime effort de tourner ma tête vers la fenêtre, mais maintenant je ne vois plus rien. Je me laisse sombrer et je pense à cette chanson de Police « *I hope that someone gets my…* ». Jeanne… Jeanne, s'il te plaît, j'espère que tu vas la trouver, ma putain de bouteille…

50

« Cette salope de flic m'a bien baladé », rumine Marco. Comment est-ce qu'il a pu être aussi con, se demande-t-il alors qu'il ouvre la porte de sa petite maison. Enfin, il n'a rien lâché de bien important, et l'essentiel, c'est que le business continue. Un instant, il se demande ce que Samia a bien pu devenir. Mais il se dit qu'avec sa grande gueule elle a dû finir par se foutre vraiment dans la merde. Bien fait pour cette conne. En plus, maintenant, inutile d'espérer récupérer son fric ou qu'elle lui ramène une copine. C'est la petite protégée de Muller, dorénavant. Si elle refait surface un jour, elle sera intouchable. Il se demande un instant si la flic couche avec la petite. Ça l'étonnerait pas de Muller, elle a bien une tête de gouine, celle-là. Il aurait dû lui demander, se dit-il en souriant. Et qu'elle ne compte pas sur lui pour obtenir des infos. Maintenant, il sait qu'elle n'a rien contre lui – il ne l'oubliera pas. En attendant, il va falloir se tenir à carreau et ça, ça ne va pas plaire au boss. Moins de tapin, moins de dope, moins de chiffre d'affaires... C'est comme ça. Quand il entre dans la maison, il se précipite sous la douche. Quatre-vingt-seize heures qu'il ne s'est pas lavé, impossible qu'il l'oublie jamais ! Lorsqu'il en ressort après une bonne dizaine de minutes, il s'arrête devant le meuble de la salle de bains. Il se penche et passe la main derrière le deuxième tiroir. Le petit paquet y est toujours. Décidément, ils sont toujours aussi nazes, ces keufs. En même temps, comme ils sont venus avec leur propre dope pour le faire tomber, ils n'ont pas dû fouiller avec beaucoup d'énergie. Ça aussi, il s'en souviendra, bordel !

Il retourne dans le salon, prend de l'herbe dans le petit sachet qu'il a récupéré et se roule un pétard hyper-costaud. Il va lui falloir au moins ça pour décompresser. Il n'a jamais vraiment touché aux drogues dures. Il en a tellement vu les effets sur les milliers de consommateurs qu'il a fournis dans sa « carrière » que cela lui a permis de rester dans les limites du raisonnable. Il en a tant vu, des filles fraîches, pleines de vie, dépérir si vite et ressembler à des cadavres trop maquillés au bout d'à peine six mois à cause de cette merde. Le fait que ce soit lui qui leur en ait fourni en grande quantité n'a jamais tellement frappé sa conscience. Pour cela, encore faudrait-il qu'il en ait une. Il n'était pas issu d'un milieu défavorisé, n'avait pas été abandonné à la rue et à lui-même dès sa plus tendre enfance. Il n'avait manqué de rien. Et c'était peut-être ça, son problème. On peut même affirmer qu'il avait été ce qu'il est admis d'appeler un enfant gâté vivant sans contrainte et sans frustration. Une vie qui l'avait assez rapidement éloigné de ses études et qui l'avait entraîné dans une recherche toujours plus vive de plaisirs rapides et de conquêtes faciles. Mais toute la générosité et la patience de ses parents n'avaient bientôt plus suffi à satisfaire ses besoins toujours croissants. Il avait fallu trouver de l'argent. Beaucoup, et sans trop se fatiguer. C'est à ce moment-là qu'il avait rencontré ces types. Il était plutôt beau gosse, pas trop con, n'avait pas peur de grand-chose et ne possédait aucune forme d'empathie pour la détresse, la souffrance et la misère. Le candidat idéal pour devenir le parfait petit dealer en plus de l'efficace souteneur. Il préférait ce terme de souteneur à celui de « maquereau », dont il n'avait jamais compris le sens. Un gars lui avait dit une fois que ça n'avait rien à voir avec le poisson, que ça venait du néerlandais, que ça voulait dire « courtier », ou un truc comme ça. Ça changeait rien, poiscaille ou pas, ça ne lui plaisait pas, et en plus il trouvait que dans le mot souteneur il y avait une notion d'aide. Et c'est vrai qu'il avait souvent aidé des filles en galère, passé un peu de dope et même, parfois, rarement, prêté de l'oseille. Bon, évidemment, il fallait qu'elles remboursent, avec de gros intérêts, et il n'avait jamais hésité à rappeler aux retardataires qu'il ne plaisantait pas avec ça. Et quand il s'agissait de rappeler les règles, il fallait parfois le faire avec force et détermination. Il ne prenait pas son pied à tabasser ces nanas, mais il devait avouer qu'il ne trouvait pas cet aspect du boulot vraiment désagréable. En plus, il était assez doué pour ça. Faire mal sans laisser trop de traces était un art complexe qu'il maîtrisait à la perfection. Et cela présentait deux gros avantages. La nana pouvait retourner bosser et elle était moins crédible si jamais il lui venait l'idée à la con d'aller se plaindre aux flics.

Il a presque fini son joint, maintenant, et il se sent bien, lavé des trois derniers jours, prêt à reprendre le boulot. Il repense à la demande de cette flic, de rechercher Samia... Qu'elle aille se faire foutre avec sa petite pute, il allait quand même pas faire son job ! Il s'apprête à se rouler un second spliff quand il entend la sonnette de l'entrée. Un truc débile que lui a acheté sa copine, une espèce de petit carillon à la con qui faisait comme un chant de Noël. Il fallait qu'il songe à le virer, ce truc. Comme sa copine, d'ailleurs. Il regarde sa montre, il n'est même pas 11 heures. Qui peut bien débarquer chez lui à cette heure-là. Tous ceux qui le connaissent savent que c'est encore la nuit, pour lui. Avant d'aller regarder, il passe dans la cuisine. À droite du lave-vaisselle, il s'accroupit et soulève un morceau du carrelage dans lequel il a aménagé une petite trappe. Il aime bien ce genre de truc, il a l'impression d'être une sorte d'agent secret, ça l'éclate. Il s'empare du 9 mm et le glisse dans la poche arrière de son vaste bermuda. On n'est jamais trop prudent, se dit-il en se dirigeant avec nonchalance vers la porte.

— C'est qui ?

Il attend une seconde ou deux puis réitère sa demande, en vain. Il avait voulu installer un judas ou, mieux, une caméra depuis longtemps, mais il n'avait jamais trouvé le temps ou l'énergie de le faire. Encore un truc à mettre sur ma putain de to-do list, se dit-il en actionnant la poignée de la porte... qu'il ouvre sur le vide. La personne qui a sonné a dû se barrer. Peut-être une blague de môme. Si jamais il en choppe un, un jour, il leur fera passer l'envie de jouer, à ces morveux. La tête lui tourne un peu, après trois jours d'abstinence, il se dit qu'il aurait dû un peu moins charger le pétard. C'est au moment où il va refermer que la silhouette massive surgit devant lui, occupant presque toute l'ouverture. Il recule aussi vite que possible, manque de tomber alors que le type s'avance avec vivacité vers lui. Une poussée d'adrénaline envahit son cerveau et il attrape son flingue dans sa poche, mais il a à peine le temps de le brandir devant lui qu'un premier coup l'atteint en plein visage et l'envoie au sol. Le gars a dû frapper avec quelque chose, quelque chose de dur, de costaud. Il a tout de suite senti l'os de son nez exploser, et une douleur fulgurante lui ravage le crâne. Dans sa chute, il a lâché son arme. Il tente désespérément de la récupérer mais ses yeux sont envahis de sang, de larmes. Au moment où il croit l'apercevoir, à un mètre de lui à peine, au moment où il se lance pour s'en saisir, un deuxième coup s'abat sur son crâne, puis un troisième, sur ses côtes. La douleur est intolérable, il sent une nausée violente s'emparer de tout son corps. En puisant dans ses dernières ressources, il trouve la force d'articuler une phrase.

— Attendez, putain, vous allez me tuer, qu'est-ce que vous voulez, j'ai de l'argent, bordel, beaucoup d'argent, je vous le donne...

La seule réponse qu'il obtient de son agresseur est un second coup de pied dans les côtes, un coup qui lui déchire la poitrine. Il sait qu'il a des ennemis dans ce milieu pourri, mais il ne pensait pas que ce genre de truc pourrait lui arriver. Il va bientôt sombrer, les battements de son cœur résonnent dans sa tête comme les cloches de Notre-Dame, et une douleur assourdissante se répand dans tous ces membres. Mais avant de perdre connaissance, il devine la silhouette qui se penche vers lui, qui approche son visage du sien. Puis une voix froide, pleine de colère contenue.

— Ce n'est que le début, Marco... Que le début.

51

Ils sont si beaux. Elle ne se lasse pas de les regarder. Mais le petit garçon pleure beaucoup. Beaucoup trop. Elle aussi, quand elle était toute petite, sa mère disait qu'elle pleurait tout le temps. Que c'était dur pour elle, que parfois elle aurait tout donné pour que sa fille se taise. Un jour, elle lui avait dit : « Si ton père n'avait pas été là, j'aurais pu te jeter par la fenêtre. » Elle croit bien qu'elle ne mentait pas... C'est triste qu'elle n'ait pas pu la voir avant qu'elle meure. Elle aurait voulu lui dire tant de choses. Lui dire qu'elle savait la vérité sur son père. Que tous ces mensonges à elle, toutes ses manipulations n'avaient pas réussi à lui faire oublier ce qu'elle avait vu ce soir-là. Elle dormait si mal quand elle était petite. Et durant cette nuit, il y avait un orage terrible comme il y en a parfois les soirs d'été. Quand il a fait trop chaud dans la journée. Elle s'était réveillée en sursaut et s'était assise dans son lit, terrifiée par le tonnerre et les éclairs qui projetaient des ombres gigantesques et monstrueuses sur les murs de sa chambre. Elle devait avoir 4 ans, presque 5. Après peut-être une demi-heure d'enfer, elle s'est levée. Elle voulait fuir les silhouettes fantasmagoriques que la colère du ciel envoyait comme pour la punir. Elle est arrivée sur le palier et s'est assise en haut de l'escalier. Il y avait un peu de lumière en bas, et on entendait les voix de son père et de sa mère. Ça venait de la cuisine et ça la rassurait. Papa la rassurait toujours. Elle aurait pu rester toute la nuit en haut de cet escalier à l'écouter, toute sa vie. Elle ne comprenait pas ce qu'ils se disaient, elle entendait les mots comme dans un rêve, comme quand un enfant s'endort dans le salon en écoutant les adultes. D'ailleurs, au bout d'un moment, elle s'est endormie. Ce sont les cris de sa mère qui l'ont réveillée. Cette fois-ci, elle comprenait tout ce qu'elle disait.

— Tu ne peux pas faire ça ! Tu ne peux pas me faire ça après tout ce que j'ai sacrifié pour toi.

Elle n'avait pas bien entendu ce que son père répondait, il parlait beaucoup moins fort. Mais elle percevait de la tristesse dans sa voix, pas de la colère. Maman a continué. Elle parlait de plus en plus fort, elle hurlait, maintenant.

— Salopard, je suis sûre que c'est à cause de cette fille, de cette petite pute dont tu m'as parlé tant de fois. Elle n'a pas eu trois enfants, elle, elle n'est pas fatiguée, elle n'a pas les seins qui pendent ! C'est ça, hein ! Mais dis-le, putain, dis-le que c'est ça !

Elle n'a jamais entendu sa maman dire autant de gros mots et elle ne comprend rien à son histoire. Elle descend dans le couloir de l'entrée. La cuisine est juste à gauche, à un mètre ou deux du bas de l'escalier. Cette fois, elle entend aussi son père.

— Arrête, s'il te plaît, arrête. Ça n'a rien à voir avec cette fille. Je... je ne t'aime plus, c'est tout, c'est triste mais c'est comme ça. On va faire au mieux, pour les enfants. Pour toi aussi, je te promets. Mais je vais partir. Je suis désolé.

— Ah bon, tu vas faire au mieux pour moi ? Au mieux ! Tu me laisses tomber comme une merde et tu me dis que tu vas faire au mieux. Tu te fous de ma gueule, en plus ! Si tu veux faire quelque chose de bien, ne pars pas. Reste là, affronte la réalité avec moi, la vie de tous les jours, les enfants, les emmerdes... Mais tu es trop lâche pour ça, tu préfères fuir. Voilà, tu es un lâche, un sale putain de lâche.

— Je comprends... Tu as le droit de m'insulter, si tu veux... Mais ça ne changera rien. Je vais partir, demain. Je dirai en revoir aux enfants, je leur parlerai...

— Et tu vas leur dire quoi, que tu ne me supportes plus ? Que c'est de ma faute ! C'est ça, hein, tu vas bien me pourrir jusqu'au bout, espèce de salaud... Et quand je pense que tu as insisté pour qu'on ait la petite. Je me souviens très bien de ce que tu m'as dit : « Ça sera super, c'est bien trois enfants, trois c'est un bon chiffre. » Un bon chiffre, tu parles. En tout cas, cette gamine, c'est pas le bon numéro, crois-moi ! Et tu me laisses avec ça sur les bras... Mais non, ça ne va pas se passer comme ça, c'est trop facile, tu ne vas pas partir, ça non. Je te jure que tu vas rester là !

Elle sent un changement dans la voix de sa mère. Il y a plus que de la colère, maintenant, dans sa voix. Il y a de la détermination et aussi quelque chose d'infiniment menaçant. D'ailleurs, quand son père répond, sa voix laisse transparaître de l'inquiétude. Plus que de l'inquiétude, de la peur.

— Qu'est-ce que tu fais ? Pose ça ! Tu es folle. Reste ou tu es, merde, ne t'approche pas de moi...

Il pousse un cri, puis un deuxième... Puis elle entend le bruit d'une chute, et après, comme un gémissement. Et puis plus rien. Elle ne veut pas voir, ne veut surtout pas aller dans cette cuisine. Mais c'est comme si elle ne contrôlait pas son corps. Quand elle passe la tête, elle voit d'abord sa mère assise par terre, à côté du corps de son père. Il y a du sang, beaucoup de sang. Une mare écarlate qui s'élargit lentement sous le ventre de l'homme. Le visage de sa mère est étrangement calme, elle contemple sa main dans laquelle elle tient encore le long couteau de cuisine. Elle n'a pas l'air triste, horrifiée ou désemparée. Juste calme, presque sereine. Sauf quand elle voit sa fille. Tout son visage se modifie alors d'un seul coup. Elle se lève et il y a de la rage sur ses traits. Elle la pousse sans ménagement hors de la pièce. Elle la regarde droit dans les yeux en la tenant par les épaules.

— Tu n'as rien vu, tu m'entends, rien ! Si tu répètes quoi que ce soit à quelqu'un, je le saurai. Et si je l'apprends... Tu as vu... Retourne dans ta chambre, tout de suite. Et oublie tout ça. Dépêche-toi !

La petite fille n'a pas dormi de la nuit, elle a entendu des bruits, des voix, aussi. Son grand frère qui criait, qui pleurait. Mais, le lendemain matin, tout semblait normal. Elle est arrivée dans la cuisine, et sa maman et son frère prenaient leur petit déjeuner. Leurs visages étaient tirés, ils avaient l'air épuisés, mais ils prenaient leur café. Son frère lui a demandé si elle voulait un croissant. Elle a dit non et s'est mise à pleurer. Après elle s'est convaincue qu'elle avait fait un cauchemar, et tout le monde a eu l'air d'accepter le fait que son père soit parti comme ça, sans leur dire où il allait. Mais maintenant elle sait, elle sait que c'est sa mère qui l'a tué. Ce sont les psychiatres qui l'ont aidée à reconstruire les images, et elles sont très claires dans sa tête, aujourd'hui. Très claires et très présentes. Trop présentes. Ils ont dit aussi que tout ça était prescrit, que le plus important était qu'elle le sache, qu'elle puisse se reconstruire, comprendre. Très bien. Alors elle a décidé de tout reconstruire...

Elle rouvre doucement les yeux et quitte son passé pour revenir au présent. Ce soir, elle en a donné plus au petit garçon, beaucoup plus, pour qu'il se calme enfin. Et elle lui a donné le médicament. Ça a l'air de fonctionner. Elle caresse son visage, son doigt sur sa joue à l'air immense, ils sont si petits, si fragiles. Il est si calme, maintenant. On dirait un petit ange, un petit ange du Seigneur.

52

Quand Jeanne arrive dans le hall, elle est interpellée par un des agents. Il s'appelle Brahim, c'est un bon élément qui ne demande qu'à aller sur le terrain. Il veut « de l'action », et il ne cesse de lui répéter qu'il n'a pas signé « pour faire le planton ». Raison pour laquelle la commissaire Muller le colle aussi souvent que nécessaire à l'accueil. Il n'en appréciera que plus le jour, très prochain, où elle le mettra sur une opération.

— Madame la commissaire, attendez, il y a une jeune fille qui voudrait vous parler... Là.

Il désigne du doigt une gamine qui doit n'avoir guère plus de 18 ans, elle est grande, mince, plutôt très jolie, mais on devine une angoisse profonde dans son regard perdu. Jeanne n'a vraiment pas le temps de la recevoir, mais son instinct lui commande de s'approcher d'elle.

— Bonjour mademoiselle, je suis la commissaire principale Muller. Qu'est-ce que vous vouliez me dire ?

Elle a ajouté « principale » comme ça, peut-être juste pour faire sentir à son interlocutrice qu'elle n'est pas n'importe qui, que son temps est précieux et qu'il va falloir être efficace. Ou simplement parce que c'est son grade, après tout. La jeune femme la regarde un peu inquiète, presque méfiante.

— Ah ! c'est vous la commissaire... Samia m'a parlé de vous. Souvent.

— Vous connaissez Samia ?

— Ben oui, c'est pour ça que je voulais vous voir, je sais qu'elle a disparu et tout...

Jeanne s'impatiente, elle devrait déjà être en route pour le domicile de Béjart.

— Si vous avez des informations sur sa disparition, mademoiselle, c'est le moment ou jamais de nous le dire.

Jennifer observe la commissaire. On dirait qu'un combat intérieur se livre dans sa tête, et puis, d'un seul coup, une digue se rompt et elle éclate en sanglots.

— C'est ma faute. C'est moi qui ai appelé ce mec, Daniel, pour lui dire qu'elle viendrait me voir. Il... Il m'a donné du fric, voilà... Mais j'ai trop mal, madame, depuis qu'il l'a emmenée, je dors plus. Il faut la retrouver, s'il vous plaît.

Jeanne appelle Abdessatar, elle sait qu'il est à son bureau, elle vient de le prévenir qu'elle partait avec un gars de l'informatique chez Béjart. D'ailleurs, le type en question l'attend devant la grande porte vitrée. Elle ne le connaît pas bien mais il paraît qu'il est compétent, que c'est un petit génie des ordinateurs. Enfin, c'est ce que lui a dit Éric, qui a ajouté aussitôt, « de toute façon c'est le seul dispo ».

— Oui, Abdessatar, il faudrait descendre, là, nous avons quelqu'un qui souhaite nous apporter un témoignage sur la disparition de Samia... Je ne sais pas mais oui, ça a l'air sérieux... Oui, j'y vais, justement, dépêchez-vous.

Jennifer se tient la tête entre les mains, et lorsqu'elle regarde de nouveau Muller, son visage est baigné de larmes.

— Je suis désolée... Je m'en veux trop. J'étais énervée contre elle. Peut-être parce qu'elle commençait à s'en sortir, je sais pas. Je vais aller en tôle, vous croyez ?

Jeanne pose une main sur son bras, un geste qu'elle imagine apaisant.

— Je ne sais pas, c'est une possibilité qu'on ne peut pas écarter à ce stade, mais vous avez tout de même bien fait de venir. Il vaut mieux être en prison avec la conscience apaisée que dehors écrasé par la culpabilité, non ?

La fille la regarde sans avoir l'air de bien comprendre. Il faut dire que c'est assez débile, cette phrase, se dit Jeanne. Ce besoin toujours de dire quelque chose...

— Laissez tomber, c'était con. Bon, vous êtes là, c'est l'essentiel. On va tout faire pour la retrouver. Vous allez tout raconter à mon collègue. Tenez, le voilà.

Après l'avoir confiée à Abdessatar, elle se précipite vers la porte et attrape au passage l'informaticien.

— Venez, Gilles, c'est bien votre prénom, oui ? Parfait, on y va.

Le gars semble paniqué, surtout quand elle l'invite à monter dans sa voiture. Il reste figé devant la Maserati, comme s'il s'agissait de quelque monstre sorti tout droit des enfers.

— Ben montez, vous attendez quoi ? On est un peu pressés mon vieux.

— Justement, madame la commissaire, je préfère vous dire, hein, je suis malade en voiture, alors si vous pouviez rouler doucement... Ce serait bien.

Si la situation n'était pas si critique, elle pourrait presque se mettre à rire, mais ce n'est pas l'option qu'elle retient. Elle s'approche de l'informaticien et l'attrape par le col en le fusillant du regard.

— Montez tout de suite dans cette voiture ! Et je vous préviens que s'il vous prenait l'idée saugrenue de dégueuler sur mes sièges, je vous envoie illico soigner votre mal des transports dans un endroit si désolé que même vos copains informaticiens ne voudront pas vous rendre visite. Allez, ouste !

Lorsqu'elle démarre en trombe dans la grande avenue, le visage de Gilles est aussi pâle qu'une lune d'hiver. Il ne leur faut qu'une dizaine de minutes, tout gyrophare allumé, pour arriver chez Michel Béjart. Muller se gare n'importe comment. Le moteur n'est même pas encore coupé quand Gilles ouvre précipitamment la portière et se met à vomir dans le caniveau. Elle lui tape sur l'épaule et lui tend un Kleenex.

— Merci d'avoir attendu qu'on soit là, Gilles, ça me touche vraiment. Nettoyez-vous vite et suivez-moi.

Quand ils arrivent devant la vaste entrée de l'hôtel particulier, le propriétaire les attend sous le porche. Il est livide et une inquiétude profonde marque ses traits. Il leur fait signe d'entrer.

— Venez, venez voir, c'est terrible. Il y a tout, les noms de ces pauvres gens, les adresses des maternités, les dates des naissances, les prénoms des enfants... Je ne sais pas comment il a fait. Bon, oui, il avait accès aux dossiers de la Fondation, mais après...

Il les dirige vers la chambre d'Hadrien et invite Gilles à s'asseoir devant l'ordinateur. Aussitôt le technicien semble reprendre ses esprits, il pose les mains sur le clavier et se met à taper à toute vitesse.

— Sacré matos, hein ! Bon, votre fils a aussi piraté les sites des maternités dans lesquelles ont eu lieu les enlèvements, c'est comme ça qu'il a su pour les dates des accouchements. Il a essayé d'effacer les traces de son passage, mais bon… Ça, c'est vraiment mon truc, vous voyez. On me la fait pas, quoi.

Il a dit ça avec un petit sourire victorieux. Il est vraiment transfiguré. Le type falot qui dégobillait ses tripes quelques minutes plus tôt, la tête dans le caniveau, ressemble maintenant à un héros de *NCIS*. C'est donc ça, la magie de l'informatique, se dit Muller.

— Parfait Gilles, c'est très bien tout ça, mais maintenant nous voudrions savoir à qui il a envoyé ces informations, c'est possible ?

Il tapote rapidement sur le clavier.

— L'adresse ne nous indique rien à moins que vous connaissiez un M. ou une Mme « contact001m@gmail.com »… Mais bon, sur simple requête auprès du juge, on devrait pouvoir obtenir ça. Le problème c'est que ça peut prendre un peu de temps, n'est-ce pas commissaire ?

— Envoyez-moi ça sur mon mail parce que, du temps, on n'en a pas. Je vais le faire suivre à quelqu'un qui pourrait accélérer un peu les choses…

Ce qu'elle s'apprête à faire ne l'enchante guère. Si elle avait su un jour qu'elle aurait à appeler son ex pour lui demander ça… Mais si elle passe par la voie officielle, ce sera plus long, c'est certain. Son ancien mari n'avait pas pu s'empêcher de lui dire qu'il avait été nommé DG de Google France. Et il ne savait pas à quel point cette information allait être utile. Elle l'appelle directement sur son portable. À son grand étonnement, il lui répond tout de suite.

— Oui, bonjour, c'est moi… Pourquoi une mauvaise nouvelle ? Ne commence pas… Oui, je sais que ça fait des lustres mais… Bon, j'ai besoin de toi, voilà. Je vais t'envoyer une adresse IP et il me faudrait le nom du propriétaire… Arrête de rire, Francis, je suis sérieuse. C'est moi qui enquête sur la disparition des bébés… Bien sûr que c'est une adresse Gmail, tu me prends vraiment pour une conne ?… Oui, oui, je fais la démarche en parallèle, ce sera régularisé aujourd'hui, mais là, c'est urgent. Tu peux bien faire ça, merde, pour une fois que je te demande un truc… OK… Oui merci.

Elle raccroche et sourit à Gilles.

— Bon, c'était pas gagné, il m'a parlé de faute, de droit, d'éthique… Il a vraiment fallu qu'il arrive dans une boîte américaine pour que ces mots-là prennent un sens pour lui. Mais bon, on devrait obtenir l'info rapidement. Je lui ai transféré le mail. Et est-ce que vous avez eu des contacts avec votre fils depuis l'incident, monsieur Béjart ?

Il a l'air complètement désespéré quand il lui répond, d'une voix blanche.

— Non rien, je lui ai laissé des dizaines de message, je l'ai appelé. Pas de réponse. Je… J'ai essayé de le frapper quand, quand j'ai vu ce qu'il avait fait à… Bref, j'ai perdu mon sang-froid… Je m'en veux tellement.

— Vous ne lui avez rien dit sur ce que vous avez découvert, pour les mails, les informations qu'il a transmises ?

— Non, non, je ne voulais pas aggraver la situation... Mon seul but est qu'il revienne, madame Muller. Quoi qu'il ait pu faire, je suis certain qu'il y a une explication.

— Tant mieux, surtout ne lui dites rien, nous ne sommes pas censés avoir découvert ça. Et c'est toujours bon d'avoir un coup d'avance.

Avec le nombre de ceux que l'on a en retard dans cette affaire, autant ne pas gâcher celui-là. C'est con, pense encore Jeanne, s'il l'avait vraiment tabassé, ce petit con, au moins on l'aurait sous la main, maintenant. Mais il ne peut pas aller bien loin, de toute façon. Et un type en fauteuil roulant ne passe pas totalement inaperçu. On devrait pouvoir le retrouver facilement. Son signalement est déjà parti dans tous les commissariats. C'est l'affaire de quelques heures, se dit-elle sans y croire tout à fait. Lorsque son téléphone se met à vibrer, elle décroche sans attendre.

— Oui... OK, merci. Mais oui, bien sûr, la demande est déjà partie auprès du juge, t'inquiète pas, tu n'iras pas en tôle. Pas pour ça, en tout cas... OK, OK, oui, merci.

Elle raccroche et son regard plonge dans celui du père d'Hadrien.

— J'ai obtenu le nom et les coordonnées du propriétaire de cette adresse IP... Et je crois que vous connaissez cette personne, monsieur Béjart. Il s'agit de Valérie Bouvier... C'est bien votre ex-femme, n'est-ce pas ?

L'homme ne répond pas mais son visage est devenu gris comme de la craie sale, comme si une poussière ancestrale s'était soudain déposée sur sa peau, comme s'il venait de voir un fantôme. Sa voix n'est plus qu'un souffle froid, sans âme, comme une sentence mortelle.

— Foncez, commissaire, foncez... Mon Dieu, pauvres enfants...

53

Quand je me réveille, la nausée ne m'a pas quittée, elle est encore pire qu'avant. J'ai l'impression que ma tête est dans un étau, un étau chauffé à blanc. Je pousse une première plainte étouffée par mon bâillon, mon compagnon de souffrance. J'ouvre les yeux mais je ne vois rien, tout est noir et il fait une chaleur terrible. La soif est là, encore elle, mon ennemie intime depuis quelques jours. Celle qui me torture et finit par me trahir. Comment j'ai pu être assez conne pour ne pas me méfier. Mais même empoisonnée, même si je l'avais su, je ne sais pas si j'aurais pu m'empêcher de la boire, cette flotte. La soif est un maître implacable, non ? Et maintenant, j'en paie le prix... Juste au-dessus de ma tête il y a une surface dure, sur les côtés aussi. Partout je suis contrainte, enfermée, emprisonnée. Je commence à taper dessus avec mes deux mains liées. De plus en plus fort, avec toute ma rage et ma peur. Soudain, le ciel s'ouvre et mon dernier coup frappe le vide. Enfin, le ciel, façon de parler. J'aperçois juste un toit de béton et un néon blanc dont la lumière crue vacille, grésille, décline puis se relance comme un insecte qui refuserait de mourir. Et une seconde après apparaît la tête de Daniel. Ses yeux expriment une forme de bienveillance attentive, carrément flippante. Et sa voix doucereuse est encore plus inquiétante.

— Non Samia, tu ne dois pas t'énerver, tu dois rester calme. Me montrer que tu sais être raisonnable, responsable. Ça fait si longtemps que j'attends ça. Nous allons être heureux... Je vais t'enlever ton bandeau, mais « chut », tu ne dois pas faire de bruit, tu le sais, n'est-ce pas ?

Espèce de cinglé qui promet le bonheur à une fille qu'il séquestre dans un putain de coffre de bagnole ! C'est le genre de truc que certains types m'ont déjà raconté, que j'ai vu, entendu souvent, trop souvent. « Tu comprends parfois, faut un peu forcer les choses pour qu'une fille accepte, mais après, en vrai, elle est contente tu vois... » C'était en général suivi de « Je la tape un peu mais elle comprend, elle sait que c'est pour qu'on soit bien, au final. En vrai, c'est mieux. » Pauvres connards. C'était tout à fait le genre de mecs qui maintenaient leur femme sous un régime de terreur et de violence dont le paroxysme était généralement atteint quand elle essayait de se libérer de cette emprise mortelle. Je me souvenais d'une, elle habitait dans les pavillons, pas loin de la cité, c'était une voisine de Jennifer. Elle s'appelait Angélique, je crois. Elle était mariée avec un type un peu plus vieux qu'elle et ils avaient trois enfants. Une des dernières fois que je l'avais croisée, elle promenait le petit dernier dans une poussette. Il était tout blond, trop mignon. Je lui avais fait un sourire qu'il m'avait rendu mais sa mère, elle, n'avait pas prononcé le moindre mot. Son visage mangé par de grosses lunettes noires, elle avait accéléré le pas. Jennifer m'avait attrapé par le bras.

— Laisse tomber, Samia, c'est pas sa faute. Son mec a encore dû la tabasser. Putain, pourtant il a été condamné déjà une fois et il recommence, ce bâtard. Ça va mal finir ce truc je te le dis Sam...

Elle avait eu tellement raison ce jour-là. Deux mois plus tard, alors que ce mec avait été de nouveau condamné et qu'il était censé ne plus s'approcher de sa femme, il était revenu avec une carabine et il lui avait tiré dessus, dans la rue, devant leur maison et sous les yeux du petit dernier. Il lui avait tiré deux balles dans les jambes, et puis après il avait vidé un jerrican d'essence sur elle et l'avait brûlée vive. Voilà comment ça se termine quand « on force un peu les choses », messieurs... Alors, oui Daniel, je vais te montrer que je peux être raisonnable, jusqu'au moment où toi tu baisseras la garde, et là, je te jure que je ne te raterai pas.

Une fois mon bâillon enlevé, je reste dans le coffre. Il ne m'aide pas à en sortir. Je me racle la gorge avant de prononcer mes premiers mots, j'ai l'impression d'avoir du sable dans la bouche.

— Vous ne m'offrez pas à boire cette fois Daniel ?

Il y a de l'agressivité dans ma voix, je n'ai pas pu la retenir, trop de colère. D'ailleurs, il a un petit mouvement de recul.

— Il le fallait, Samia, c'est toujours pareil. Il y a des sacrifices à faire pour arriver à notre but.

Bien sûr, il faut juste « forcer un peu les choses ». Je connais le discours. Mais dans ma position il faut que je calme le jeu, il faut qu'il me fasse confiance. C'est vital.

— Je voudrais sortir, Daniel, sortir de là, j'ai l'impression d'avoir les jambes paralysées. S'il vous plaît…

— Bientôt, bientôt ma chérie. Nous devons attendre encore… Tu vas voir.

Encore contrainte, encore soumise. Moi qui m'étais jurée de ne plus jamais l'être. Si jamais je me sors de là, je jure de m'affranchir, de devenir libre. Je veux être comme Jeanne, elle au moins, personne ne lui dit ce qu'elle doit faire. En tout cas, c'est l'impression qu'elle me donne. Je dois avouer que je me suis attachée à elle. C'est toujours quand on est dans ce genre de situation qu'on fait ce type de constat. Quand c'est trop tard pour le dire aux gens concernés. Je me tourne un peu sur le côté, autant que peut me le permettre l'exiguïté de ce coffre. En faisant ça, je fais remonter ma robe sur mes jambes. Je porte des collants noirs tout simples mais la vue de mes cuisses vient percuter Daniel de plein fouet. Il ne peut porter son regard ailleurs que sur cette partie de mon corps. Sa respiration s'accélère. L'atrocité de la situation l'a semble-t-il fait complètement basculer, les dernières barrières qui le retenaient sont en train de céder. Quand je pense aux heures que nous avons passées ensemble, lui sagement assis sur le lit, osant à peine regarder mon visage, me racontant sa solitude, son envie de communiquer. Et dire qu'il m'attendrissait presque. Il avance sa main vers moi, son regard toujours bloqué, fixé sur mes jambes. Et il pose ses doigts sur mes collants. Il commence à les caresser, lentement, les yeux mi-clos. Il remonte vers l'intérieur de mes cuisses.

— Daniel, qu'est-ce que vous faites ? Je suis attachée, vous m'avez enlevée… Vous me parlez de construire quelque chose ensemble. Pour cela, il faut de la confiance. Je dois pouvoir me fier à vous. Arrêtez ça avant qu'il ne soit trop tard, que la confiance ne soit brisée à jamais.

Je tente le tout pour le tout. Il n'est évidemment pas question que je lui fasse jamais confiance, de toute ma vie. Mais je ne veux pas qu'il se laisse emporter par ses pulsions. D'ailleurs, il stoppe ses caresses et ouvre les yeux.

— Tu as raison. Ce n'est pas comme ça que les choses doivent se passer. Ça va aller, il te faut juste encore un peu de temps.

— Qu'est-ce que nous faisons ici, Daniel ? Pourquoi... Pourquoi tu ne me laisses pas ? Pourquoi tu ne me détaches pas, au moins. Je ne partirai pas, je te le jure.

Je suis moi aussi passée au tutoiement, peut-être que ça va nous rapprocher, on ne sait pas avec ce genre de type. Je me sens tellement misérable, tellement à sa merci. Et il le sait, je le vois dans son regard que ça lui plaît de m'avoir sous la main, en son pouvoir. Il paraît que parfois les otages créent des liens très forts avec leurs ravisseurs, qu'ils finissent même par pendre leur défense. Ça s'appelle le syndrome de Stockholm, je crois. Mais moi, je sais que si je restais des semaines enfermée avec lui, je nourrirais encore et avec force le même sentiment. La haine, juste la haine.

— Je ne sais pas si je peux te croire, Samia, tu m'as déjà menti tant de fois... Je veux bien te détacher les jambes, mais... Si tu tentes quoi que ce soit, je serai obligé de te punir. Tu comprends. Et ça, je ne le veux pas.

Il approche son cutter de mes chevilles avec, dans les yeux, de nouveau, cette lueur d'excitation que j'ai vue trop souvent dans le regard des hommes. Il coupe les scotchs d'un geste sec et précis. Puis il me saisit par le bras et m'aide à sortir du coffre. Je tiens à peine sur mes jambes tant elles sont ankylosées et je manque de m'effondrer sur le sol. Il me retient d'une main ferme et approche mon visage du sien. Je sens son souffle chaud sur ma joue, sa respiration qui s'accélère. Je me tourne vers lui, offre un mince sourire qui me brûle les lèvres, puis recule. Nous sommes dans une grande salle, une sorte d'atelier, ou un garage désaffecté. Une haute porte d'acier, comme une porte de parking, mange une bonne partie du mur. Au fond de la pièce, il y a une espèce de bureau aux portes vitrées. Des vitres sales, noircies de poussière, des traces anciennes d'une activité désormais révolue.

— Merci Daniel... Et maintenant, que fait-on ?

Il regarde sa montre et semble un peu nerveux.

— On ne fait rien, on attend. Ça ne va plus être très long, maintenant.

54

Devant l'appartement de Valérie Bouvier, cinq hommes en tenue d'intervention se tiennent prêts à agir. La commissaire Muller est à la manœuvre. Elle se met à frapper la porte d'un geste impérieux.
— Madame Bouvier, c'est la police ! Ouvrez immédiatement la porte.
Elle attend quelques secondes puis réitère sa demande d'une voix un peu plus forte. Mais rien ne semble bouger à l'intérieur. Elle fait un signe à l'un de ses hommes, puis s'écarte de la porte. Il ne faut qu'une minute à l'officier de police pour faire sauter la porte qui se tord puis ploie sous le joug du pistolet pneumatique. On dirait qu'il a fait ça toute sa vie. Ce n'est pas complètement faux, Lucien est un ancien du RAID, et ce n'est pas la première porte qui cède à ses pressions. « Ça va être simple, on n'aura pas besoin d'explosifs », lui avait-il chuchoté quelques minutes auparavant. Il y avait certes du soulagement, mais aussi une once de déception dans ce constat. Les hommes, même ceux-là, surtout ceux-là, peut-être, restaient de grands enfants, et la perspective de jouer avec des

pétards les faisait toujours autant rêver. Bien entendu, ils s'arrangeaient pour vous expliquer d'un ton docte que l'explosion amenait un état de sidération chez les terroristes ou les malfaiteurs, que c'était un avantage non négligeable. Mais au fond, elle savait bien que ce qu'ils voulaient avant tout, c'est juste jouer avec les trucs qui font « boum ». Elle observe maintenant le ballet bien réglé de ces hommes surentraînés qui s'introduisent un à un dans les pièces du logement de Mme Bouvier. L'un ouvre la porte, l'autre couvre la pièce, ils entrent l'un après l'autre, pivotent, tournoient. Elle les imagine un instant non pas sanglés dans leur tenue de protection, leur gilet pare-balles et leurs bottes renforcées, mais en collants et en justaucorps blancs immaculés, chaussés de jolies Repetto. Ils poseraient les armes et se mettraient à enchaîner cabrioles, sauts de chat et pirouettes avant de s'incliner sous les ovations d'un public conquis… Elle est tirée de sa rêverie par le cri d'un des hommes de tête.

— Commissaire, commissaire venez… Ils sont là !

Le cœur de Jeanne s'accélère en une fraction de seconde, elle se précipite dans la pièce. C'est une petite chambre d'enfant très simple. Une commode sur laquelle est posée une table à langer occupe le coin droit de l'espace exigu, à côté d'une fenêtre dont les volets sont clos. Au milieu, deux petits berceaux se font face, des mobiles sont fixés au-dessus des têtes de chaque enfant. Mais ils ne sont pas allumés. La petite fée entourée d'étoiles éteintes a l'air d'une poupée désarticulée au bras de laquelle pend une baguette à jamais inutile et désenchantée. Elle s'approche du premier berceau et soulève le drap blanc qui recouvre l'enfant. Elle ose à peine le toucher, mais l'urgence appelant l'action, elle se saisit du petit corps et le porte jusqu'à elle. Jusqu'à ce qu'elle puisse voir son visage. Elle a l'impression qu'il dort, elle lui frotte la joue tout doucement, puis un peu plus fort. Elle se met à lui parler, à l'appeler, « Coucou mon bébé, coucou, réveille-toi, tu vas retrouver ta maman ». Elle a bien conscience du fait qu'il est vain de promettre ce genre de chose à un petit être qui n'a pas dû voir sa maman plus d'une heure ou deux depuis sa naissance et qui vraisemblablement ne comprend rien à ce qu'elle lui raconte. Mais c'est la première phrase qui lui est venue à l'esprit. Et ça semble marcher. Le petit visage s'anime. D'abord de façon imperceptible ou presque, un tressaillement de la paupière, à peine un frémissement, et ensuite ses yeux qui s'ouvrent et qui portent un regard d'étonnement d'abord puis de crainte, sur le monde et sur Jeanne. Son premier cri est faible et semble le surprendre lui-même. Mais il reprend son souffle, ses mains se crispent sur les doigts de Muller, ses lèvres se mettent à trembler et il ouvre une bouche d'abord muette pour mieux pousser un cri perçant. Jeanne n'ose pas le reposer, elle se tourne vers un des hommes pour lui confier l'enfant, mais au même moment le type qui avait ouvert et qui est au chevet du deuxième berceau tourne vers elle un visage figé.

— Commissaire, venez voir, celui-là n'a pas l'air bien, vite !

Comme si elle était plus à même que lui de poser un diagnostic sur un nourrisson. Ce n'est pas parce qu'elle s'occupe de la Brigade des mineurs qu'elle a pris des cours de pédiatrie. Pourtant, quand elle se penche sur le petit lit, son souffle se bloque dans sa poitrine. Le visage de l'enfant est très pâle, trop pâle. Et lorsqu'elle le secoue, il ne réagit pas. Elle pose le bout de l'index près du biceps du bébé contre la face interne du muscle, au-dessus du pli du coude. Elle n'a certes pas suivi de cours du soir mais elle sait tout de même prendre le pouls d'un nouveau-né. Aucune palpitation. Ça ne veut rien dire, se répète-t-elle comme un mantra avant de recommencer encore, de placer un doigt sur son cou puis, en désespoir de cause, de lui hurler « Réveille-toi » à quelques centimètres de son visage. Elle se tourne vers un de ses hommes.

— Appelez le Samu, tout de suite, dites-leur qu'on a un bébé en arrêt cardio-respiratoire. Magnez-vous !

Le type a l'air décontenancé mais le regard que lui jette la divisionnaire semble lui faire l'effet d'un coup de fouet.

— Tout de suite, madame.

Elle repose l'enfant dans le petit lit. Elle ne peut plus faire grand-chose maintenant, et soudain une immense amertume s'abat sur elle. Elle a envie de pleurer, de hurler. De leur dire à tous qu'elle n'en peut plus de ce putain de monde de malades qui laissent crever des bébés, de ces dealers, de ces violeurs qu'on laisse repartir de prison sans rien avoir réglé. Quand toutefois on les y enferme. Mais elle n'en a pas le temps, un des hommes l'appelle. C'est Gilles, celui qui a ouvert la porte.

— Venez voir, commissaire, vite. Regardez ce que j'ai trouvé dans la cuisine.

Il tend à Jeanne un morceau de papier sur lequel on a griffonné quelques mots. « Clinique de

Saint-Maur, madame Stern, césarienne programmée le 21 novembre ».

— Le 21, c'était hier… Le bébé a dû réintégrer la chambre de sa mère. C'est où cette clinique, bordel ?

Elle regarde rapidement sur son smartphone.

— On peut y être dans quinze minutes, si on se dépêche un peu. Vous venez avec moi et un de vos gars. Les autres restent là, ils attendent le Samu et appellent le labo pour passer tout l'appartement au peigne fin. Venez, on décolle.

Une fois dans la voiture, Jeanne tente d'appeler la clinique. Alors que les rues parisiennes défilent à toute allure et qu'elle s'engage sur les quais, les *Quatre Saisons* de Vivaldi envahissent l'intérieur de l'habitacle. Les cordes des violons dessinent des arabesques de notes qui semblent s'envoler comme des centaines de papillons. Le printemps n'a jamais été aussi merveilleusement mis en musique. Mais le génie du compositeur et la grâce de sa musique ne parviennent pas à calmer Jeanne Muller. D'autant plus que le morceau est interrompu toutes les trente secondes par une voix monocorde qui indique qu'ils mettent « tout en œuvre » pour répondre à son appel et qui l'invite à contacter le 112 en cas d'urgence.

— Et merde ! Personne ne répond dans cette clinique, ça fait cinq minutes que je suis sur leur foutue messagerie… Bon, on y sera dans pas longtemps, mais contactez quand même les collègues du commissariat pour qu'ils envoient une patrouille et aillent vérifier la chambre de Mme Stern. Je vais accélérer un peu le tempo.

Elle se concentre sur la route, retrouvant les réflexes qu'elle a développés pendant ses différents stages de conduite sportive. Elle s'était toujours dit qu'il était dommage d'avoir une bagnole de 455 chevaux pour la conduire comme un poney. Même si elle admettait que conduire aujourd'hui sur route ouverte ne présentait aucun intérêt. Sauf si vous possédiez un gyrophare, bien sûr. Ils arrivent à la clinique et arrêtent la Maserati devant l'entrée des urgences. Jeanne se précipite vers l'accueil suivie de près par les deux policiers. Une femme se tient derrière un vaste comptoir. Devant elle, un téléphone sonne, mais elle est en grande conversation avec son propre portable. Muller s'approche d'elle et lui colle sa carte devant les yeux. Surprise, la femme a un mouvement de recul, puis elle se remet à parler avec son interlocuteur.

— Attends une seconde ma grande, j'ai une urgence…

Elle pose son smartphone sur le bureau, smartphone dont s'empare la commissaire d'un geste brusque. Celle-ci s'adresse alors à l'interlocutrice d'un ton sans appel.

— Ça va être un peu plus long que prévu. Elle vous rappellera.

Elle raccroche sous le regard médusé de la préposée à l'accueil.

— Qu'est-ce qui vous prend, ça va pas, non ?

— Non, ça ne va pas, ça fait un quart d'heure qu'on essaie de vous joindre… Emmenez-nous tout de suite à la chambre de Mme Stern. Elle a accouché hier.

La fille souffle et secoue la tête en signe de dénégation.

— Mais la maternité est dans l'autre aile du bâtiment. Il faut suivre la ligne rose à partir du point d'orientation du bâtiment principal. Je… je ne peux pas quitter mon poste.

— Ben tiens, oui, ça serait dommage que vous ratiez un coup de fil urgent ! Ça suffit maintenant, accompagnez-nous immédiatement ou je vous jure que je vous fais coffrer pour entrave.

Mais alors que leurs pas résonnent dans les longs couloirs de l'hôpital dans lesquels ils croisent infirmières et médecins, le téléphone de Jeanne se met à sonner.

— Oui, c'est moi… Merde… ils ont tout tenté. Oui bon, OK… On verra.

Elle raccroche et se tourne vers Gilles.

— Le bébé est décédé, les secours n'ont rien pu faire. Le médecin urgentiste dit qu'il était déjà dans le coma depuis plusieurs heures. Son cœur a lâché. Bon, eh bien nous savons maintenant que cette femme est totalement hors de contrôle. Raison de plus pour la retrouver au plus vite.

Quand ils arrivent devant la chambre 322, l'annonce que vient de faire la commissaire Muller a percuté les cœurs et les cerveaux de l'ensemble de l'équipe. Ils savent désormais que si le bébé de Madeleine Stern ne se trouve plus dans cette chambre, il est plus que jamais en danger. En danger de mort.

55

La première chose que Marco ressent lorsqu'il se réveille, c'est une étrange sensation de bien-être, d'apaisement. Bien loin des derniers souvenirs conscients qui restaient dans sa mémoire. Douleur, chocs, coups, peur, stress extrême... Voilà ce dont il se souvient. Un inconnu qui débarque chez lui et qui le frappe jusqu'à lui faire perdre connaissance. En y repensant, il sent une onde d'inquiétude parcourir son corps, infiltrer son esprit. Une adrénaline salvatrice qui l'aide à revenir au réel, à l'instant présent. Il est allongé sur ce qui est peut-être une table en bois. Pas un lit, en tout cas, à en juger par la dureté de la couche. Il peut tourner la tête à droite et à gauche, mais ses jambes et ses bras sont entravés. En les regardant, il constate que d'épaisses sangles de tissu les immobilisent. Lorsqu'il voit la perfusion plantée dans sa veine, les battements de son cœur s'accélèrent. La pièce dans laquelle il se trouve est sombre mais il distingue des armoires métalliques, quelque chose qui ressemble à un établi, et puis des outils, suspendus sur le mur. Des dizaines de clefs, de tournevis, des scies, des marteaux, des pinces... Il n'y a pas de fenêtre ici, juste un soupirail qui laisse entrer un rai de faible lumière. Il essaie encore de bouger, de détendre ses liens, mais il est trop fermement attaché, rien ne bouge. Alors il se met à crier. Sa voix est pâteuse, son articulation hasardeuse, comme s'il avait trop bu. Ses propres mots résonnent dans sa tête comme dans une chambre d'écho.

— Il y a quelqu'un ? Qu'est-ce que vous me voulez, bordel… Qui vous êtes ?

Il ne reçoit pas de réponse, juste un silence pesant qui lui vrille les nerfs.

— Venez, putain, dites-moi au moins ce que je vous ai fait, montrez-vous… On peut discuter, merde !

Il pousse un long cri qui ressemble à celui d'un fou, avant de retomber dans une sorte d'abattement et de fatalisme. Il respire lentement, reprend des forces pour pouvoir de nouveau hurler. Mais quand il s'apprête à le faire, une porte s'ouvre en haut d'un escalier qu'il n'avait pas encore distingué. Une voix grave, qu'il croit reconnaître, s'élève dans la pénombre.

— Arrête de gueuler, ça ne sert à rien. La cave est insonorisée, personne ne peut t'entendre. Personne à part moi.

L'homme massif descend les marches. Il s'approche lentement de Marco. Il y a de la colère dans son regard, de la colère et du dégoût.

— Pourquoi vous me faites ça, vous voulez du fric ? Vous bossez pour qui, c'est les Roumains qui vous paient. C'est ça ? Nous, on vous donnera plus, beaucoup plus, sans déconner… Dites un chiffre.

L'homme le regarde puis se penche vers lui et lui saisit le visage d'une main ferme et froide.

— Dix-sept...

— Dix-sept quoi, putain, dix-sept mille euros... ? c'est quoi ce chiffre ?

— Dix-sept ans... C'était l'âge d'Aurélie, ma fille, quand elle morte... à cause de toi.

Cette fois, c'est plus que de la peur qui envahit l'esprit de Marco. Il préférerait encore être aux mains d'une bande rivale qu'entre celles d'un père rongé par le chagrin et dévoré par la vengeance.

— Qu'est-ce que vous racontez, je connais pas d'Aurélie, moi. Et j'ai jamais tué personne, bordel.

L'homme lui plaque la tête contre la table et approche encore ses lèvres de l'oreille de Marco.

— Tais-toi. Tu sais combien tu en as tué à petit feu, de ces pauvres filles que tu mets sur le trottoir et que tu drogues pour mieux les retenir, les asservir et... les détruire ? Est-ce qu'au moins tu en as une idée ?

Marco tente de dégager sa tête mais la poigne de l'homme est bien trop forte et il se sent si faible.

— Je n'ai rien à voir avec ça, je vous jure, je tue personne, moi.

Le père d'Aurélie le relâche. Il se retourne, va vers l'établi et rapporte une petite sacoche noire qu'il pose sur le torse du jeune homme. Il en sort une seringue et un flacon qu'il montre à Marco.

— Tu sais, j'ai beaucoup appris sur la drogue, sur les drogues. Toutes ces choses que je ne savais pas, que je ne voyais pas... avant. Toutes ces saloperies que des ordures comme toi refourguent à nos enfants. Alors, voilà ce que je vais faire, ce que j'ai déjà commencé à faire. Je vais t'injecter ça dans les veines, te filer des fix de plus en plus fort, de plus en plus souvent.

Jusqu'à ce que tu sois accro, tellement défoncé que tu me supplieras de te piquer... Tu me supplieras aussi pour apaiser tes souffrances, celles que je t'aurai infligées. Et quand tu en seras là, je ne t'en donnerai plus. Et je te regarderai te tordre de douleur, dégueuler ton manque, pleurer et gémir pour avoir ta dose. Et quand tu auras passé ce cap, quand tes souffrances s'apaiseront enfin, je te tuerai.

Il a dit tout ça d'un même ton monocorde et glacial. Un ton synonyme de détermination, un ton sans appel. Marco a déjà entendu ce ton et ce type de monologue, ces explications, ces sentences, et, en général, les gars qui les avaient prononcés avaient tenu leurs promesses. L'homme s'avance avec sa seringue près de la perfusion de Marco. Il plante l'aiguille dans le tuyau de plastique mais, avant d'appuyer sur le piston, du même ton glacial, il s'adresse encore à son otage.

— Il y a autre chose dont nous devons parler, Marco... Nous devons parler de Samia. Et tu sais pourquoi ? Parce que je pense que tu sais où elle est. Que tes amis l'ont enlevée pour te protéger. Alors, voilà ce que l'on va faire. Tu vas me dire tout de suite tout ce que tu sais sur sa disparition.

Marco à l'impression de devenir fou, il a quitté le commissariat il y a moins de vingt-quatre heures et voilà qu'il est de nouveau la cible d'un interrogatoire sur cette petite salope.

— Mais je sais rien sur elle, pas plus que sur la mort de votre fille, bordel. Je l'ai déjà dit aux flics, je sais pas ce qu'elle est devenue, Samia, c'est vrai !

Jean-Pierre Quillet secoue la tête et ferme les yeux quelques secondes. Puis il soupire.

— La police... Elle obéit à des règles qui ne me concernent pas. Ici, tu n'as pas d'avocat, Marco, ici il n'y a pas de codes, plus de règles. Tu le verras tout à l'heure. D'abord, je vais te donner ta dose, et quand tu reprendras tes esprits, tu comprendras ce que je veux dire.

Puis il injecte l'héroïne dans la perfusion du dealer. Le flash est quasi immédiat, puissant, impérieux, plus encore que le plus délicieux des orgasmes. Sur le visage de Marco s'inscrit maintenant un sourire radieux. Il sombre ensuite dans un état de bien-être intense, une douce sensation de chaleur l'envahit, et l'angoisse qu'avaient pu faire naître les mots de son ravisseur s'estompe peu à peu. Pourtant, résonne encore, quelque part dans son esprit, l'avertissement du maître de maison.

Lorsqu'il retourne dans le salon, le père d'Aurélie s'assoit à la table du dîner. Son visage est dur, fermé. Son épouse se tait d'abord, puis, n'y tenant plus, elle jette, d'une voix inquiète.

— Qu'est-ce que tu es en train de faire ? Mon Dieu, qu'est-ce que tu comptes faire avec lui. Ce n'est pas toi, ça, Jean-Pierre... Ce n'est pas toi.

Il se sert un verre de vin, le boit d'un seul trait, puis s'en ressert un autre.

— J'étais mort... Je suis mort depuis qu'elle est partie, j'ai disparu avec elle, Monique. Mais maintenant je peux faire quelque chose, tu comprends, je peux agir enfin.

— Mais ça me fait peur, tu sais... Tu, tu me fais peur.

— Ce n'est pas toi qui dois avoir peur aujourd'hui, crois-moi. Ce n'est pas toi.

Monique n'ose plus rien dire, elle n'a jamais vu une telle lueur dans le regard de son mari. Cette flamme sombre qui semble brûler son esprit et dominer son corps. Elle n'a jamais vu chez lui cette si formidable et terrifiante logique de mort.

56

— Où est mon bébé, s'il vous plaît, dites-moi où est mon bébé !

La jeune mère est livide. Assise dans son lit, elle s'agite et oublie la douleur de son opération, submergée par l'angoisse provoquée par la disparition de son enfant. Lorsqu'ils sont entrés dans sa chambre tout à l'heure, Élisabeth Stern dormait. Et le berceau transparent était déjà vide. Jeanne a demandé immédiatement à l'infirmière de vérifier si le bébé avait été pris en charge pour des soins. C'est à ce moment que la mère de l'enfant s'était réveillée. Depuis elle se noyait dans un océan de peur et de tristesse. À présent, l'hôpital grouille de flics qui relèvent les premiers indices. Elle a demandé à Éric de la rejoindre au plus vite. Il a lui aussi commencé ses investigations et il revient bientôt, le souffle court, pour apporter de premiers éléments.

— Commissaire, putain ! On a des images sur les caméras de surveillance. On la voit avec le bébé !

« Commissaire, putain »… Elle se demande si elle ne préférerait pas qu'il l'appelle Jeanne. Mais cette information la réjouit. Enfin, une nouvelle positive, enfin. La conversation téléphonique qu'elle a eue il y a quelques minutes avec le directeur de la police judiciaire l'avait totalement refroidie. Les mots de Joël Vivier résonnaient encore dans ses oreilles comme des coups de règle frappés sur ses doigts. « C'est une catastrophe, Muller, OK vous avez retrouvé les bébés, mais je vous rappelle que seul l'un d'entre eux a survécu ; 50 % de perte, c'est beaucoup, beaucoup trop ! Et en plus le ravisseur a filé. Et vous m'appelez pour me dire que nous avons un nouvel enlèvement sur les bras ! Nous allons être la cible de tous nos ennemis politiques, la risée des médias… Pourtant je vous ai donné tous les moyens nécessaires. Et puis, cette femme qui s'est suicidée devant vos yeux, franchement, ça n'arrange pas les choses, hein… » Elle savait qu'il était tendu depuis que les élections avaient fait émerger une nouvelle majorité. Vivier était sur la sellette, et le ministre attendait le moindre faux pas pour l'écarter. Et des faux pas, c'est vrai, elle en accumulait pas mal ces derniers temps. « Et en plus, Muller, je me suis laissé dire que vous perdez votre temps avec une jeune prostituée qui a disparu… Inutile de vous dire que ce n'est pas votre priorité. Et de ce que j'en sais, votre dossier est bien mince. L'avocat de votre principal suspect s'en est d'ailleurs gargarisé auprès du directeur de cabinet du ministre, et bien entendu, ça m'est revenu aux oreilles à vitesse grand V. Laissez tomber cette affaire merdique, c'est un ordre ! Retrouvez-moi au plus vite et le bébé et cette femme. Vous avez son nom, bordel, ça devrait suffire. Et s'il arrive quoi que ce soit à ce nourrisson je ne pourrai rien faire pour vous. Des têtes devront tomber, Jeanne, et ce ne sera pas la mienne, je vous le garantis. J'en ai marre de vous sauver les miches, Muller. » Il était rare que cet homme élégant et posé se laisse aller à de telles familiarités. S'il le faisait, c'est que la situation devait être réellement tendue. Elle s'était mollement défendue, faisant état, sans grande conviction, de quelques progressions dans l'enquête. Et pour la première fois depuis qu'ils se connaissaient, il lui avait tout simplement raccroché au nez. Nouvelle preuve, s'il en fallait, des tensions qui agitaient Vivier.

— Génial, Éric, et on voit quoi ?

— Une femme habillée en infirmière qui porte un bébé dans les bras. On dirait qu'elle boite un peu. Ce sont les caméras du parking qui l'ont captée. On a la plaque et le modèle de la bagnole. Tout ça a été diffusé à tout le monde, on va la coincer, Jeanne, c'est sûr !

C'était la première fois que le lieutenant Mouilbet l'appelait par son prénom. Il faut croire que les bonnes nouvelles l'inclinaient à plus de rapprochement. Il allait falloir qu'elle y mette un frein. Non pas qu'elle exige de ses collaborateurs un strict respect du protocole, loin de là. C'était plus pour se protéger, elle, d'une trop grande proximité. Elle devait admettre que Mouilbet avait un certain sex-appeal, et le fait qu'il aurait pu être son fils ne représentait pas un obstacle suffisamment imposant pour freiner ses élans. Donc, prudence et distance... Hélas.

— Très bien, tout le monde sur le pied de guerre, vous me les mettez en tension mon petit Éric, en tension permanente. Et pour Samia, vous avez de nouvelles informations ?

Au moment où elle prononce cette phrase, elle a l'impression que l'ombre de Vivier, telle la statue du

Commandeur, s'élève derrière elle. Elle l'entend de nouveau : « Laissez tomber, c'est un ordre. » Sauf que, là, il s'agit de Samia, et elle, mon vieux, je ne la laisserai pas tomber. Tout le monde avait laissé tomber cette gamine depuis si longtemps. Et Muller savait bien, au fond de son cœur, de ses tripes, même si elle s'en défendait, qu'elle avait créé un lien bien trop fort avec cette fille. Cela s'était fait comme ça, sans qu'elles s'en rendent vraiment compte l'une et l'autre, mais il fallait bien se l'avouer, elle aimait cette gosse comme si c'était la sienne. Enfin, elle imaginait que cela devait être comme ça avec ses propres enfants.

— Oui ! C'est la journée des bonnes nouvelles. On aura bientôt un portrait-robot du type, amélioré encore par le témoignage de Jennifer, l'amie de Samia. Et nous avons une identité, récupérée à l'hôtel qu'il fréquentait avec elle. Daniel Ravel. Mais bon, pour l'instant ça ne donne rien. Il est inconnu de nos services. On fera de nouveau le tour du quartier dès que le portrait sera prêt. Ils doivent nous l'envoyer très vite.

Bonne nouvelle, bonne nouvelle… C'était un peu vite dit, ça. Le genre de type que Jennifer avait décrit et dont Samia lui avait parlé pouvait se révéler dangereux. C'était un modèle psychologique fragile à l'équilibre précaire. Ce mec pouvait se laisser aller à des actes pulsionnels violents mais pouvait être aussi la proie de réseaux ou de groupes particulièrement dangereux. Elle se souvenait d'un dossier, quelques années auparavant, sur la disparition inquiétante de plusieurs jeunes femmes. L'enquête avait révélé que ces filles avaient été entraînées dans une secte menée par une gourou barjo afin de satisfaire ses pulsions dans des orgies sado-maso. Les filles avaient été séduites par un des membres du groupe, à première vue inoffensif. Un jeune homme qui était sous l'emprise totale de la mère maquerelle. Un joli garçon paumé, réservé, sans repères ni capacité de rébellion. Mais elle n'a pas le temps de faire part de ses réflexions à son collaborateur car son téléphone se met à vibrer avec insistance.

— Oui... Doucement, monsieur Béjart, je n'ai rien compris... Très bien ! Et que vous a-t-il dit ?... Oui, il le faut. Et s'il vous rappelle, dites-lui qu'il ne risque rien... Non pas vraiment, mais dites-lui quand même. Voilà... Oui, nous progressons à grands pas, nous allons les retrouver... Prévenez-moi dès qu'il sera rentré. Au revoir.

Elle raccroche puis se met à parler très vite à Éric.

— C'était Béjart, son fils l'a appelé. Il est terrorisé. Il dit qu'il est dans une chambre d'hôtel juste à côté de chez son père. Il affirme que sa mère l'a manipulé, qu'il ne savait pas. Elle lui a dit qu'elle voulait juste revoir ses « bébés ». Elle lui a parlé de son frère et de sa sœur, ceux qu'elle a tués. Qu'elle voulait les sauver... Bref, le fiston est complètement déboussolé. Mais il a dit à son père qu'il allait revenir à la maison, qu'il voulait que tout ça s'arrête. Béjart est à la Fondation, il rentre au plus vite chez lui et il m'appelle dès qu'Hadrien arrive.

Un policier se présente alors devant eux, son excitation est presque palpable.

— Commissaire, ça y est, on a repéré la bagnole. Une patrouille l'a prise en filature. Ils sont dans le 8e arrondissement.

Un sourire se dessine sur le visage de Jeanne Muller. Les choses enfin se débloquent.

— Parfait, dites aux gars de ne pas me la perdre, et surtout de ne pas intervenir, il y a un bébé avec elle. Éric, venez, on fonce. Au fait, ça, par exemple, vous voyez, ce sont des bonnes nouvelles, des vraies.

Mais alors qu'elle se dirige vers le 8e arrondissement, elle adresse une prière muette à un Dieu inconnu pour que cette nouvelle ne se transforme pas en information catastrophique pour les journaux du soir. Elle aimerait ne pas revoir le petit visage exsangue et le corps sans vie ni souffle d'un nouveau-né, aujourd'hui. Ni aujourd'hui ni plus jamais de toute sa vie.

57

Je dois essayer de m'enfuir. Le sang a recommencé à circuler normalement dans mes jambes, je me sens prête à le faire, j'en ai la force, le courage. Mais Daniel semble de plus en plus nerveux, il manipule la lame de son cutter, la fait entrer et sortir de sa gangue d'acier dans un mouvement rapide, de plus en plus rapide, presque frénétique. Il y a ma petite voix aussi, celle qui me dit : « Vas-y, tu es plus rapide que lui, plus maligne. Tu attends qu'il soit distrait par quelque chose et tu fonces. Tu cours le plus vite possible. » OK, mais je cours où ? Il y a une porte métallique, à côté de la grande entrée, celle avec le grand panneau coulissant. Mais il y a de fortes chances pour qu'elle soit fermée. Je peux essayer de me réfugier dans le bureau. Je pourrai peut-être y trouver de quoi me défendre, une paire de ciseaux, un marteau... un fusil à pompe. Bref, je délire. Il n'y a rien qui puisse m'aider ici, et je ne peux pas fuir. Ma petite voix à la con me souffle encore des idées de merde. Depuis le temps que je la connais, celle-là, j'aurais dû m'en douter. Je sursaute quand le téléphone portable de mon ravisseur émet un bip. Mon cœur a bondi dans ma poitrine comme un guetteur lors d'une descente de la BAC. Daniel lit le message qui vient de lui être envoyé et, immédiatement, son visage devient livide, plus pâle encore qu'un suaire. Il range son téléphone et se met à genoux, la tête entre les bras. Il ne dit plus rien. Je regarde autour de moi à toute vitesse. Je cherche quelque chose pour lui défoncer le crâne. Une barre de fer, un bout de verre... Mes yeux scrutent le moindre recoin de la pièce. Mes mains sont encore scotchées l'une contre l'autre. J'écarte donc le tabouret en acier derrière moi, je ne suis même pas certaine de pouvoir le soulever. Et puis, d'un seul coup, je la vois, posée contre le mur à côté de la porte. C'est une espèce de perche de métal qui doit faire un mètre de long. Il y a un crochet au bout. Ça doit servir à débloquer la porte coulissante. En vrai, je m'en fous de savoir à quoi ça sert. Ce que je vois, moi, c'est ce à quoi elle pourrait me servir. Daniel est toujours prostré sur le sol. C'est évident, il ne me considère pas comme un danger potentiel. Je vais le faire changer d'avis. En trois enjambées, je suis à la porte et je m'empare de la barre. Elle est plus lourde que ce que je pensais mais j'arrive à la tenir fermement, à deux mains. Je me retourne et la lève au-dessus de ma tête. Le bruit de ma cavalcade a sorti Daniel de sa torpeur. Il se relève doucement sans me quitter des yeux. Il y a plus de tristesse que de colère dans son regard.

— Qu'est-ce que tu fais, Samia ? Repose ça. C'est juste... un contretemps, mais ça va aller. Je te le promets.

En même temps qu'il me parle, il s'avance vers moi sans me lâcher du regard. J'observe sa main qui tient le cutter. Il a recommencé à rentrer puis sortir la lame, clic-clac. Elle rentre et sort comme un petit animal d'acier. Prêt à mordre.

— Reste où tu es, Daniel ! Putain, ne bouge plus. Je te jure que si tu continues à avancer, je te fracasse le crâne.

Il a l'air surpris, presque peiné. Mais sa voix est plutôt douce quand il reprend la parole.

— Pourquoi dis-tu ça ? Je croyais qu'il fallait qu'on se fasse confiance. C'est ce que tu disais, en tout cas.

Cramée pour cramée, autant lui dire ce que j'ai sur le cœur.

— Te faire confiance ? Mais comment tu veux que je te fasse confiance ! Tu m'as enlevée, séquestrée, menacée... Tu es malade, Daniel, malade. Tu dois te faire soigner, bordel ! Je ne suis pas ton amie, encore moins ta fiancée ou je ne sais quelle connerie.

J'ai l'impression que chacun des mots que je viens de prononcer a fait l'effet de coups de poing sur ce garçon. Il vacille légèrement, il a l'air de chercher son souffle, le regard perdu. Alors, je poursuis mon assaut, à la recherche du K-O.

— Relâche-moi. Relâche-moi tout de suite et je te jure de ne pas te charger avec les flics. Je pense qu'on doit t'aider, je le pense vraiment... Fais-le. Si tu tiens vraiment à moi, fais-le, Daniel.

Je lis une véritable hésitation sur les traits de mon ravisseur. Et il a cessé de jouer avec cette saloperie de cutter, c'est déjà ça. J'ai l'impression qu'il mène une lutte intérieure, là, devant moi. Je suis certaine que mes mots ont porté. Je me souviens de nos discussions, de nos échanges. Je sais qu'il y a aussi un Daniel sensé, un type qui réfléchit, qui analyse qui sait que ce qu'il fait est totalement dément, absurde. C'est celui-là qui doit gagner. En tout cas, c'est celui sur lequel je mise.

— Tu as raison... on doit pouvoir arranger les choses. Je suis désolé, je vais... Je vais te laisser partir oui, bien sûr.

Il a repris son mouvement, sa lente marche vers moi. Il m'a déjà dit ce genre de chose et pourtant je suis encore sa prisonnière. Alors je suis aux aguets.

— Reste où tu es... Je veux simplement que tu m'ouvres la porte. Je veux partir. La police te retrouvera ou tu te rendras. Je pense que tu devrais te rendre, Daniel, ce serait mieux pour toi.

Il continue à avancer vers moi, comme s'il n'avait pas entendu ma dernière phrase. Et je l'entends murmurer : « Tu as raison, Samia, tu as raison, tu as raison, Samia... » Je crois finalement que ce n'est pas le bon Daniel qui a gagné la partie. Je lève encore ma barre de fer et me mets à hurler.

— Arrête ça, merde ! Arrête-toi, je te jure que je vais te frapper de toutes mes forces si tu t'approches encore d'un seul centimètre.

Il s'arrête enfin. Puis il porte sa main dans son blouson tout en esquissant un demi-sourire qui me glace le sang.

— Ne t'inquiète pas, je n'aurai pas besoin d'avancer plus.

Il pointe à présent vers moi un drôle de pistolet. Un truc massif avec deux canons parallèles braqués sur ma poitrine. La détonation est assez forte, suffisamment pour me faire sursauter. Immédiatement après je ressens les chocs. Un sur mon sein gauche, l'autre sur mon épaule droite. J'ai le temps de me dire que ce ne sont pas des balles. Je n'ai pas été projetée en arrière, je ne ressens pas vraiment de douleur, juste une sensation de piqûre. Une seconde après, la décharge de 50 000 volts me traverse le corps, comme si la foudre m'était tombée dessus. Je m'effondre sur le sol, les membres secoués de soubresauts incontrôlables. Avant de m'évanouir, je distingue le visage de Daniel qui se penche vers moi, il murmure : « Ça va aller maintenant. » Putain de malade, putain de petite voix à la con…

58

Jeanne est derrière la voiture de police qui a pris Valérie Bouvier en chasse. Ils l'ont rejointe pratiquement à l'instant où elle arrivait à son domicile.

— Elle va rentrer chez elle comme ça ? Avec un nouveau bébé tout neuf. Elle comptait faire quoi, avec celui qui est décédé… ?

Lorsque Éric prononce ces mots, il y a à la fois de la stupéfaction et du dégoût dans son intonation

— Je ne sais pas, elle a peut-être un grand congélateur…

Jeanne regrette un peu ce qu'elle vient de dire, surtout quand elle voit le visage de son collaborateur qui s'est légèrement figé. Mais si on ne se permet pas ce genre de chose dans son métier, on finit alcoolique, dépressif et suicidé. Alors, le politiquement correct, ça fait longtemps qu'elle ne le parle plus couramment. Devant l'immeuble, le Samu est reparti, emportant les deux bébés. C'est celui des Mugy qui est décédé, le petit garçon. Il s'appelait Constant, croit-elle se rappeler. D'après les médecins, la petite Aurore, elle, se porte bien, aussi bien que possible après avoir été droguée, tous les jours, par cette femme. Elle a demandé qu'on n'appelle pas encore les parents, elle le fera, plus tard, aussitôt qu'ils auront récupéré le dernier bébé. Ça fait partie du job. Même si annoncer la mort d'une enfant, dans ces conditions, est toujours une torture. Pour ceux qui reçoivent l'information comme pour celui ou celle qui la donne. La dernière fois qu'elle avait dû le faire, c'était pour une petite fille de 3 ans. Elle avait succombé aux sévices que sa mère et son beau-père lui avaient infligés pendant des mois. Jeanne avait dû l'annoncer au père de la petite. Un type qui se battait depuis longtemps, ne serait-ce que pour voir sa fille que son ex-femme ne lui présentait plus. Elle se souvenait de son visage comme si c'était hier, des émotions qui l'avaient traversé. Incrédulité, colère, haine, tristesse, et puis l'affaissement total. Il s'était effondré dans ses bras et avait pleuré comme un enfant. Au procès, il pleurait encore. Peut-être ne s'était-il jamais arrêté... Peut-être que le décès d'un nouveau-né était moins traumatisant. Que la disparition d'un être que l'on n'avait pas ou si peu connu était plus facile à gérer ? C'était le genre de question à laquelle elle trouvait idiot qu'on apporte une réponse. Elle pensait que chaque douleur était unique et que le deuil de ce que l'on projetait sur un enfant à venir devait parfois être encore plus profond car nourri de fantasmes et de rêves. Elle appelle depuis sa radio.

— Oui, c'est Muller, préparez-vous. Elle est entrée dans son parking, elle va monter avec le bébé. Vous me la serrez en douceur dès qu'elle arrive dans l'appartement. On sera derrière en couverture.

Les équipes qui sont restées dans l'appartement sont plus des techniciens de la criminelle que des superhéros mais ce sont des flics et ils savent ce qu'ils ont à faire. Quand ils sortent de la voiture, les deux flics sont déjà au pied de l'immeuble.

— Bon, on y va les gars, normalement ils vont la cueillir là-haut. La priorité, c'est le petit. Je passe la première.

Une fois entrée, Jeanne monte prudemment les marches de l'escalier. Éric, sur sa droite, a dégainé son arme. Elle hésite un instant puis se saisit, elle aussi, de son SIG tout en souhaitant ne pas avoir à s'en servir. Ils entendent le policier avant même d'être arrivés sur le palier. La panique est perceptible dans les intonations de sa voix.

— Ne bougez pas, madame. Posez le bébé sur le sol, devant vous, et écartez-vous. Tout de suite. Faites ce que je vous dis, vite.

Quand ils parviennent devant la porte de l'appartement, la femme est en train de reculer, lentement. Un pas après l'autre, elle s'éloigne de l'entrée de son appartement mais garde toujours l'enfant fermement serré contre elle. Un instant elle porte la main à sa poche et en sort son téléphone portable.

— Lâchez ce téléphone, immédiatement.

Mais elle fait comme si elle ne l'avait pas entendue, elle tape rapidement un message puis remet le portable dans sa poche. Elle a fait tout ça comme si la situation était normale, comme si rien d'autre n'avait d'importance.

— Madame, madame ! Vous m'entendez ? Soyez raisonnable, donnez-nous ce bébé, vous ne pouvez aller nulle part, c'est fini. C'est terminé.

Elle secoue la tête dans un geste de dénégation. Puis une voix, étrange, douce, répond à son interlocuteur.

— Ne criez pas, vous allez la réveiller. Il ne faut pas crier sur des enfants aussi jeunes. C'est important, très important. C'est vous qui devriez partir. Elle doit retrouver sa sœur et c'est bientôt l'heure du biberon. Partez de chez moi.

Le jeune policier est interloqué, il semble ne pas comprendre la situation.

— Il n'y a plus personne, ici. Nous les avons retrouvés. Et l'un d'entre eux était mort, madame. Vous ne voulez pas qu'il y ait d'autres bébés blessés, n'est-ce pas ?

Oups, pense Jeanne, mauvaise pioche. Elle ne sait pas quel est exactement le job de ce flic mais il ne sera jamais négociateur, ça, c'est une certitude. D'ailleurs, la réaction de Valérie ne se fait pas attendre.

— Vous dites n'importe quoi ! Vous devez me laisser entrer, tout de suite, il faut que je m'occupe d'eux !

Jeanne comprend que la situation peut réellement s'aggraver. Elle range son arme et fait signe à Éric qui se tient en contrebas dans l'escalier de maintenir la femme dans sa ligne de mire.

— Madame Bouvier, je suis la commissaire Muller. Nous savons ce que vous avez traversé mais il faut que les choses s'arrêtent, maintenant. Ce bébé est en danger, il faut absolument le ramener à l'hôpital sinon il va mourir. Il a besoin de soins, au plus vite.

Valérie s'est retournée d'un seul coup. Maintenant elle a l'air paniquée, elle recule contre la barrière de l'escalier.

— Vous mentez, il n'a rien, tout va bien. Je peux… Je peux m'en occuper. Je peux m'occuper de mes enfants.

— Non, hélas, je ne mens pas, il est urgent de le dialyser, vous savez ce que c'est, n'est-ce pas. Si on ne le fait pas dans les heures qui viennent, il mourra.

La femme semble hésiter un instant, puis soudain elle prend le bébé dans ses deux mains, se retourne et le tient par-dessus la rambarde de l'escalier au-dessus du vide. Elle se met à crier.

— Des mensonges, encore des mensonges ! Vous devez tous partir sinon je le lâche. Et ce sera votre faute.

L'enfant s'est mis à pleurer. Jeanne est pétrifiée. Elle se dit qu'elle aussi fait un bien piètre négociateur et que si jamais cette femme lâche l'enfant elle aura vraiment besoin de la suivre, cette thérapie. Ils sont au quatrième étage, il doit y avoir plus de treize mètres jusqu'au rez-de-chaussée.

— Non, écoutez-moi Valérie, je ne mens pas. Je suis venue… avec le Dr Mouilbet, c'est le médecin chef de la clinique. Il va vous le dire lui-même.

Elle regarde Éric qui, stupéfait, range précipitamment son arme et monte à son tour les quelques marches qui le séparent encore du palier. Il lève les mains et s'approche de la femme.

— C'est vrai, madame, nous devons absolument mettre cet enfant sous dialyse. Il souffre d'une grave insuffisance rénale. C'est une urgence vitale, vous comprenez, soyez raisonnable.

Il est assez bon, pense la commissaire Muller. Pas de quoi décrocher un oscar, mais au pied levé, comme ça, il fait illusion. D'ailleurs, Valérie Bouvier est troublée.

Elle regarde le bébé qu'elle porte à bout de bras comme si elle le découvrait. L'enfant pleure de plus en plus fort. Elle le ramène contre elle et lui parle doucement.

— Tout va bien, mon bébé, calme-toi, tout va bien. Maman est là...

Éric s'approche encore avec une lenteur calculée. Il est concentré sur chaque geste, chaque attitude de cette femme. Il est prêt à se jeter sur elle si cela s'avère nécessaire.

— Allons, madame, donnez-le-moi... C'est la seule manière de le sauver. Vous pourrez le voir, plus tard. Mais d'abord, nous devons le soigner, tout de suite. Allez...

Il a tendu les bras vers elle, il lui sourit. La femme embrasse le tout-petit. Des larmes coulent sur ses joues, puis lentement, avec une infinie douceur, elle offre l'enfant aux bras du policier.

— Prenez-le...

Le lieutenant Mouilbet se saisit du bébé et s'éloigne immédiatement pour le confier à ses collègues. Il le confie à l'autre policier. Jeanne sort son arme et met en joue la femme qui ne semble pas la voir.

— Madame Bouvier, couchez-vous sur le sol. Vous êtes en état d'arrestation.

La femme secoue la tête puis recule vers l'escalier.

— Non... Vous ne pouvez pas m'arrêter parce que... je vais retourner là-bas. Je ne veux pas y retourner, plus jamais !

Elle a crié ses derniers mots, un cri de peur, de terreur. Et puis, c'est allé très vite. Ça a duré un quart de seconde. C'est le temps qu'il lui a fallu pour se précipiter vers la rambarde. En une fraction de seconde,

Mouilbet s'est jeté sur elle. Lorsqu'il lui saisit la jambe, le torse de la femme a déjà basculé dans le vide. Il hurle aux autres flics :

— Venez m'aider, bordel, je vais la lâcher !

À trois, ils arrivent à la remonter, malgré son agitation et ses hurlements. Mais au moment où elle va être ramenée en sécurité sur le palier, Jeanne se met à crier.

— Attention, son téléphone, récupérez son téléphone !

Mais c'est déjà trop tard, Valérie s'est saisie de son portable et elle l'a précipité de toutes ses forces dans le vide. Lorsqu'il touche le sol, treize mètres plus bas, l'appareil explose en morceaux, et avec eux le dernier message que cette femme a envoyé.

59

Combien de fois a-t-il déjà mis cette clef dans cette serrure avec toujours ce même pincement au cœur, cette même angoisse qui le paralysait parfois. L'empêchant de rentrer chez lui pendant plusieurs minutes. Mais cette fois-ci, il ne s'attarde pas. Il rentre, et aussitôt dans le vestibule, il se dirige vers l'ascenseur sans même prendre le temps d'ôter son manteau. Le temps presse. Il n'a pas encore averti la commissaire Muller qu'Hadrien est revenu. Il lui faut préparer les choses, parler à son fils. Ils vont devoir affronter une nouvelle tempête, mais ils seront deux à faire front, il se l'est promis. Dès qu'il a reçu le message d'Hadrien, il a mis fin à la réunion avec ses nouveaux donateurs. Des gens sans intérêt qui, de toute façon, voulaient déjà mettre leur nez partout avant même d'avoir signé leur premier chèque. Il a pleinement conscience du fait que, dès que toute l'affaire sera dans la presse, il en sera fini de la fondation Ange. Cet objet qu'il a mis tant d'années à construire pour, sûrement, se racheter. Pour en sauver le plus possible, pour que ces deux enfants morts à peine nés ne l'aient pas été pour rien. Pour que les regards vides de ces bébés blafards ne le condamnent plus jamais. Qu'ils ne viennent plus hanter ses nuits de cauchemars. Peut-être s'est-il trompé pendant toutes ces années, peut-être le seul enfant qu'il devait sauver était-il celui qu'il avait sous son toit. Peut-être que si la Fondation n'était plus là il allait pouvoir tisser enfin un lien véritable avec son fils. Il en avait sauvé des centaines, mais le seul qui aurait pu racheter sa faute et son aveuglement, il le savait maintenant, c'était Hadrien. Il allait mobiliser les meilleurs avocats pour que son fils puisse s'en sortir. Il espérait que son histoire plaiderait en sa faveur. Mais, pour cela, il devait charger Valérie. Il ne doutait pas qu'elle ait pu manipuler leur fils. Hadrien avait cherché sa mère pendant toutes ces années. Et il l'avait retrouvée. Un enfant qui retrouve sa mère après tant de silence, de non-dits, de mensonges... Il avait dû se jeter à corps perdu dans cette rencontre, aveuglé par un souvenir, une image d'Épinal, des années de manque. La proie idéale pour se faire retourner la tête. N'importe quel avocat saurait défendre cette cause. Et il ne choisirait pas n'importe qui. Il se tient maintenant devant la porte de la chambre qui est, bien entendu, fermée. Il frappe doucement.

— Hadrien, c'est moi. Je suis si heureux que tu sois rentré. Je suis désolé pour ce que je t'ai fait. Mais rassure-toi, nous allons te sortir de là. Ce n'est pas ta faute. Ouvre-moi s'il te plaît.

Le silence. Le même chaque fois, ces longues minutes de torture qu'il lui inflige comme pour le punir. Et puis la notification de son portable, « Vous avez reçu un message ».

— *Si, bien sûr que si, c'est ma faute. Mais je voulais juste l'aider, nous aider. Tu sais, ces bébés lui manquaient tellement. Je te jure, elle était si bouleversée. Si seulement on avait pu s'occuper d'elle avant, l'aider. Tu l'as laissée tomber, papa ! Comme moi. Comme eux.*

— Peut-être, peut-être que j'ai eu tort, mais la blessure était trop profonde, tu comprends. Je n'ai pas su la refermer. Mais maintenant, je vais m'occuper de toi, uniquement de toi. Nous allons nous reconstruire, ensemble.

— *Je vais aller en prison papa, et je ne connais personne qui puisse se reconstruire dans ce genre d'endroit, personne. Regarde ce que ça a fait à maman...*

— Non, tu n'iras pas, ou si tu y vas, ce ne sera pas longtemps, je te le promets. Je m'arrangerai pour que tu sois dans des quartiers protégés. Je connais des gens qui peuvent faire ça.

— *C'est ça, tu vas encore me protéger. Comme tu l'as fait pendant toutes ces années. Et regarde où ça m'a mené. Tu ne sais pas tout le mal que tu m'as fait.*

Ces mots-là, ceux qui s'inscrivent en lettres noires sur son écran, sont comme des balles de revolver qui perforent sa poitrine. Comment a-t-il pu être aussi aveugle ? Aussi lâche.

— Ouvre-moi cette porte, je vais... je vais changer, tout va changer, laisse-moi une chance. Je t'en supplie.

— *Inutile de supplier, c'est trop tard... Bien trop tard.*

Mais quelques secondes après, la porte s'ouvre. Son fils est devant lui dans son fauteuil. Ses traits sont tirés. Il a l'air d'un animal traqué. Il recule au fur et à mesure que son père pénètre dans la pièce.

— Il faut, il faut que l'on prépare ta défense, Hadrien, on va faire appel aux meilleurs. Tu vas t'en sortir, je te le promets. Fais-moi confiance.

— *Tu ne sais pas tout, papa. Il y a des choses que l'on ne peut pas pardonner ni justifier. Tu le sais bien, tu es bien placé pour le savoir.*

— Quoi que tu aies fait, nous trouverons une solution, je te le jure.

Hadrien fait rouler son fauteuil vers la porte de sa salle de bains. Il regarde son père une dernière fois puis fait coulisser la porte à galandage qui disparaît dans le mur. Il écarte son fauteuil.

— *Et ça, tu crois qu'on va me le pardonner ?*

Michel Béjart entre avec lenteur. Une bouffée d'angoisse le submerge quand il dépasse son fils pour s'avancer dans la salle de bains. D'abord il ne voit rien, puis soudain, lorsqu'il aperçoit ce qui se trouve dans la baignoire il ne peut retenir un cri. Puis une voix étrange s'élève derrière lui.

— Il y a certaines choses qu'on ne pourra pas effacer.

Le souffle coupé, Béjart se retourne pour faire face à l'indicible. Il sait maintenant que ce n'est pas une tempête qu'il doit affronter, mais un véritable ouragan.

60

Monique Quillet a regardé son mari redescendre dans la cave. Il a tout juste touché à son assiette et n'a plus décroché un mot depuis qu'il lui a dit de ne pas avoir peur. « Ne pas avoir peur... » Et comment cela serait-il possible, alors qu'elle ne reconnaît pas l'homme avec qui elle a vécu pendant tant d'années ? Comment pourrait-elle ne pas être effrayée, alors que son mari a ramené hier un inconnu inconscient et blessé dans leur propre maison ? Comment pourrait-elle ne pas être pétrifiée d'angoisse, alors qu'il s'est enfermé avec lui dans leur cave et que des cris se sont échappés du sous-sol ? Tout à l'heure, elle a eu la tentation d'appeler cette policière, Mme Muller. Elle avait même affiché le numéro de téléphone sur son portable. Elle l'avait regardé longtemps, si longtemps que les chiffres s'étaient inscrits sur sa rétine. Son doigt s'était posé sur la touche d'appel, et puis, finalement, elle avait renoncé. Elle ne savait pas encore si c'était pour ne pas trahir son mari ou, plus certainement, parce qu'à ce moment précis elle le craignait. Ce qui peut-être l'avait le plus abasourdie était le fait que Jean-Pierre ait pris la photo de leur fille sous son bras avant de disparaître dans les entrailles de la maison. Elle aurait tant aimé le retenir, trouver la force et le courage de s'opposer à lui, de le faire revenir à la raison. Mais elle savait bien que cette raison l'avait quitté des années plus tôt, en même temps que sa raison d'être. Elle aurait presque pu dire à quel moment il l'avait perdue, et avec elle peut-être même son âme. C'était il y a un peu plus de deux ans. Le 15 septembre 2019.

Ils se tenaient tous deux devant la table de métal de l'Institut médico-légal de Paris, dans cette pièce abominable aux murs carrelés de blancs. Baignés par une odeur de désinfectant et de formol qui peinait à couvrir les parfums délétères de la thanatomorphose. Cette transformation sans retour possible d'un corps que la vie a quitté. Cette implacable déliquescence des tissus et des êtres qui attend chacun d'entre nous. Mais pas leur fille ! Cela, personne ne pouvait l'admettre. Pas à cet âge, pas dans ces conditions. Depuis l'annonce du décès, elle avait l'impression de vivre dans du coton. Comme si l'atmosphère était devenue compacte. Tout était devenu si difficile. Se déplacer, parler, se nourrir, respirer même, lui demandait un effort considérable. Il y avait aussi ce poids. Cette pierre froide et lourde, glaciale, au creux de son estomac. Cette masse qui avait l'air d'occuper de plus en plus de place dans son organisme. Depuis l'annonce, elle avait l'impression que tout son corps allait bientôt se pétrifier. Et elle s'en réjouissait, parfois. Des yeux de pierre ne pleurent pas, une bouche de pierre ne peut pas hurler son chagrin, un cœur de pierre ne saigne pas. Elle n'avait pas su exprimer tout ça à son mari qui se murait dans le silence et la consternation. Le visage de cet homme n'exprimait plus rien. On aurait dit un masque rigide, mais si fragile que le moindre souffle aurait pu le réduire en poussière. C'est d'ailleurs ce qui était arrivé quand le médecin avait soulevé le drap blanc pour découvrir le visage d'Aurélie. Un autre masque, encore, à jamais figé, pâle et triste comme la mort. Elle avait crié puis pleuré, s'était accrochée au bras de son mari, le cœur transpercé par une douleur sans nom. Elle aurait voulu se jeter sur sa fille, l'embrasser encore, avoir le pouvoir de la réveiller, de la faire revenir. Des centaines d'images d'Aurélie, de sa naissance à cet instant maudit étaient venues percuter son esprit comme autant de coups de poignard. Elle avait l'impression de suffoquer. Enfin, elle avait pu relever la tête, et c'est à ce moment qu'elle avait vu la vie quitter Jean-Pierre. Comme si d'un seul coup son visage s'était effondré. Telles ces barres d'immeubles que l'on voyait parfois détruites à la télé par des explosifs et qui disparaissaient dans un nuage de poussière. Lui aussi s'était effondré de l'intérieur. Et, depuis, il se battait pour avoir l'air vivant. Mais elle n'était pas dupe. Pourtant, depuis qu'il était rentré avec ce garçon, elle sentait chez lui un nouvel élan. C'est aussi pour ça qu'elle n'avait pas appelé Muller. Pourtant, elle savait que ce n'était pas une bonne raison.

N'y tenant plus, elle se lève et s'approche de la porte de la cave. Elle se souvient quand Jean-Pierre avait insonorisé tout l'espace du sous-sol. Il l'avait fait pour Aurélie, pour qu'elle puisse organiser des « soirées de dingues » dans cette vaste pièce. Il avait tout refait pour elle. De toute façon, il n'avait jamais su lui refuser quoi que ce soit. Après sa mort, il était descendu pendant deux jours dans cette cave. Il avait tout démonté, les éclairages, les canapés, la chaîne stéréo, un vieux modèle qu'il avait chiné pour sa fille, pour qu'elle ait « du vrai son et pas celui de ses enceintes Bluetooth à la noix »... Il avait tout mis dans des cartons, avait loué une camionnette puis était parti. Il était revenu quelques heures plus tard. Son visage était gris cendre, comme s'il l'avait enterrée une deuxième fois. Il n'en avait plus jamais reparlé.

Elle colle d'abord son visage contre la porte pour essayer d'entendre quelque chose. Elle ne perçoit rien puis, peu à peu, a l'impression de distinguer comme des plaintes, des gémissements. Elle se décide à ouvrir la porte et commence à descendre. Marche après marche, elle s'enfonce dans la pénombre et, à chaque pas qui la rapproche du sous-sol, elle entend de plus en plus distinctement des plaintes. Ce sont d'abord des dénégations, puis des supplications entrecoupées de cris. Et d'un seul coup la voix dominante de son mari, impérieuse, lourde, cruelle.

— On avance. Tu vois que tu peux te souvenir. Regarde-la bien, Marco, regarde-la, et souviens-toi encore !

L'homme ne répond que par un long gémissement. Monique est au milieu de l'escalier. Si elle descend encore quelques marches, elle pourra voir toute la scène. Mais elle pourra aussi être vue. Pourtant, elle doit savoir. Elle veut savoir ce que son mari est capable de faire. Elle sait aussi que, peut-être, elle ne le supportera pas. Peut-on vivre avec un homme qui se révèle si différent de ce que l'on connaissait de lui ? Le chagrin et la haine sont des moteurs puissants. Si puissants qu'ils sont capables de révéler les parties les plus sombres d'un être humain. Les plus sombres et les plus destructrices. Longtemps, elle pense à remonter, à retourner à sa vie de tristesse et de silence. Mais un cri de douleur l'arrache à son état de stupeur. Elle s'avance de deux pas, suffisamment pour découvrir l'atroce spectacle qui s'offre à elle. Son mari se tient devant la table de métal sur laquelle repose sa victime. Mais elle en voit assez pour ne pas pouvoir retenir un cri. Un cri de dégoût, d'effroi. En l'entendant, Jean-Pierre se retourne et braque sur elle un regard froid.

— Qu'est-ce que tu fais là. Remonte immédiatement.

— Qu'est-ce que toi tu fais là ! Qu'est-ce que tu lui fais. Tu es devenu fou !

— C'était avant, que j'étais fou. Fou de douleur et d'ignorance. Maintenant je sais, maintenant je comprends. C'est lui, c'est lui qui a tué notre fille. Il me l'a dit, tu te rends compte de ça ? Il me l'a dit.

— Mais c'est… c'est absurde, regarde-le, il avouerait n'importe quoi.

— Non, crois-moi, je sais reconnaître des accents de vérité, même chez des ordures dans son genre.

— Laisse-le… Que va-t-on faire de lui… Qu'est-ce que tu vas faire ?

— Nous avons du temps, beaucoup de temps. Et il doit encore me dire de nombreuses choses. Il doit encore me parler de Samia. Tu n'as pas envie qu'on la retrouve, ma chérie ?

Comment pouvait-il lui dire une chose pareille. Elle voulait de toutes ses forces la retrouver, elle qui avait pris déjà tant de place dans leur foyer.

— Bien sûr que je veux la retrouver, comment oses-tu en douter ! Mais pas comme ça, pas de cette façon. Regarde-toi, ce que tu lui fais, c'est... monstrueux.

Son mari s'approche d'elle et l'attrape par le bras avec fermeté.

— Ne te trompe pas, Monique ! Le monstre c'est lui, celui qui est sur cette table. Et ce qu'il a fait à Aurélie, il l'a fait à bien d'autres encore. Et peut-être est-il en train de le faire à Samia. Peut-être qu'en ce moment même des types comme lui sont en train de la tabasser, de la massacrer. Tu comprends ça ! Laisse-moi maintenant, remonte, je te rejoindrai bientôt.

Quand elle arrive dans le salon, elle explose en sanglots. Ce n'est pas son mari qui est là, en bas, en train de commettre ces atrocités. Elle aussi pourtant a rêvé cent fois, mille fois de retrouver le responsable de la mort de sa fille, mais ça... Elle se jette sur son téléphone et recherche en tremblant le numéro de Jeanne Muller. Lorsqu'elle le trouve enfin, elle pose de nouveau son doigt sur la touche d'appel. Mais au même moment, elle repense au regard de son mari, à sa détermination. Elle repense à ce qu'elle a vu, en bas. Et pétrifiée de peur, elle éteint à nouveau son téléphone.

61

— Oui Joël. On a retrouvé le bébé, sain et sauf... Valérie Bouvier est à l'hôpital, en état de choc... Elle a voulu se jeter dans la cage d'escalier... Je sais, oui, les suspects ont une fâcheuse tendance à vouloir s'écraser sur le sol quand je les interpelle... Merci de me le rappeler... Oui, oui, comptez sur moi.

Elle raccroche et se tourne vers Éric.

— Jamais content celui-là, on lui résout l'affaire et il trouve encore le moyen de me chercher. Éric, rappelez-moi de ne jamais accepter le poste de directeur de la PJ, ça rend con.

Elle regarde son portable, vérifie ses messages et allume une cigarette.

— Je ne comprends pas ce que fout Béjart, j'ai essayé de le joindre déjà deux fois et il ne répond pas. Son fiston devrait être chez lui, à présent. À moins qu'il ait décidé de ne pas se pointer. Parce que, bon, je ne l'ai pas caché à son père, il ne va pas échapper à une très sérieuse mise en examen, ce cher Hadrien. Bon, on va y aller tout de suite. De toute façon, on n'a plus rien à faire ici.

En quittant l'immeuble, ils passent devant les débris du téléphone portable. Pour l'instant, ils n'ont pas les moyens de savoir à qui elle a envoyé un message. Elle ne serait pas étonnée d'apprendre que c'est à son fils. La boucle est bouclée. Restera à déterminer quelle est sa part de responsabilité dans cette affaire. Et quelle connaissance il avait réellement des desseins de sa petite maman adorée. Qu'il ait pu être manipulé semblait une évidence. Mais une fois embarqué dans la folie de sa mère, quel enthousiasme et quelles initiatives avait-il apportés à ce projet ? Dans la chambre voisine de celle qui abritait les bébés, les types du labo ont relevé des traces d'ADN. On devrait pouvoir assez vite identifier tout ça. Elle croise les doigts pour que cela n'ouvre pas sur d'autres pistes, d'autres disparitions. Pendant quelques années, Valérie Bouvier s'était réfugiée en Suisse, après la prison. Son père, qui avait disparu alors qu'elle n'était qu'une enfant, était né dans le charmant petit village de Fleurier, dans le canton de Neuchâtel. Et il avait eu la bonne idée de léguer à sa fille un passeport helvète en bonne et due forme. Elle s'était donc fait oublier dans ce discret et calme pays avant de revenir à Paris. Jeanne avait obtenu ces informations par une vieille connaissance d'Interpol. Elle en avait profité pour lui demander de vérifier auprès de ses homologues suisses si des disparitions d'enfants n'avaient pas été signalées pendant la présence de cette femme chez eux. Bien sûr, cela ne les ramènerait pas, mais elle savait que rien n'était pire que de ne pas savoir. Pour faire son deuil, il fallait un corps. Ou pour le moins un mort. Quand ils montent dans la voiture, Éric est en train de pianoter sur son portable.

— C'est pas le moment d'envoyer des SMS à votre maman, qu'est-ce que vous foutez ?

Son collaborateur lui jette un regard noir. Elle se dit que sa stratégie d'éloignement est un peu en train de lui péter au visage. Si elle continue comme ça, il finira par la détester. Et ce n'est pas le but.

— OK, Éric, désolée, mettez ça sur le compte de Vivier et de son coup de fil à la con.

— Pas de problème, commissaire... Vous pensez que Valérie Bouvier peut être jugée ?

Elle ne pouvait pas préjuger de la décision de l'instruction, mais l'irresponsabilité pénale de cette femme allait être mise en avant par ses avocats. Et au regard de son comportement, il y avait des chances pour que ça fonctionne. Et là, pas de coupable, pas de jugement ; pas de jugement, pas de condamnation ; pas de condamnation, et finalement pas de victime... Rien n'était plus difficile pour les proches que d'être privés de justice, de confrontation, de peines. Éric reprend.

— Merde, je n'arrive pas à télécharger le document que les collègues m'envoient. Vivement la 5G qu'on puisse bosser plus rapidement. Parce que là, ça rame grave !

Avec tous ces écolos-bobos-paranos, peu de chance que tu aies rapidement ta connexion magique, pense-t-elle. Muller n'a rien contre le progrès. À part les véhicules électriques qu'elle trouve désespérément tristes, elle a toujours été curieuse de la nouveauté, de la high-tech. Même si elle se garde bien d'essayer d'en percer et d'en comprendre les mystères. Elle se contente d'en profiter. Par la fenêtre de sa voiture, les immeubles défilent à toute vitesse, et à mesure qu'ils se rapprochent du domicile de Béjart, elle sent monter une angoisse de plus en plus profonde. Non pas celle d'être confrontée à Hadrien, mais plutôt celle de s'éloigner un peu plus encore de Samia. Cela faisait presque trois jours qu'elle avait disparu. Il fallait qu'elle la retrouve au plus vite. Mais pour l'instant, tout semblait l'éloigner d'elle. Soudain, Éric pousse un cri de victoire.

— Ça y est, on l'a, notre portrait-robot du Daniel ! Regardez, ils sont de mieux en mieux, leurs clichés, on dirait une photo. Vous ne trouvez pas ?

Il tend l'appareil à Jeanne qui s'oblige à ralentir un peu pour regarder l'écran de l'appareil. Dès qu'elle le voit, elle pile comme une malade. La voiture part dans un long dérapage et s'immobilise après quelques dizaines de mètres. Éric, qui n'avait pas mis sa ceinture, s'est écrasé contre le tableau de bord. Lorsqu'il reprend ses esprits, il se met à crier.

— Ça va pas bien, commissaire ! Vous voulez me tuer ou quoi ?

Elle ne répond pas, regarde encore une fois l'écran du téléphone du lieutenant Mouilbet, puis, lui rendant l'appareil, elle lui intime un ordre bref et sec avant d'écraser l'accélérateur.

— Cette fois-ci, attachez bien votre ceinture.

62

Je vois le sang sur mes jambes, les petites incisions que Daniel m'a faites. Elles ne me font étrangement pas souffrir. Je crois que je suis au-delà de la souffrance, maintenant. Maintenant j'ai peur, atrocement peur. Ce sont ces voix qui m'ont sortie de ma torpeur. Celle de Daniel, puis une autre que je ne connais pas, plus grave, plus mûre, mais pas plus sereine. Je tente de glisser en poussant avec mes pieds contre les parois de la baignoire. J'arrive, au prix d'un ultime effort, à me hisser suffisamment pour pouvoir regarder ce qui se passe autour de moi. Et ce que je vois, ce que j'entends n'a aucun sens pour moi. Il y a cet homme que je ne connais pas et qui semble totalement perdu, abasourdi par ce qu'il voit. Il y a de la détresse et de la surprise dans sa voix. Il y a surtout de la stupéfaction. Derrière lui se tient Daniel, il a toujours son scalpel dans la main. Je ne comprends rien à ce qu'ils se disent. Je voudrais hurler à ce type de se jeter sur Daniel. Mais aussi de faire attention, lui dire à quel point il est dangereux, à quel point il est fou. Mais rien ne sort de ma gorge, aucun son. Je regarde et, surtout, j'écoute.

— Hadrien... Qu'est-ce que... Tu peux marcher... Parler. Pourquoi ? Pourquoi tu me l'as caché ?

Hadrien... Qui est Hadrien ? Je cherche une troisième personne dans la pièce. Je me hisse encore un peu, oubliant la fatigue, la douleur. Je tourne la tête mais je ne vois personne. Il n'y a que Daniel dans cette salle de bains. Daniel et ce type.

— « Caché... » Qu'est-ce que tu sais de moi, vraiment... papa ? Tu n'en sais pas plus sur qui je suis réellement que ce que tu sais de maman. De ce que tu savais de tes autres enfants. Tu n'as même pas vu qu'ils allaient venir au monde. Pas besoin de te cacher les choses. Tu es aveugle ! Ton cœur est aveugle, ton cerveau est aveugle !

Daniel ne m'a jamais parlé de son père. Il était toujours en boucle sur sa mère, je n'imaginais même pas qu'il puisse en avoir un, de père. L'homme, lui, est groggy, il titube, il finit par me montrer du doigt.

— Qui est-ce ? Qu'est-ce que tu as fait, qu'est-ce que tu lui as fait ? Il faut que tu la libères, il faut la laisser partir, tout de suite. Tu es fou... Mon Dieu.

— Laisse Dieu tranquille ! Il ne fera rien, il n'a jamais rien fait. Et elle s'appelle Samia. Et elle ne va pas partir. Elle va rester avec moi. Nous allons disparaître et toi tu vas m'aider, papa. Pour une fois dans ta vie, tu vas m'aider à construire quelque chose. Tu vois, moi, je veux des enfants et je veux m'en occuper. Pas des poupées à la con ! Des enfants, des vrais.

L'homme essaie de s'approcher de son fils, il tend les bras vers lui.

— Mais ce n'est pas possible, ce n'est plus possible. C'est trop tard, on ne peut plus revenir en arrière. Il faut te rendre, il faut que tu arrêtes tout ça. Écoute-moi, par pitié, écoute-moi !

Daniel pointe son cutter vers lui. Il se met à hurler.

— Pour une fois, dans ta vie, pour une fois que je te demande quelque chose, toi, tu te défiles ! Tu dois le faire pour moi... Et pour elle aussi. Celle que tu as abandonnée sans jamais rien essayer, sans jamais essayer de comprendre. Fais-le pour elle, fais-le pour maman !

Il y a une tension épouvantable, électrique. Je sens que tout peut déraper en un éclair. Le père continue pourtant à marcher vers son fils, à lui tendre la main, comme pour l'inviter à se rendre, à lui donner son arme. Il arrive même à lui sourire, ce qui donne à la scène un caractère surréaliste, une sorte de farce tragi-comique. Mais lorsque Daniel lui donne un coup de cutter sur la main, lorsque le sang se met à jaillir, je sais que nous avons basculé et que rien ne pourra plus me sauver. L'homme a reculé, il se tient la main, et je vois de la peur sur son visage. Une peur panique. Et puis, soudain, tout va très vite. J'entends un bruit sourd. Des cris, une voix que je connais, une voix qui me réchauffe le cœur, qui m'insuffle un souffle d'espoir. Une voix qui maintenant retentit dans la pièce.

— Lâchez ça tout de suite, Hadrien, lâchez votre arme.

Jeanne Muller le tient en joue. Elle a cette détermination chevillée au corps, cette force qui la porte depuis que je la connais. Depuis qu'elle m'a sortie de ma vie d'avant. Cette vie dans laquelle je me suis empressée de retourner... Elle a cette force que j'aimerais tant qu'elle me transmette, un jour. Si je m'en sors. Daniel-Hadrien s'est tourné lentement vers elle, sans lâcher son cutter qu'il tient d'une main ferme et dont il vient de faire ressortir la lame. Je lui envoie des messages mentaux, comme je le faisais quand j'étais gamine. « Lâche ton arme, lâche cette putain d'arme, lâche ton cutter... » Même si je sais que ça ne sert à rien, je veux y croire. Malgré toute cette vie, malgré toutes ces choses qui m'ont fait grandir trop vite, je crois encore à ce genre de truc. Mais la réalité est tout autre.

— Tiens, vous voilà commissaire Muller. Je vous avais bien dit que c'était de sa faute, que tout était de sa faute. Si maman a fait tout ça, c'est à cause de lui. Regardez, regardez donc ce qu'il a fait de moi ! Il détruit tout ce qu'il touche. C'est lui, c'est lui le monstre !

Il a levé le bras au-dessus de sa tête, il a levé la main dans laquelle il tient son arme. Il ressemble à un scorpion dont le dard empoisonné serait prêt à s'abattre sur sa proie. Jeanne ne bouge pas, elle le garde en joue et ses mains ne tremblent pas. Le jeune homme se fige un instant.

— C'est moi qui ai retrouvé maman. Moi tout seul. On voulait simplement reconstruire ce que lui a détruit. On voulait une famille à nous. Avec des enfants. Il y en avait un pour nous aussi, un bébé... Pour Samia et moi... On aurait pu être heureux, comme tout le monde. Être de vrais parents.

Hadrien s'est remis à marcher vers elle.

— N'avancez plus, Hadrien, ne m'obligez pas à tirer. Pour la dernière fois, lâchez ça. Maintenant !

Il semble sourd à son injonction, il est ailleurs. Il continue à avancer vers elle, toujours aussi menaçant.

Je sais qu'elle va tirer, je le vois dans son regard. Et je sais qu'elle n'y prendra aucun plaisir. Je vois son doigt se crisper sur la détente, et soudain le bruit de la détonation éclate dans toute la pièce, résonne sur les murs et me perfore les tympans. Mais à l'instant même où elle a tiré sur Hadrien, son père s'est jeté sur lui. En fait, je ne sais pas s'il s'est vraiment jeté sur lui ou s'il l'a écarté pour éviter qu'il soit touché. Les deux hommes se sont effondrés sur le sol, leurs corps entremêlés dans une étreinte singulière. Une étreinte mortelle. Éric, le type avec lequel Jeanne bosse, s'est précipité sur eux. En un geste précis il a désarmé Hadrien et lui a passé des menottes. Ils doivent s'entraîner à faire ce genre de truc parce que ça a duré à peine deux secondes. À présent, il se penche sur le corps du père. Il lui déboutonne la chemise puis regarde Jeanne.

— Appelez les secours, commissaire, vite ! C'est lui qui l'a prise. En pleine poitrine.

63

Je pensais que jamais ça n'arriverait. Que c'était pour les autres, les mieux nés, les veinards. Celles et ceux qui habitaient loin de ma cité, de la dope, de la violence. Ceux qui ont des parents normaux ou simplement présents. Pourtant, là, en cette belle journée de printemps, je suis assise dans le jardin de Jean-Pierre et de Monique, et je suis bien. Il prépare le barbecue et je ne vais pas tarder à aider sa femme à mettre le couvert. De temps en temps, il me regarde et il me sourit. Je suis heureuse. J'ai commencé les cours et ça me plaît. Surtout le français, évidemment, j'ai pas mal d'avance, en fait. À part les matières professionnelles qui m'intéressent aussi mais qui sont nouvelles pour moi, tout le reste me semble si simple. Pour les autres élèves, je suis « l'intello ». Mais c'est dit avec pas mal de sympathie, voire d'admiration. Surtout de la part de Jean. Celui-là me plaît. Beaucoup. Trop. Je crois que je lui plais aussi. On verra bien. Je suis un peu terrorisée à l'idée d'avoir à lui raconter qui je suis, d'où je viens. Mais s'il m'aime, il acceptera tout ça. L'amour, c'est un peu magique, non ? Ça efface tout, ça guérit tout. Dans les contes de fées, c'est comme ça. Et depuis la fin de cette histoire, j'ai décidé que ma vie devait ressembler à un conte de fées. Hadrien est en prison, il va être bientôt jugé. Sa mère est en hôpital psychiatrique, elle a été déclarée irresponsable. Son fils avait réussi une chose incroyable. Il avait retrouvé seul l'usage de ses jambes, il s'était rééduqué dans sa chambre pendant de longues années. Les médecins avaient dit au début à son père que, peut-être, il pourrait remarcher un jour, mais plus personne n'y croyait. Plus personne, sauf Hadrien. Il lui avait fallu une volonté, une force incroyables qu'il avait puisées dans sa volonté de venger sa mère, de lui offrir de nouveau une existence normale. C'est lui qui payait le loyer pour elle, qui lui avait permis de vivre toutes ces années. Il avait même passé son permis de conduire, profitant des absences de son père dans la journée pour suivre ses cours. Le soir, Hadrien, assis dans son fauteuil, envoyait ses messages assassins à son père pendant que, la journée, Daniel sortait de l'hôtel particulier et aidait sa mère à mettre en œuvre ses projets déments. J'irai témoigner, je dirai la vérité. Je dirai ce qu'il m'a raconté quand il était Daniel, je dirai que son histoire m'a touchée. Et que celle d'Hadrien est tout aussi terrible. Il paraît qu'il ne dit plus rien, qu'il reste prostré dans sa cellule. Son père est mort, sa mère est enfermée dans un asile, et, d'après Jeanne, elle n'est pas près d'en sortir. Et tout ça est en partie de sa faute. J'imagine qu'il ne va pas s'en remettre. J'imagine qu'il lui sera difficile d'échapper à la tourmente dans laquelle il est plongé. Mais je ne lui veux pas de mal. Jeanne m'a raconté toute son histoire, la mort des enfants, le délire de sa mère, le sien. Elle m'a dit qu'ils ont retrouvé le message que sa mère lui a envoyé, juste avant d'être arrêtée. C'était simplement : « Ne m'attends pas, sois libre, Hadrien, soit heureux. » Elle dit aussi que c'est la prison qui a rendu dingue cette femme. Ce qu'elle a fait à ses propres enfants était déjà monstrueux, mais les brimades, les agressions des autres détenues, les insultes, les regards de haine l'ont enfermée dans son délire paranoïaque et dans cette quête désespérée pour retrouver ses bébés. Ceux des autres, les siens, tout s'est mélangé dans son esprit. Et quand son fils a repris contact avec elle, quand il l'a enfin retrouvée, elle l'a supplié de l'aider. Elle lui a dit qu'elle l'aiderait aussi à fonder une famille. Que tout redeviendrait normal. C'est elle qui lui a demandé de trouver des nouveau-nés, et lui, il a tout simplement pensé à la fondation de son père. J'ai du mal à croire qu'il n'ait pas saisi toutes les implications de ce qu'il faisait. Il se sentait responsable de ce qui était arrivé, tellement coupable. Il voulait tout racheter à lui tout seul. La mort de son frère et de sa sœur, l'accident de sa mère, la lâcheté de son père. Il voulait une vie normale, et c'était sur moi qu'il avait jeté son dévolu. Peut-être voulait-il me racheter, moi aussi, me racheter de ma conduite, de ma vie... Il faut toujours se méfier des gens qui veulent vous protéger. Le plus souvent, c'est eux qu'ils veulent sauver. Jeanne dit que, s'il est reconnu responsable de ses actes, il va plonger pour longtemps. Je ne veux même pas imaginer à quoi il pourra ressembler quand il va ressortir. Si nos prisons guérissaient, ça se saurait.

J'aperçois Monique qui sort de la cuisine, elle me cherche du regard, et quand elle me voit, elle se met à sourire.

— Ah Samia, tu viens m'aider, il fait beau, on va mettre le couvert dehors, tu es OK ?

Je fais oui de la tête et je me lève pour la rejoindre. Elle me prend dans ses bras et m'embrasse. J'ai toujours les larmes aux yeux quand elle fait ça. C'est con, il faudra quand même que je m'y fasse, un jour.

— Nous sommes quatre, c'est bien ça ? C'est une bonne idée que tu as eue d'inviter ton amie. On est vraiment contents de la rencontrer.

Ça n'a pas été facile de convaincre Jeanne de ne pas poursuivre Jennifer. Elle a dû batailler pas mal auprès du juge. Mais je lui ai dit que je ne lui en voulais pas, qu'il ne fallait pas lui en vouloir. Que c'était mon amie. Ma seule amie. Que nous avions vécu des choses tellement compliquées, que nous venions d'un monde différent, elle et moi. Un monde où l'on pardonne et où l'on oublie plus vite qu'ailleurs. Parce qu'on en a besoin pour survivre, parce que, si on ne le fait pas, on meurt trop vite. Je crois qu'elle l'a compris. Quand j'ai revu Jenny pour la première fois, elle a beaucoup pleuré, et puis on a rigolé. Si incroyable que cela puisse paraître, son « client » avait accepté de reconnaître l'enfant. À la condition que Jennifer s'installe chez lui. Bon, je lui ai quand même dit que ça ressemblait un peu à ce qu'elle faisait avant. Elle a penché la tête comme si elle réfléchissait, et puis elle a dit :

— Ouais, peut-être, mais tu sais, je crois qu'il est vraiment amoureux de moi. Et je crois que moi je pourrais l'aimer aussi. Il est gentil, il est encore pas mal, il est cultivé. Et il est courageux parce que, franchement, je suis pas sûre que ma présence et celle du futur bébé dans sa vie fassent plaisir à ses enfants, à ses amis. Et tu sais ce qu'il m'a dit ? « Je m'en fous de ce qu'ils pensent, ça fait vingt-cinq ans que je me préoccupe d'eux. Cette fois, c'est de toi et de moi dont je veux m'occuper. »

Sacrée Jennifer, je crois qu'elle est heureuse et ça suffit, non ? C'est tout ce que je lui souhaite. Et, en vrai, ça me fait trop plaisir de la revoir. Je regarde ma montre, elle ne devrait plus tarder maintenant. En passant dans le salon, j'observe, comme chaque fois, que le portrait d'Aurélie n'est plus là. Il l'a descendu à la cave. Monique m'en a parlé, une fois.

— Je crois qu'il a compris qu'il devait passer à autre chose. Tu sais bien qu'elle est toujours là, dans nos cœurs. Mais l'avoir sous les yeux tous les jours, c'était trop dur.

Je l'ai vu, dans le sous-sol, le portrait. Je l'ai vu quand Jean-Pierre m'a demandé de descendre avec lui il y a quinze jours. Je n'y étais jamais allée, c'était son endroit, sa retraite, son antre. Il voulait me faire la surprise. Il avait tout refait, agrandi l'ouverture pour avoir plus de lumière, repeint les murs, installé un grand lit, de nouveaux meubles, mis des éclairages, un grand écran. C'était moderne, chaleureux. Au début, je n'ai pas compris. Je me suis dit que peut-être ils allaient prendre un locataire. J'espérais juste qu'il ou elle allait être cool. Et puis il m'a serrée dans ses bras, très fort.

— J'ai pensé que ta chambre devenait un peu petite et que tu serais mieux ici... Qu'est-ce que tu en penses ?

Je me suis retenue pour pas chialer, une fois de plus. Alors je l'ai embrassé et je lui ai dit que je trouvais ça super, génial, que c'était hyperbeau, et que je l'aimais... Et c'est lui qui a pleuré, du coup. Après, il m'a dit que ce n'était pas complètement fini, qu'il allait mettre du parquet au sol. « Tu aimes bien ça, le parquet, Samia, ça va ? » Il a ajouté qu'il avait refait toute la chape de béton pour que ce soit bien droit, que ce soit facile à poser, que je pourrai l'aider. La photo d'Aurélie était posée sur une petite table. Je l'ai regardée vite fait, mais je n'ai rien dit. Pourtant, ça ne lui a pas échappé.

— Tu crois que tu voudras bien la garder avec toi ? Elle sera heureuse, elle aussi, ici. C'est tout ce que j'ai d'elle, tu sais, ça et mes souvenirs, bien sûr. Mais j'ai décidé de ne retenir que ce qui était beau. J'ai trop souffert, tu comprends. Tout le reste, toute la douleur, tous les mensonges, tout ça je l'ai... enterré !

Et il a tapé du pied sur le sol, très fort, comme pour faire taire le passé.

Je l'aime bien, ce studio. Je m'y suis installée depuis le début de la semaine. C'est vraiment un nouveau départ. Je pense que je vais inviter Jean, aussi, bientôt. Je me sens tellement... normale. Quand j'ai dit ça à Jeanne, elle s'est marrée, « Je ne sais pas, je ne crois pas que tu le sois vraiment, mais c'est ce qui te rend unique, ma belle ». Je lui ai dit aussi que j'étais inquiète à cause de Marco, que ce n'était pas le genre de mec à oublier, à lâcher l'affaire. Elle m'a expliqué qu'il avait disparu de la circulation, qu'il n'avait pas respecté son contrôle judiciaire, mais qu'on n'avait pas réussi à le retrouver. Elle pense qu'il est parti à l'étranger, qu'on ne le reverra plus. « Il sait qu'il est cramé ici, t'inquiète pas. » Facile à dire, Jeanne, mais là, tout de suite, allongée sur mon lit, dans le sous-sol de la maison, j'ai cette étrange impression que ce salaud n'est pas si loin que ça... J'espère que ça passera. Je suis certaine que ça passera. Pour la première fois depuis que je suis née, j'ai l'impression que la vie, la vraie, est devant moi.

64

Jeanne ne comprend pas, ne s'explique pas comment elle a pu faire un truc pareil. Elle regarde sur le lit, elle observe avec attention le moindre détail, la moindre courbe, le plus petit accessoire. Elle sait bien que tout cela est un artifice, que c'est un objet de curiosité, au pire, de collection, au mieux. Elle s'en amuse, bien sûr. Elle a lu ces histoires dingues, sur ces femmes et ces hommes qui dépensent des fortunes pour ça, qui les imposent à leur entourage et exigent qu'on les traite normalement, comme des vrais. Quand elle était enfant, elle ne se souvient pas avoir jamais été attirée par les poupées. Elle avait bien d'autres choses à faire... Comme survivre, par exemple. Survivre aux attentions trop particulières de son père et aux dépressions à répétition de sa mère. Alors, les poupées... Elle se persuade que c'est juste un objet tendance, une mode un peu étrange à laquelle elle s'est laissé prendre. Un truc que l'on mettra sur le compte de son caractère original, de sa singularité. Si jamais quelqu'un vient à le savoir. Parce qu'elle ne croit pas qu'elle va le raconter, à qui que ce soit. Elle s'assoit sur le lit et pose la main sur le petit corps de silicone. À ce simple contact, le bébé reborn ouvre les yeux et avance ses mains minuscules vers Jeanne. Comme par réflexe, elle tend un doigt dont le bébé se saisit aussitôt. Elle reste de longues minutes ainsi à observer les yeux de cristal qui ont tourné à droite puis à gauche avant de se fixer sur elle. Quand elle se lève enfin pour quitter la pièce, la poupée retourne en quelques secondes à son immobilité de machine. Peut-être que cela lui passera, peut-être que, dans quelques semaines, quelques mois, elle rangera cet objet dans un placard pour ne plus y penser. Mais elle n'y croit pas. Elle sent que déjà se tisse un lien étrange entre eux. Pendant quelque temps, elle avait imaginé proposer à Samia de venir s'installer chez elle. Elle pense que la jeune fille aurait dit oui, mais elle sait aussi que le modèle que lui proposent les Quillet est sans doute plus adapté. Et sans doute aussi ce couple a-t-il plus besoin de la présence de Samia qu'elle n'en a la nécessité. La dernière fois qu'elle les a vus ensemble, on aurait dit une vraie famille. Le couple semblait enfin apaisé et Samia était rayonnante. Ça lui avait fait mal, elle devait bien se l'avouer. Et ce n'était sûrement pas étranger au fait qu'elle s'était laissé prendre dans cette histoire un peu dingue de poupée... Quand elle arrive dans son bureau, elle décide de se mettre tout de suite au travail. Depuis la fin de cette affaire des enlèvements de nouveau-nés, elle a un sentiment d'inachevé. Ou, plutôt, de loupé. Pas tant dans le dénouement et la fin tragique des Bouvier-Béjart. Pour ceux-là, les choses étaient dramatiquement claires, écrites. Elles s'inscrivaient dans le drame initial. Dans ces infanticides, dans cet accident de voiture, dans la jeunesse, le passage à l'acte puis la disparition de la mère, dans l'aveuglement du père et les obsessions du fils. Elle se demandait parfois comment Hadrien avait pu faire illusion. Où avait-il trouvé les ressources nécessaires pour jouer ce personnage, pour s'enfoncer dans ce mutisme et cette immobilité pendant si longtemps ? Sans doute dans son immense chagrin et dans sa profonde rancœur. Deux moteurs si puissants de la folie. Il avait dû chercher longtemps une jeune femme qui puisse répondre à ses aspirations, à son idéal, une femme capable d'être la mère de ses enfants volés, et une mère, bien sûr, incapable de faire le mal. En y réfléchissant, elle n'était pas étonnée qu'il ait été obsédé par Samia. Cette fille est foncièrement bonne et généreuse. Le spectacle permanent du mal auquel elle avait été confrontée pendant toutes ces années l'avait guérie de toute velléité de le commettre. En tout cas, c'était la théorie de Muller. Ce qui la chagrinait, ce qui réveillait en elle son instinct de chasseur, c'était le cas d'Ariane Dubois. L'ex-femme d'Alex Scott venait, à son goût, trop souvent lui rendre visite dans ses nuits sans sommeil. Bien sûr, son implication dans le suicide de cette femme n'était pas étrangère à cette obsession. Et même si l'IGPN avait rapidement écarté toute forme de responsabilité de la commissaire dans ce décès, le poids moral était bien présent. C'est elle qui était derrière la porte quand cette femme s'était jetée par la fenêtre, elle qui lui intimait l'ordre d'ouvrir pour faire face à ses responsabilités. Des responsabilités que, vraisemblablement, elle n'était pas prête à affronter… Mais il y avait quelque chose qui la gênait dans cette histoire. Elle n'arrivait pas à comprendre l'immensité et la puissance de la rancœur de cette femme contre Alex Scott, son ancien mari. Jusqu'à harceler sa nouvelle épouse dans des circonstances aussi atroces, lui envoyer une peluche alors que son bébé avait disparu. Et son insistance perpétuelle à salir son ex. Certes, c'était assez commun dans un divorce houleux, mais cela allait rarement jusqu'à de telles extrémités. Jusqu'à la mort... Elle a ramené chez elle les deux grands cartons qui contiennent les pièces relevées dans l'appartement d'Ariane. Quand le gardien de l'immeuble l'a vue arriver avec ça, il s'est empressé de venir l'aider à les monter dans l'appartement. C'est un type sympa qui a tendance à picoler un peu trop. Et ce n'est sûrement pas elle qui va lui jeter la pierre. Mais cette fois-ci elle ne lui a rien offert à boire. Elle doit garder les idées claires.

Elle regarde l'ensemble des documents, relit encore et encore la vie de cette fille sans histoire issue d'une famille de la bourgeoisie moyenne. Ariane Dubois a eu une scolarité normale, pas d'antécédents judiciaires ou psychiatriques. Elle avait épousé Alex Scott à l'âge de 23 ans. Le couple était resté marié trois ans avant de divorcer. Les accusations de violences physiques et morales que sa femme avait alléguées contre lui n'avaient pas été retenues par les juges. Et même si les entretiens que Jeanne avait eus avec Alex n'avaient pas rendu ce dernier particulièrement sympathique, il n'y avait pas grand-chose contre lui. Alors, elle relit encore pour la troisième fois le journal de son ex-femme. Un flot de haine, de frustrations, mais aussi de peur et d'angoisse. Elle y relate toutes les manipulations, toutes les violences réelles ou fantasmées qu'elle reproche à Alex. Un passage attire pourtant l'attention de Jeanne, un passage sur lequel elle ne s'était pas attardée pendant ses premières lectures. Sans doute parce qu'elle recherchait quelque chose plus en lien direct avec la disparition des nouveau-nés. Au moment où, après son suicide, Ariane faisait une coupable idéale. C'est un passage dans lequel elle évoque ce qu'elle affirme être une nouvelle infidélité de son mari.

« *Quand je suis rentrée ce soir, elle était encore là, cette petite pute. Sous prétexte de réviser son examen d'avocate, elle vient prendre des cours particuliers à la maison. Dans notre maison ! Je vois bien les sourires qu'ils échangent et leur changement d'attitude dès que je rentre. Elle s'appelle Pauline... Je suis sûre que c'est sa maîtresse. Et il va nier encore, avec sa gueule de faux-jeton. Il va dire que je suis folle, que je me fais des films. Salaud.* »

Elle revient à plusieurs reprises sur cette Pauline, la cite de nouveau. Un passage en particulier frappe Jeanne.

« *Je l'observe, la pauvre petite... ça lui apprendra à coucher avec des mecs mariés. Mais ça devait finir comme ça, de toute façon. Il n'y a plus de sourires entre eux, il y a de la haine. Je la pratique depuis longtemps, celle-là. Alors je la reconnais tout de suite. Au revoir mademoiselle Bagueler, bientôt je ne te verrai plus. Et la voilà qui pleure maintenant, comme si je n'étais pas là. Alex a quand même l'air embarrassé. C'est un minimum. Quand il l'a raccompagnée j'ai observé cette gamine, je l'ai bien regardée. Elle a l'air vide, exténuée, marquée. Elle a une démarche un peu étrange, un peu empêchée. Et il y a ces nouvelles rondeurs, cette poitrine insolente de petite salope en chaleur, encore plus imposante, encore plus provocante... Je ne peux pas croire qu'il ait fait ça, qu'il ait recommencé... ça ne s'arrêtera donc jamais...* »

Quand elle appelle Éric, elle a ce pincement au ventre, ce truc qui lui dit qu'elle a peut-être mis le doigt sur quelque chose. Ce truc qui lui ment si rarement.

— Bonjour Éric... Il faudrait me retrouver les coordonnées d'une certaine Pauline Bagueler... C'était une étudiante d'Alex Scott à Assas dans les années 2015-2016. Elle a peut-être changé de nom... Bien sûr que c'est urgent. J'attends votre appel... Et merci.

La tentation de l'alcool est là, encore et toujours. Elle tourne en rond dans son appartement en grands cercles concentriques qui la rapprochent de plus en plus de la cuisine. Du frigo dans lequel l'attend, tapie comme une bête à l'affût, une bouteille de Zubrowka glacée. Il faut qu'il rappelle, et vite. Elle a la main sur la porte du congélateur quand Éric la rappelle enfin.

— Alors ? OK, OK, super... Vous me l'envoyez... Mais oui, je vous dirai.

Aussitôt qu'elle a reçu le numéro de Pauline, elle s'empresse de l'appeler. Au bout de deux sonneries, une voix de femme lui répond.

— Bonjour, mademoiselle Bagueler ?... Je suis la commissaire divisionnaire Muller, je vous contacte à propos d'Alex Scott... Allô ?.. Allô, vous êtes là ?... Vous ne pouvez rien me dire ou vous ne voulez rien me dire ?... Oui, mais je pourrais vous faire convoquer si cela était nécessaire... Et je suis certaine que vous ne souhaitez pas en arriver là... Voilà. Je sais que vous avez eu une liaison avec lui, pendant vos études... Non, je veux juste que vous me racontiez comment cela s'est terminé, ce qui s'est passé exactement...

Dix minutes plus tard, Muller a enfilé son blouson. Elle se rue dans sa voiture, démarre et sort de son parking dans un bruit assourdissant.

65

Juliette Scott est assise dans le canapé du salon, sur son visage se reflète de la colère, de la tristesse, mais aussi de la détermination. Le retour à la maison d'Aurore avait pourtant commencé comme un conte de fées. Le soulagement immense, la joie d'avoir retrouvé leur fille avaient été comme une renaissance. Elle pensait parfois à l'autre bébé, celui qui était mort. Elle s'imaginait à la place de la mère et un long frisson lui parcourait tout le corps. Ça aurait pu être Aurore, ça aurait pu être elle… C'est toujours ce qu'on se dit dans ces moments-là, comme si le fait d'imaginer que les drames auraient pu nous percuter de plein fouet nous aidait à ressentir plus de compassion, nous rapprochait des victimes. Pourtant, on ne peut jamais vraiment comprendre ce que la perte d'un enfant représente. Les angoisses et les peurs que cette hypothèse génère chez les parents ne sont rien comparées à la réalité d'une perte aussi terrifiante, d'un deuil aussi injuste. Elle regarde sa montre. Sa fille devrait dormir encore pendant une bonne heure. Elle a très envie d'aller la contempler mais elle arrive à se raisonner. Elle ne veut pas prendre le risque de la réveiller. Elle doit profiter du calme de l'instant présent. Alex rentrera d'un moment à l'autre et elle sait que les cris pourraient recommencer. C'est de façon tellement insidieuse que son attitude s'est modifiée. Au début, il était comme elle, comme tous leurs proches. Comme si on avait enlevé un poids immense de leur poitrine, comme s'ils pouvaient enfin respirer après être restés en apnée pendant tous ces jours. Ou, du moins, semblait-il l'être… C'était d'abord avec elle que son attitude s'était modifiée. À l'unité retrouvée des débuts s'étaient progressivement substitués de brusques emportements. Il s'énervait pour tout, pour rien. Il lui reprochait de ne pas s'occuper assez bien de la maison, de ne pas faire la cuisine, de ne plus faire attention à lui, surtout. « N'oublie pas que ta fille a un père, Juliette, j'existe aussi, je suis là ! » Elle n'avait pas compris. Elle avait tenté de le calmer, de le raisonner, avait voulu se rapprocher de lui. Elle n'avait pourtant pas l'impression de nourrir une quelconque exclusivité avec leur fille, elle lui proposait de lui donner le bain, de la nourrir, elle préservait des instants d'intimité pour tous les trois. Mais plus elle le faisait, plus elle avait l'impression que ça l'exaspérait, qu'il aurait préféré être ailleurs. Que la présence de sa femme et de sa fille l'irritait au plus haut point.

Et puis, il y a quinze jours, il l'avait frappée. Pour la première fois. Pour rien. Il lui avait dit que le salon ressemblait à « une porcherie ». Elle lui avait rétorqué qu'il pouvait lui aussi ranger, si cela ne lui convenait pas. Et c'est là qu'elle avait vu dans son regard cette lueur de colère, cette rage. Elle n'avait pas eu le temps d'ajouter un mot de plus, il s'était avancé vers elle et l'avait giflée avec une brutalité extraordinaire. Les deux jours qui avaient suivi, elle ne lui avait pas adressé la parole. Elle avait lu dans les journaux, sur le Net, qu'il fallait partir, dès le premier coup, qu'il ne fallait pas laisser passer ça, jamais. Plus facile à dire qu'à faire. Au-delà de la dépendance amoureuse, il y avait la dépendance financière, mais aussi et surtout la honte, le dégoût. Pourquoi les femmes ne quittaient pas leurs tortionnaires, sinon ? Il s'était excusé mais avait recommencé, trois jours plus tard. Et, depuis, il la battait, presque chaque jour, pour un oui, pour un non, pour un regard, pour un soupir, pour une absence. Il fallait qu'elle prenne une décision, pour elle mais aussi et surtout pour Aurore. Depuis ce matin, depuis les premières lueurs de l'aube, elle sait qu'elle va partir, qu'il le faut. Elle ira chez ses parents. Tant pis pour la honte. Mais elle veut le lui dire, comme un dernier défi. Elle veut qu'il sache ce qu'elle pense de lui, des hommes comme lui. Elle ne sait pas d'où peut lui venir ce courage, mais aujourd'hui pourtant elle se sent forte. Lorsqu'elle entend la voiture se garer dans l'allée, elle respire un grand coup et se lève pour mieux l'affronter. Quand il rentre dans la maison son visage est fermé, sombre.

— Qu'est-ce que tu fais là, plantée dans le salon ? Tu n'as vraiment rien à foutre ! Pourtant, quand je vois l'état de la maison, et quand je te vois, toi…

— Ça suffit Alex, ça suffit ! Et qu'est-ce que tu vas faire pour me punir ? Me frapper encore et encore ? C'est terminé tu m'entends, terminé. Je vais partir avec Aurore, je vais aller chez mes parents. Je comprends mieux maintenant ce que me disait ton ex-femme…

C'est elle qui disait la vérité, tu es... malade. Voilà, tu es complètement malade, Alex.

Le visage de son mari s'est transformé en une fraction de seconde. Dès qu'elle a eu fini sa phrase, sa physionomie a changé. Ce n'est plus qu'un masque de fureur froide, de haine implacable.

— Je t'interdis de parler d'Ariane, je t'interdis de parler d'elle, tu entends ! Et toi, tu ne vas partir nulle part. Nulle part avec ma fille, en tout cas. Qu'est-ce que tu crois, tu crois que je vais te laisser me l'enlever, sans rien faire !

Il s'avance sur elle, elle sait ce qui va se passer. Elle le voit dans ses yeux. Mais ses cris ont réveillé leur fille qui se met à pleurer. Il s'arrête d'un seul coup.

— Tu es contente, tu l'as réveillée, quelle mère tu fais, ma pauvre ! Et tu voudrais que je te la laisse, tu rêves.

— Arrête, par pitié Alex, arrête... Je vais aller la chercher et nous allons partir, toutes les deux. Nos affaires sont déjà prêtes.

Cette fois, c'est un rictus de haine qui déforme les traits de l'homme qui se tient devant elle les poings serrés. Un homme qu'elle ne reconnaît plus.

— Tu avais tout préparé, hein, espèce de salope. Et tu crois que je vais me contenter de la voir une fois par semaine, tu crois vraiment que tu peux me l'enlever. Je préfère encore la perdre que de te la laisser. Tu comprends ça !

Comme il se dirige vers la chambre, elle l'attrape par le bras et, dans un sursaut, tente de le retenir. D'un geste brusque, il s'arrache à son emprise et continue à avancer, les yeux rivés sur la porte de la chambre de leur fille. Elle se rue à nouveau sur lui, mais au moment où elle le rattrape, il se retourne et abat, d'un geste rageur, son poing sur son visage. Le coup est si violent que Juliette bascule en arrière. Elle a l'impression d'avoir reçu un coup de marteau sur le crâne. Comme elle s'effondre sur le sol, elle distingue Alex qui entre dans la chambre d'Aurore et, avant de sombrer, elle a juste le temps d'adresser une prière muette et désespérée pour qu'il ne lui fasse pas de mal.

66

— Éric, je file chez Juliette Scott. J'ai essayé de la joindre, mais elle ne répond pas. Son mari non plus. Il est probable qu'elle soit en danger. J'ai eu Pauline Bagueler au téléphone. Ce type, Alex Scott, il semblerait que ce soit une véritable ordure. Il l'a mise enceinte et puis il l'a persuadée de mettre fin à sa grossesse. Il lui a promis qu'il quitterait sa femme, et dès qu'il a su qu'elle attendait un enfant, il l'a martyrisée, harcelée, jour et nuit. Du coup, elle a fait une fausse couche. Ensuite, il l'a littéralement abandonnée, plus de contact, plus de son, plus d'image. La gamine était tellement traumatisée qu'elle a quitté la fac et qu'elle n'a plus jamais voulu reparler de cette histoire. Elle en pleurait encore au téléphone. Elle ne me l'a pas dit, mais quand je lui ai demandé s'il avait été violent avec elle, il y a eu un long silence puis des sanglots assez éloquents. Bon, j'y serai dans dix minutes... Oui, c'est ça, vous envoyez du monde, vite.

Avant d'arriver chez les Scott, Jeanne éteint son gyrophare. Elle se gare à une dizaine de mètres de la petite maison. Il y a une voiture dans l'allée. Elle sait que Juliette n'a pas son permis de conduire. Il est sans doute là. Quand elle approche de la porte d'entrée, elle a déjà saisi son arme. Une voisine sort au même instant. Une petite femme rondouillarde au visage lunaire qui la regarde, stupéfaite. Avant qu'elle ne se mette à dire quoi que ce soit, Muller montre sa carte de police et, mettant son doigt devant sa bouche, elle lui intime l'ordre de se taire et lui fait signe de retourner chez elle. Avant de refermer sa porte, la femme récupère tout de même la poubelle qu'elle était venue chercher. La force de l'habitude, sans doute. Jeanne pousse la porte qui heureusement n'est pas fermée à clef. Elle se souvient de la configuration de la maison. Sur la droite, il y a une cuisine, puis vient ensuite le salon et un couloir qui doit desservir les chambres. Elle progresse sans un bruit. Le silence qui règne dans ces pièces a quelque chose de glaçant, d'oppressant. Muller a envie d'appeler, de signaler sa présence ne serait-ce que pour rompre cette solitude. Mais c'est au moment où elle s'apprête à le faire qu'elle aperçoit Juliette, gisant sur le sol du salon. Elle se penche aussitôt sur elle. La jeune femme respire encore, mais la gigantesque ecchymose qui marque sa pommette gauche ne laisse aucun doute. Elle est complètement sonnée. Pourtant, la commissaire a besoin de savoir. Elle secoue doucement les épaules de Juliette. Au bout de quelques secondes, elle revient à elle. Ses yeux s'agrandissent lorsqu'elle voit Jeanne. Ses lèvres s'ouvrent comme si elle allait se mettre à hurler. Jeanne plaque immédiatement sa main sur sa bouche et se met à chuchoter.

— Ne dites rien. Restez immobile. Il est là, dans la maison ?

Elle acquiesce de la tête.

— Avec votre fille ?

De nouveau Juliette secoue la tête de haut en bas et cette fois des larmes roulent sur ses joues tuméfiées.

— Où ça ?

Elle indique du doigt la porte close qui mène vers le couloir desservant les chambres. Se redressant, Jeanne lui dit de ne pas bouger. La mère d'Aurore la regarde puis articule difficilement.

— Je lui ai dit que j'allais partir... Il est devenu comme fou. Elle n'a rien, n'est-ce pas, elle n'a rien... Dites-moi qu'elle va bien, je vous en supplie.

Jeanne fait un geste qu'elle voudrait rassurant alors qu'elle-même est rongée par l'inquiétude. Elle ouvre sans bruit la porte du couloir. Il dessert deux chambres. La seconde au bout du couloir est ouverte. Elle avance avec précaution puis jette un regard furtif à l'intérieur de la pièce. Le corps se balance doucement au bout du drap dont Alex Scott s'est servi pour fabriquer la corde. La corde avec laquelle il s'est pendu. Il a dû monter sur la table à langer qui est renversée sur le sol. Le gros tuyau de chauffage qui court sur le plafond et auquel il est accroché a ployé sous son poids mais n'a pas rompu. Elle remarque qu'il a dû ôter le coffrage qui recouvrait la canalisation pour pouvoir s'y pendre. Il tenait vraiment à le faire dans cette chambre, dans la chambre de sa fille. À ce moment, devant ce corps sans vie qui offre le triste spectacle de la désolation et du désespoir, elle pense à Samia. Aux longues discussions qu'elle a eues avec la jeune fille. Il lui a fallu du temps pour obtenir sa confiance, mais lorsqu'elle s'est livrée, quand elle s'est enfin révélée, Jeanne a reçu toute son histoire en pleine figure. Pourtant, elle avait l'habitude de recueillir des témoignages terribles, des morceaux de vies fracassées, broyées par la violence et la folie. Mais la relation qu'elle a tissée avec Samia transformait la manière dont elle recevait ses mots. Elle avait été totalement touchée par son passé décomposé en dizaines d'anecdotes aussi dures que révoltantes. Ce qui peut-être avait le plus frappé Muller était l'incroyable détachement dont Samia faisait preuve dans ses témoignages. Trop de distance, avait-elle pensé à ce moment-là, il faudra être vigilant. Même si Samia elle-même l'expliquait, calmement, posément.

— Tu vois, Jeanne, quand ta vie c'est ça, il faut te protéger. Je ne sais pas comment te l'expliquer, mais tu vis ailleurs, en fait. Ouais, c'est ça, tu te blindes. Ton corps, c'est comme un vieux manteau. Un truc que tu enfiles et que tu enlèves le soir quand tu te couches. Alors, ce qu'on lui fait à lui, tu t'en fous. Et puis, j'avais les livres. Tu sais combien j'en ai lu en tout ?

Jeanne ne se souvenait plus du chiffre exact. Elle se souvenait juste qu'elle s'était promis de protéger cette fille, de lui offrir, enfin, une vraie vie. Une vie dans laquelle elle pourrait « garder » son corps jour et nuit, sans que plus personne, jamais, n'en use sans son autorisation. Et cette promesse, elle savait qu'elle allait la tenir, à tout prix. Le détachement de Samia, cette incroyable capacité à faire abstraction du mal la subjugue. Elle aimerait tant l'avoir là, maintenant, tout de suite, alors qu'elle s'avance vers le petit lit de bébé, près de la porte-fenêtre. C'est un lit tout blanc, un berceau plutôt, au-dessus duquel est accroché un mobile immobile, manège d'animaux figés dans une farandole grotesque et inquiétante. Lorsqu'elle se penche au-dessus du matelas immaculé, elle découvre Aurore, allongée sur le dos dans une turbulette rose. Son visage est pâle et ses yeux sont clos. À ses pieds, un coussin de soie rouge, froissé, est posé là comme une fleur coupée, fanée, comme si on l'avait piétiné avant de l'abandonner. Jeanne regarde la perfection des traits, la finesse de ses lèvres, la délicatesse de ses mains minuscules qui reposent, poings serrés, de chaque côté de son corps. Elle a cette pensée absurde, ridicule. Elle se dit que si c'était une poupée reborn, il suffirait de l'effleurer pour que ses yeux s'ouvrent au monde. Il suffirait d'une simple pression sur son torse pour que ses bras s'agitent, que sa bouche s'ouvre sur un sourire d'ange et que sa poitrine se soulève au rythme apaisant d'une respiration sereine. Mais dans la vraie vie, les enfants ne sont pas immortels. Elle attrape Aurore et la soulève pour la regarder. Muller ne sent plus rien, pas de pouls, pas de respiration, son cœur à elle se met à battre à toute vitesse. Elle pose l'enfant sur le sol et, lui relevant légèrement la tête, elle pose sa bouche sur celle du bébé tout en lui couvrant le nez. Elle souffle lentement puis pose deux doigts sur le sternum avant de commencer le massage cardiaque puis de recommencer l'insufflation. Après l'épisode tragique des Mugy, elle avait revu les bases du secourisme. Et elle qui ne prie jamais, ne croit plus en rien depuis si longtemps, elle invoque maintenant tous les dieux de l'univers pour que ce petit cœur reparte. La mort est bien trop présente autour d'elle, depuis bien trop longtemps. Un jour, elle le sait, c'est à elle que cette garce s'en prendra directement. Mais, après tout, si la grande faucheuse pouvait accepter un deal, elle échangerait bien tout de suite sa vie à elle contre celle de ce bébé. Un instant, entre deux bouffées d'air, son attention est détournée par une ombre, comme un fantôme. Juliette Scott est entrée dans la chambre. Elle les regarde, ne semble pas même voir son mari. Son visage est l'image même de la désolation. Elle a les yeux rivés sur le corps d'Aurore. Elle s'approche encore et tombe à genoux à un mètre à peine de Jeanne. Elle redresse la tête, regarde Muller dans une supplique bouleversante, porte ses mains à son visage et pousse un hurlement qui fige le monde autour d'elle. Ce cri, c'est la quintessence du chagrin et du désespoir, ce cri, c'est celui d'une mère qui perd son enfant. Jeanne ne peut rien faire, elle est tout entière absorbée par sa tâche, elle ne lâche rien. Elle ne sait pas et ne saura jamais ce qui, de son massage ou du cri primal de Juliette a réenclenché la dynamique de vie, peut-être les deux. Mais lorsqu'elle voit les yeux d'Aurore s'ouvrir lentement, comme si elle s'éveillait d'un rêve, une onde de joie la submerge.

— Juliette, Juliette ! Elle est vivante, votre fille est vivante !

La mère semble d'abord ne pas comprendre. Les miracles sont toujours si difficiles à croire. Mais lorsque le premier cri de l'enfant résonne dans la chambre, elle se jette sur son bébé et le sert dans ses bras, submergée par un incroyable bonheur. Les larmes de joie se succèdent à celles de la mort. Jamais de sa vie, Jeanne n'aura vu une telle image. Quand elle se relève et se dirige vers le salon, la maison est déjà envahie par des policiers. À leur tête Éric, inquiet, s'avance immédiatement vers elle.

— Ça va, commissaire ?

— À peu près, mais vous pouvez ajouter Alex Scott à la liste de mes suicidés. Le bébé et la maman vont bien. Dites aux gars d'aller s'occuper d'eux, il faut les emmener à l'hôpital, tout de suite...

— Vous êtes sûre que ça va, vous avez l'air complètement exténuée...

Elle ne répond pas, se dirige vers le petit jardin. Elle sort et s'assoit sur une chaise en plastique. Fouillant ses poches elle en extrait un paquet de cigarettes, en prend une, l'allume aussitôt et aspire la fumée avec volupté. À la deuxième bouffée, elle sent la douleur qui s'intensifie. Sa poitrine la brûle, une main cruelle et ardente semble se resserrer autour de ses poumons. Elle écrase sa cigarette et se met à tousser comme si rien ne pouvait l'arrêter. Comme si elle allait cracher ses bronches sur la table de jardin. Au bout d'une minute, les yeux baignés de larmes, elle arrive enfin à reprendre son souffle. Mais la douleur est encore là, sourde, persistante. Elle lève les yeux vers le ciel et repense au marché silencieux qu'elle a passé avec la mort, tout à l'heure. Quand elle a sauvé Aurore. Elle y repense, adresse un sourire triste aux nuages et se dit que, peut-être, elle devrait aller voir un médecin... Mais avant, elle sait ce qu'elle va faire. Elle va appeler Samia. Juste pour lui dire que la vie, malgré tout, peut quand même être belle. En tout cas, que Jeanne, elle, la trouve plus douce depuis que la jeune femme est entrée dans la sienne...

67

Michel Béjart regarde sa femme se diriger en silence vers l'escalier de la cave. Elle a le visage fermé, bien plus encore que celui qu'elle offre d'habitude. Il a bien remarqué qu'elle avait changé, ces dernières semaines. Pas la nature de leur relation, ça non. Elle est toujours aussi glaciale. Mais Valérie, elle, a changé. Elle est encore plus fuyante, plus distante que d'habitude. Parfois, son visage se crispe, elle semble traversée par des douleurs aiguës. Il l'a vue, encore hier matin, alors qu'elle racontait une histoire à Hadrien. Au moment où le méchant loup prenait une grande respiration pour souffler sur la maison de paille du petit cochon, elle a brusquement interrompu sa lecture. Elle a fermé les yeux puis a poussé un petit gémissement. Au bout d'une minute, elle avait repris sa lecture sous le regard enthousiaste de leur fils, comme si de rien n'était.

Une demi-heure a dû s'écouler avant qu'il ne se lève du canapé du salon, sans faire de bruit. Il regarde sa montre, à cette heure-là son fils doit dormir. En passant, il pose son journal sur le plateau de verre de la table de la salle à manger. Sur la première page, la photo des Twin Towers en flammes rappelle au monde que ce millénaire a commencé par un véritable séisme et que la société va connaître un nouvel équilibre, fait d'intimidation et de terreur. Il hésite un court instant avant d'ouvrir la porte de la cave. Il respire profondément et se décide enfin à s'enfoncer dans les entrailles de la maison. Chaque marche est un gouffre. Il sait, il sent qu'il est en train de descendre vers l'enfer. Ses pieds sont chaussés de plomb, sa tête est en ébullition. La cave est à l'image de la maison, immense. Il traverse d'abord la salle principale qui jouxte les garages. Celle dans laquelle il a créé un atelier empli d'outils tout neufs dont il ne s'est jamais servi. Au bout de cette grande pièce, il y a une porte qui mène vers la chaufferie. La chaudière qui alimente toute cette grande bâtisse lui a toujours fait penser à la salle des machines d'un gros navire, avec tous ces tuyaux et ses voyants multicolores. Une flaque de lumière blanche s'échappe du dessous de la porte. Plus il s'en approche et plus ses jambes pèsent lourd. Dans le silence absolu de l'instant, il croit percevoir soudain comme une plainte. Ou plutôt comme des cris, comme les cris de détresse d'un petit animal. Son corps est alors traversé de décharges électriques et son cœur est prêt à exploser. Une sueur glacée coule dans son dos, accentuant encore la sensation de froid qui l'assaille. Lorsqu'il ouvre la porte, des couleurs vives s'imposent tout de suite à son regard. Du rouge surtout, le rouge du sang, le rouge de la délivrance... Puis le blanc, celui de la pâleur du visage de sa femme et celui de sa grande chemise de nuit, maculée de taches écarlates. Elle est inconsciente et sa respiration semble très faible. De nouveau, il perçoit les cris, plus forts cette fois-ci. Ce ne sont pas vraiment des cris, plutôt des petites plaintes. Elles s'échappent d'un panier de linge sale et sont étouffées par les vêtements qui l'emplissent. Il reconnaît une de ses chemises bleues dont le col est taché de brun. Il ôte avec précaution cette chemise, puis un pantalon de toile, quelques tee-shirts, un bermuda d'Hadrien… C'est sous celui-ci qu'il les aperçoit. Il a un mouvement de recul, instinctif, puis pousse un cri de surprise. Valérie ne réagit toujours pas. Il s'approche de nouveau. Les deux bébés ont les yeux grands ouverts, ils sont couverts d'une substance crémeuse et blanchâtre. Ils agitent leurs bras et leurs jambes minuscules dans une gestuelle désordonnée et saccadée. Michel a du mal à trouver sa respiration, un instant il croit même qu'il va chanceler, s'écrouler sur le sol aux côtés de Valérie. Et puis, peu à peu, son sang irrigue de nouveau son cerveau. Il sait très bien de quel acte terrible sont nés ces deux enfants… En les contemplant, il observe le fruit de sa propre bestialité, de sa violence intime. Les quatre petits yeux semblent scruter son âme dans ce qu'elle a de plus noir et de plus indicible. Il vacille de nouveau puis se penche vers le grand panier d'osier. Ses mains sont devenues comme autonomes. Il est à cet instant le spectateur abasourdi d'une chose qu'il ne contrôle plus. Comme s'il assistait à une insoutenable scène d'épouvante. Comme si tout cela était un film grotesque et terrifiant. Mais quand ses paumes se posent sur les minuscules visages, il sent à peine les petits muscles qui s'agitent sous l'implacable pression. Il a un haut-le-cœur mais ne s'arrête pas, il ne le peut pas. Il ne pourra jamais supporter leur regard, jamais. Ça n'a duré que quelques minutes qui lui ont semblé un siècle, et, quand tout est fini, un silence de tombeau règne dans la chaufferie. Même les cliquetis de la machine semblent s'être arrêtés, comme pour respecter les dépouilles des deux nouveau-nés. Il quitte la pièce en titubant, dans un brouillard. Lorsqu'il remonte l'escalier, il a la démarche saccadée et chancelante d'un automate brisé... Il va dans la cuisine et ouvre le placard des produits ménagers, écartant le liquide vaisselle et les détergents, il trouve enfin les sacs-poubelle noirs et en prend deux. Puis il se précipite vers l'escalier. Il veut les faire disparaître, le plus vite possible. Les enterrer dans le parc comme pour mieux enfouir ce cauchemar au tréfonds de son esprit. Mais lorsqu'il atteint le sol de béton du garage, son corps se fige quand le premier hurlement retentit. C'est un cri de louve, le rugissement d'une lionne. Puis, soudain, le cri se transforme en une longue plainte qui résonne comme si elle ne devait jamais s'éteindre. Les mains de Michel se desserrent lentement et les deux sacs de plastique noirs tombent sur le sol. Il se retourne et se dirige vers sa chambre – un condamné vers l'échafaud.

Trois heures plus tard, il est allongé dans son lit. Ses yeux sont ouverts sur l'obscurité et, déjà, il sent leurs présences. Il ne sait pas ce que Valérie va faire d'eux, il ne veut pas le savoir. Il sait simplement qu'elle n'en parlera jamais. Qu'aux yeux de tous elle sera la seule coupable de ce meurtre abominable. Il se dit même, dans la brume de fatigue et de stress qui le submerge, qu'un jour, peut-être, il pourra s'en servir... Contre elle. Se servir de cette histoire pour qu'elle le laisse enfin en paix. Il le fera, sûrement, quand il n'en pourra plus de cette relation infernale. Une heure plus tard, il entend Valérie qui traverse le couloir d'un pas lourd pour se diriger vers la chambre d'Hadrien. Il est pris soudain d'une peur panique et se redresse. Il voudrait trouver la force de se lever, d'aller voir ce qu'elle va faire. Puis soudain, il se détend et se rallonge dans le lit. Il le sait, il sait bien qu'elle ne pourrait jamais faire de mal à un enfant...

Remerciements

Pour Clarisse, pour sa patience, son exigence et son amour.

Pour nos enfants, pour leur impatience, leur insouciance et leur amour.

Composition et mise en pages
Nord Compo à Villeneuve-d'Ascq

Achevé d'imprimer en octobre 2023 par
La Nouvelle Imprimerie Laballery
58500 Clamecy (Nièvre)
N° d'impression : 309477

S33123/02

Pocket, 92 avenue de France, 75013 PARIS

Imprimé en France